일제강점기 일본어 시가 자료 번역집 **1**

식민지
일본어문학
문화 시리즈

25

國民詩歌

一九四一年 九月號(創刊號)

엄인경·정병호 역

역락

▍머리말

　문학잡지『국민시가(國民詩歌)』번역 시리즈는 1941년 9월부터 1942년 11월에 이르기까지 일제강점기 말기 한반도에서 간행된 '일본어 시가(詩歌)' 전문 잡지『국민시가』(국민시가발행소, 경성)의 현존본 여섯 호를 완역(完譯)하고, 그 원문도 영인하여 번역문과 함께 엮은 것이다.

　일제강점기를 통틀어 우리에게 가장 많이 알려지고 연구된 문학 전문 잡지는 최재서가 주간으로 간행한『국민문학(國民文學)』(1941년 11월 창간)이라 할 수 있다. 중일전쟁 이후 일본이 수행하는 전쟁이 격화되고 그 지역도 확장되면서 전쟁수행 물자의 부족, 즉 용지의 부족이라는 실질적 문제에 봉착하여 1940년 하반기부터 조선총독부 당국에서는 잡지의 통폐합에 관한 협의가 이루어지고, 이듬해 1941년 6월 발간 중이던 문예 잡지들은 일제히 폐간되었다. 물론 이러한 정책은 일제의 언론 통제와 더불어 문예방면에 있어서 당시 정책 이데올로기를 보다 효과적으로 장악하기 위한 방책이기도 하였는데, 문학에서는 '국민문학' 담론이라는 형태로 나타났다고 볼 수 있다.『국민시가』는 시(詩)와 가(歌), 즉 한국 연구자들에게 다소 낯선 단카(短歌)가 장르적으로 통합을 이루면서도,『국민문학』보다 두 달이나 앞선 1941년 9월 창간된 시가 전문 잡지이다.

　사실, 2000년대는 한국과 일본에서 '이중언어 문학' 연구나 '식민지 일본어 문학' 연구가 상당히 광범위하게 이루어진 시기였다. 그럼에도 불구하고『국민시가』는 오랫동안 그 존재가 알려지거나 연구의 대상이 되지 못하였다. 한반도의 일본어 문학사에서 이처럼 중요한 문학사적 의의를 갖는 자료임에도 불구하고『국민시가』에 관한 접근과 연구가 늦어진 가장 큰 이유는, 재조일본인들이 중심이 된 한반도의 일본어 시 문단과 단카 문단에 대한 인식 부족 때문이라 할 것이다. 재조일본인 시인과 가인(歌人)들은 1900년대 초부터 나름의 문단 의식을 가지고 창작활동을 수행하였고 1920년대부터는 본격적으로 전문 잡지를 간행하여 약 20년 이상 문학적 성과를 축적해 왔으며, 특히 단카 분야에서는 전국적인 문학결사까지 갖추고 일본의 '중앙' 문단과도 네트워크를 가지고 있었다. 그 과정에서 그들은 조선의 전통문예나 문화에 대해 깊은 관심을 보이고 조선인 문학자 및 문인들과도 문학적 교류를 하였다.

『국민시가』는 2013년 3월 본 번역시리즈의 번역자이기도 한 정병호와 엄인경이 간행한 자료집『한반도・중국 만주 지역 간행 일본 전통시가 자료집』(전45권, 도서출판 이회)을 통해서 처음으로 그 존재가 알려졌다.『국민시가』는 1940년대 전반기 한반도에서 간행된 유일한 시가 문학 전문 잡지이며, 이곳에는 재조일본인 단카 작가, 시인들뿐만 아니라, 지금까지 널리 알려지지 않은 이광수, 김용제, 조우식, 윤두헌, 주영섭 등 조선인 시인들의 일본어 시 작품과 평론도 다수 수록되어 있다.

앞서 말했듯이, 2000년대는 한국이나 일본의 학계 모두 '식민지 일본어 문학'에 관한 다양한 학문적 접근이 광범위하게 이루어져, 이들 문학에 관한 연구가 일본문학이나 한국문학 연구분야에서 새로운 시민권을 획득했을 뿐만 아니라 새로운 자료의 발굴도 폭넓게 이루어졌다. 이런 의미에서도 한국에서『국민시가』현존본 모두가 처음으로 완역되어 원문과 더불어 간행되게 되었다는 사실은 매우 고무적인 일이라고 생각한다. 1943년 '조선문인보국회'가 건설되기 이전 1940년대 초 식민지 조선에서 '국민문학'에 관한 논의가 어떻게 이루어지고 있었는지, 나아가 재조일본인 작가와 조선인 작가는 어떤 식으로 공통의 문학장(場)을 형성하고 있었는지, 나아가 1900년대 초기부터 존재하던 재조일본인 문단은 중일전쟁 이후 어떻게 변모하였는지를 이해하는 좋은 자료가 될 것이라 확신한다.

2015년 올해는 한일국교정상화 50주년과 더불어 광복 70주년을 맞이하는 해이다. 이렇게 인간의 나이로 치면 고희(古稀)의 시간이 흘렀음에도 불구하고 한국과 일본의 관계를 비롯하여 동아시아의 외교적 관계는 과거 역사인식과 기억의 문제로 여전히 긴장관계가 유지되고 있으며, 이러한 문제가 언론에서 연일 대서특필될 때마다 국민감정도 악화일로를 걷고 있다. 이런 때일수록 이 당시 일본어와 한국어로 기록된 객관적 자료들을 계속 발굴하여 이에 대한 치밀하고 분석적인 연구를 통해 역사에 대한 정확한 규명과 그 실체를 탐구하는 작업은 그 무엇보다 중요한 일이라 할 것이다.

이러한 의의에 공감한 일곱 명의 일본문학 전문 연구자들이 『국민시가』현존본 여섯 호를 1년에 걸쳐 완역하기에 이르렀다. 창간호인 1941년 9월호부터 10월호, 12월호는 고려대학교 일어일문학과 정병호 교수와 동대학 일본연구센터 엄인경이 공역하였으며, 1942년 3월 특집호로 기획된 『국민시가집』은 고전문학을 전공한 이윤지 박사가 번역하였다. 1942년 8월호는 고려대학교 일본연구센터 김효순 교수와 동대학 일어일문학과 유재진 교수가 공역하였고, 1942년 11월호는 고려대학교 일어일문학과 가나즈 히데미 교수와 동대학 중일어문학과에서 일제강점기 일본 전통시가를 전공하고 있는 김보현 박사과정생이 공역하였다.

역자들은 모두 일본문학, 일본역사 전공자로서 가능하면 원문에 충실하게 번역하고자 하였으며, 문학잡지 완역이라는 취지에 맞게 광고문이나 판권에 관한 문장까지도 모두 번역하였다. 특히 고문투의 단카 작품을 어떻게 번역할 것인지 고심하였는데, 단카 한 수 한 수가 어떤 의미인지 파

악하고 이를 단카가 표방하는 5·7·5·7·7이라는 정형 음수율이 가지
는 정형시의 특징을 가능한 한 살려 같은 음절수로 번역하였다. 일본어
고문투는 단카뿐 아니라 시 작품과 평론에서도 적지 않게 등장하였는데,
이는 일제강점기 일본어 문헌을 함께 연구한 경험을 공유하며 해결하였
다. 또한 번역문이 한국문학 연구자들에게도 최대한 도움이 되도록 충실
한 각주로 정보를 제공하고, 권마다 담당 번역자에 의한 해당 호의 해제
를 부기하여 이해를 돕고자 노력하였다.

　이번 완역 작업이 일제 말기 한반도에서 간행된 마지막 시가 전문 잡지
인 『국민시가』와 한반도의 일본어 시가 문학 연구, 나아가서는 일제강점
기 '일본어 문학'의 전모를 규명하는 데에 기여할 수 있기를 기대하며, 번
역 상의 오류나 미진한 부분이 있다면 연구자들의 아낌없는 질정을 바라
는 바이다.

　끝으로 『국민시가』 번역의 가치를 인정하여 완역 시리즈 간행에 적극
찬동하여 주신 역락출판사 이대현 사장님, 원문 보정과 번역 원고 편집에
세심한 노력을 기울여 보기 좋은 책으로 만들어 주신 편집진께도 감사의
마음을 전하는 바이다.

2015년 4월
역자들을 대표하여
엄인경 씀

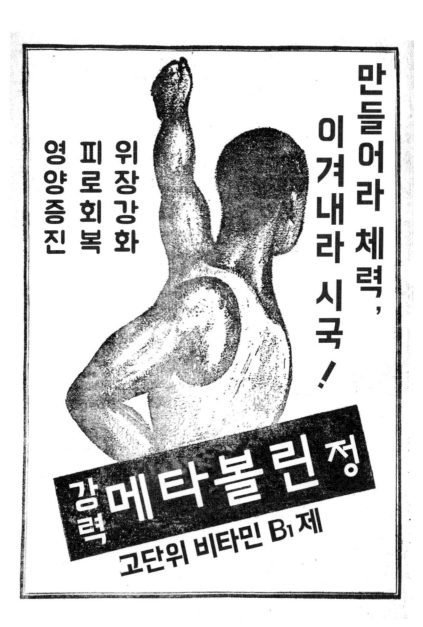

▋차례

조선에 있어서 문화의 바람직한 상태 ·· 다나카 하쓰오(田中初夫) • 13
정신문화의 문제 ··· 미치히사 료(道久良) • 28
단카(短歌)의 역사주의와 전통 ·· 스에다 아키라(末田晃) • 39
일본적 세계관과 그 전개 ··· 마에카와 사다오(前川勘夫) • 45

단카 1 • 57

스에다 아키라(末田晃)   와타나베 요헤이(渡邊陽平)   쓰네오카 가즈유키(常岡一幸)
미시마 리우(美島梨雨)   이마부 류이치(今府劉一)   가이인 사부로(海印三郎)
이와쓰보 이와오(岩坪巖)   야마시타 사토시(山下智)   후지와라 마사요시(藤原正義)
야마자키 미쓰토시(山崎光利) 이토 다즈(伊藤田鶴)   세토 요시오(瀬戸由雄)
사카모토 시게하루(坂本重晴) 히다카 가즈오(日高一雄)   미치히사 료(道久良)

시 1 • 65

신도(臣道) ·· 우에다 다다오(上田忠男) • 65
여행 감개(旅の感慨) ·· 이마가와 다쿠조(今川卓三) • 67
역두보(驛頭譜) ·· 아마가사키 유타카(尼ヶ崎豊) • 69
위문꾸러미에 부쳐(慰問袋にそえて) ··· 시바타 지타코(柴田智多子) • 70
수치심 없는 시인(羞恥なき詩人) ·· 시마이 후미(島居ふみ) • 72
길(道) ··· 아베 이치로(安部一郎) • 73
담배(煙草) ··· 모리타 요시카즈(森田良一) • 75
바다(海) ··· 스기모토 다케오(杉本長夫) • 77
미쓰자키 겐교(光崎檢校)―「추풍의 곡(秋風の曲)」에 부쳐― ···· 다나카 하쓰오(田中初夫) • 78
목소리(聲) ··· 가야마 미쓰로(香山光郎) • 81
아침(朝) ··· 가야마 미쓰로(香山光郎) • 82
오쿠라(憶良) 소론 ··· 세토 요시오(瀬戸由雄) • 83

단카 2 · 98

가타야마 마코토(片山誠)　　구즈메 시게루(葛目茂)　　고토 마사타카(後藤政孝)

노무라 이쿠야(野村稶也)　　도마쓰 신이치(土松新逸)　　오이 마치비토(大井街人)

구보타 요시오(久保田義夫)　　노즈 다쓰로(野津辰郎)　　야와타 기요시(八幡淸)

고바야시 본코쓰(小林凡骨)　　나카노 에이이치(中野英一)　　미나미무라 게이조(南村桂三)

요시하라 세이지(吉原政治)　　니시무라 마사유키(西村正雪)　　샤켄(砂虔)

이나다 지카쓰(稲田千勝)　　고바야시 린조(小林林藏)　　요시다 겐이치(吉田玄一)

미키 요시코(三木允子)　　가미야 다케코(神谷竹子)　　이와부치 도요코(岩淵豊子)

미쓰루 지즈코(三鶴ちづ子)

백제봉황문전－표지 그림 해설－ ························· 가야모토 가메지로(榧本龜次郎) · 106

시 2 · 108

아이들(子供たち) ····························· 아오키 미쓰루(青木中) · 108

여름의 의지(夏の意志) ························· 마스다 에이이치(増田榮一) · 109

귀환병(歸還兵) ····························· 가와구치 기요시(川口淸) · 110

수은등 있는 풍경(水銀灯の有る風景) ················· 에자키 아키히토(江崎章人) · 111

종언의 노래(終焉の歌) ························· 사네카타 세이이치(實方誠一) · 112

아카시아 꽃(アカシヤの花) ····················· 다나카 유키코(田中由紀子) · 113

하루(一日) ······························· 시로야마 마사키(城山昌樹) · 114

고요한 밤(靜夜) ···························· 다나카 미오코(田中美緒子) · 115

큰 파도(うねり) ···························· 시나 도루(椎名徹) · 116

여름 날(夏の日) ···························· 에나미 데쓰지(江波悊治) · 117

고추(蕃椒) ······························· 이케다 하지메(池田甫) · 118

과거(過去) ······························· 히로무라 에이이치(ひろむら英一) · 119

나와 아이(自分と子供) ························· 다니구치 가즈토(谷口二人) · 120

벗을 기억하다(友を憶ふ) ······················ 후지모토 고지(藤本虹兒) · 121

잡기(1) ································· 아마가사키 유타카(尼ヶ崎豊) · 122

잡기(2) ································· 스에다 아키라(末田晃) · 125

고다마 다쿠로(兒玉卓郎)　　호리 아키라(堀全)　　요시모토 히사오(吉本久男)

다카미 다케오(高見烈夫)　　오타 마사조(太田雅三)　　기우치 세이이치로(木內精一郎)

호리우치 하루유키(堀內晴幸)　나카지마 마사코(中島雅子)　이케다 시즈카(池田靜)

미나요시 미에코(皆吉美惠子)　고다마 다미코(兒玉民子)　사이토 도미에(齋藤富枝)

무라카미 아키코(村上章子)　이와타니 미쓰코(岩谷光子)　간바라 마사코(神原政子)

다카하시 하쓰에(高橋初惠)　고이데 도시코(小出利子)　도쿠다 사치(德田沙知)

후타세 다케시(二瀨武)　　와타나베 오사무(渡邊修)　다카하시 미에코(高橋美惠子)

고에토 아키히로(越渡彰裕)　미즈카미 료스케(水上良介)　모리 노부오(森信夫)

아사쿠라 구니오(朝倉國雄)　아카사카 미요시(赤坂美好)　사사키 하쓰에(佐々木初惠)

노노무라 미쓰코(野々村美津子)　데즈카 미쓰코(手塚美津子)　나카지마 메구미(中島めぐみ)

시마키 후지코(島木フヂ子)　야마기 도미(山木登美)　후지키 아야코(藤木あや子)

요네야마 시즈에(米山靜枝)　지스즈(千鈴)　　후지 가오루(ふじかをる)

기노 고지(木野紅兒)　　나카무라 기요조(中村喜代三)　다케하라 소지(竹原草二)

미요시 다키코(三好瀧子)　시라코 다케오(白子武夫)　가와카미 마사오(川上正夫)

야마토 유키코(大和雪子)　사이간지 후미코(西願寺文子)　나카노 도시코(中野トシ子)

시마키 후지코(島木フジ子)　기쿠치 하루노(菊地春野)　이토 도시로(伊藤東市郎)

미나미 모토미쓰(南基光)　한봉현(韓鳳鉉)　이마이 시로(今井四郎)

도미타 도라오(富田寅雄)　시모무라 미노루(下村實)　사토 하지메(佐藤肇)

나카무라 고세이(中村孤星)

편집 후기 ……………………………………………… 미치히사 료(道久良) • 143

해제 • 151

인명 찾아보기 • 155

사항 찾아보기 • 168

[영인] 國民詩歌 九月號(創刊號) • 177

연부정기대부

　일 본 은 행　대 리 점

보통은행업무

　일본권업은행 대리점

　조선저축은행 대리점

식사
주회

경성부 남대문통 니초메

조선식산은행

　총　재　하야시 시게조

　부총재　와타나베 야코

자본금 육천만원

전조선 각지에 지점 파출소 67개소 및 내지 도쿄 오사카에 지점 있음

조선에 있어서 문화의 바람직한 상태

다나카 하쓰오(田中初夫)

1

시국 하에서 문화가 어떠해야 하는가? 라는 점은 이미 진부한 문제처럼 보인다. 사실 문화 신체제라는 말이 표어처럼 사용되었고, 문화영역에서 구래의 문화와는 다른 성질의 문화가 건설되어 다시 조직이 붙지 않으면 안 된다고 하는 점은 누구나 한차례는 생각한 일이다. 그러나 일은 그렇게 간단하게 되지 않는 법이며 특히 이질의 문화가 갑자기 출현한다는 것은 있을 수 없는 일이라 해도 좋다. 또한 조직의 경우에도 사회 상태와 즉응(卽應)하여 생각하지 않으면 안 되며 일단은 신체제라는 말을 사용해 보지만 그 실체를 어떻게 설명할 것인가라는 점은 매우 어려운 일이다. 설사 그것이 가능하더라도 그대로 실천해 가야 하는 단계에 이르러서는, 이론과 현실의 다양한 제약을 생각하지 않을 수 없다.

그런데 지나(支那)사변[1]을 수행함으로써 요청되기에 이른, 우리나라(=일본, 역자에 의함)의 정치, 경제, 사회, 문화 백반에 걸친 전시체제의 확립은 그 필요성 여부에 관한 논의의 시기를 뛰어넘어 이미 어떠한 형태로든 그 것을 실천하지 않으며 안 되는 지점에 당도해 있다. 우리나라에서 현시의

---

1) 지나는 제2차 세계대전 때까지 중국을 일컫는 호칭으로 사용된 말. 지나사변은 1937년부터 시작된 일본과 중국 간의 전쟁으로 현재는 중일전쟁으로 일컬어짐.

문화가 어떻게 존재해야 하는가는 좋든 싫든 결정되어 있는 셈이다. 그래서 그 선을 따라 실천적 활동을 개시하거나 또는 개시해야만 하는 상태에 당도해 있는 것이다. 이 현실은 우리들 문화관계자들이 확실히 이해해 두어야 하는 바이다. 이른바 자유인이며, 또한 이전의 자유주의 사상의 온상에서 자라온 지식인, 문화인이라는 자들은 다양한 입장에서 각자의 비평을 행하는 것이 특기이지만 우리나라의 문화가 간절히 바라고 있는 점을 잊는다면 그것은 이미 무용의 비평이 될 수밖에 없다. 종래, 문화라는 것은 자유주의적인 견지에서 생각되어 왔다. 문화를 위한 문화라는 말이 자주 사용되었다. 문화는 그 자체가 하나의 가치이며 그 추구하는 바가 곧 문화의 생산이며 문화의 이상 실현이었던 것이다. 그리고 추구하는 방면이 곧 세계적이었던 셈이다. 문화가치는 전인류를 망라하며 그 상위인 신의 현현(顯現)이었다. 문화에 관한 이러한 사고방식은 국가를 뛰어넘어 더욱 커다란 하나의 세계가 희구되었을 때에 나타난다. 이전 세계대전에서 세계의 제강국은 세계제패를 꿈꾸며 싸웠다. 자본주의 제패의 완성을 노리며 전후의 강국은 피투성이 투쟁을 계속하였다. 이 정신은 초국가적이고 범세계적인 문화가치의 추구실현을, 그 문화면에서 목적으로 삼았다. 이 시대의 문화는 문화를 위한 문화라는 미명 하에 국가를 뛰어넘고 민족을 뛰어넘어 논해지고 추구되었던 것이다. 세계문화라는 말이 애용되었지만 세계문화의 발전에 이바지한다는 점이 당시 문화의 목적이었다. 이 관념에 따르면 문화는 세계 공통의 것이다. 모든 세계를 통해 함께 향수할 수 있는 것이야말로 진정한 문화이자 세계인이며, 비로소 문화인이라 말할 수 있으며, 문화에 관여하고 문화의 창조에 종사할 수 있었다.

이러한 세계문화의 소산 중 하나인 국제연맹이 파탄에 당면한 무렵부터 문화에 관한 사고방식에도 하나의 전기가 찾아왔다. 지금까지의 사고와는 대조적인 생각으로서 민족문화, 국민문화라는 사고방식이 일어나기 시작하였다. 독일이 유대인을 추방하고 아리아인 민족 혈통의 순결 속에 독일문화를 건설하려 하였고, 이탈리아는 로마제국의 재현을 노리며 이탈리아 국민문화 건설에 매진하려고 하였다. 이들은 일찍이 세계문화 건설에 노력한 나라들이었다. 그러나 이전 세계대전의 결과로 세계문화는 영미문화라는 이름으로 치환될 수 있는 상태가 되어 버렸다. 이러한 강압에 저항하여 자기를 옹호하기 위해서는 새로운 문화 이론이 필요하다. 그래서 독일의 민족문화, 이탈리아의 국민문화 운동이 개시되었다. 세계로부터 민족국민으로, 전체로부터 개별로, 문화는 그 발걸음을 변환하려고 하였다.

극동에서 일본은 독일보다도 빨리 국제연맹의 규범을 벗어났다. 만주국이 건설되고 이번 지나사변의 발전과 더불어 동아공영권 건설 목적은 확립되기에 이르렀다. 이는 영국과 미국 제국 등 구질서 존중의 입장에 대한 신질서의 요구이며 새로운 세계 이념의 아래에 국가 존립을 생각하게 된 것이다. 이러한 동아주의의 자각, 동아공영권 지도자로서의 일본의 자각은 지금까지 영미류의 세계주의보다 필연적으로 일본국가 그 자체로 전환하지 않을 수 없는 것이다. 일본의 국가주의는 이렇게 자유주의를 대신하여 그 지도적 위치에 섰다. 문화는 국가를 초월한 세계문화가 아니게 되었다. 우선 우리들의 조국, 일본 자체의 문화가 아니면 안 되는 것이다. 이렇게 하여 국민문화라는 이념이 새롭게 문제로서 등장하였다. 이는 일본의 역사적 필연이다.

우리들은 이 역사적 필연을 우선 확실하게 이해해 두어야 한다. 그렇지 않는 한, 우리들의 어딘가에 남아 있는 자유주의의 잔재는 일본 국민문화 건설의 길을 저해하게 될 것이다. 문화의 두 가지 성격, 세계와 국가라는 두 가지 길은 이번의 세계전쟁에 의해, 서로 싸우는 두 가지 국가군에 의해 명료하게 분리, 결별되었다. 그래서 일본은 영미류의 세계문화에 대립하여 독자의 국민문화 건설에 매진하는 편에 서고 있는 것이다.

2

　문화라는 말은 통상 Kultur[2]라는 말에 대해 사용되고 있지만 Kultur라는 말은 영위한다는 의미의 라틴어에서 온 것으로 그 원의는 경작, 재배를 의미한다. 이는 그 근본에 있어서 문화가 토지와 관계를 가지고 있음을 말하는 것이며, 토지로부터 유리된 문화는 문화의 본래적인 것이 아니라는 사실을 생각할 수 있다. 토지 위에서 경작하고 경작에 의해 생활은 영위되고 있는 것이다. 이 생활을 영위하는 일은 세계인이 아니라 그 토지와 더불어 있는 어느 한 민족의 일원이며 국민의 일원인 것이다. 국가는 그 성립의 요소로서 주권과 토지, 국민을 필요로 한다고 일컬어지고 있다. 그렇다고 한다면 문화는 토지를 매개로 하여 국가의 문화이며 국민의 문화여야 한다. 그것이 문화 본래의 모습일 것이다. 이번 세계대전에서는 폴란드와 같이 토지를 갖지 못한 국가가 영미 측에 의해 지지를 받은 현상도 있기는 했다. 하지만 그것은 부자연스러우며 국토 없는 국가란 유령과 같은 것에 지나지 않는다. 폴란드 문화도 이제는 역사적, 고고학적 존재에 지나지 않으며 현실적으로는 존재하지 않는다.

　일본문화는 일본제국의 엄연한 존재 위에서 창조되고 있는 것이다. 일본 국토 위에서 생활을 영위하는 일본인 속에 일본문화는 엄연히 존재하고 있다. 일본문화는 일본이라는 국가를 떠나서 존재하지 못한다. 일본문화는 과거의 존재가 아니다. 고고(考古)적 존재가 아니다. 현재 생생하게 발전하고 있는 문화이다. 여기에 일본문화의 생명이 있다. 일본문화는 세

---

[2] 문화, 개화, 교양, 세련, 경작, 개간 등의 의미를 갖는 독일어로 문화, 특히 제2차 세계대전 때 국민정신 고양에 사용된 정신문화, 독일 문화를 일컫는 용어로 사용됨.

계문화이기 이전에 우선 국민문화여야 한다. 일본문화가 최고도의 문화가 될 수 있을 때 그것은 세계의 문화에 영향을 줄 것이다. 세계문화의 용모를 제시할 것이다. 그러나 그것이 국토로부터 유리되었다면 무의미할 것이다. 아니 오히려 역으로 국토에 기저를 두기 때문에 세계문화인 의의를 완수할 수 있다. 이는 역설이 아니다.

독일은 민족문화라는 선(線)을 걷고 있다. 민족적 전체주의에 입각한 국가관을 가지고 있는 독일은 국토와 더불어 민족적 국가라는 형태를 취하고 있다. 이것은 독일의 국내사정이 그렇게 만들었을 것이다. 국가를 갖지 않은 유대인을 추방하고 아리아인의 독일국가를 건설한다는 것은 문화면에서는 범세계적인 유대문화를 추방하고 독일인에 의한 독일문화를 건설하는 일이다. 유대인의 전통이 독일 국민문화 형성에 유해(有害)했기 때문에, 독일로서는 국가운동이 애초에 민족순화의 방법을 취하지 않을 수 없었던 것이다. 이 점과 관련하여 이탈리아는 사정이 다른 것 같다. 그것은 유대인 문제가 독일만큼 심각하지 않았던 점도 있을 것이고 조합국가로서 국가강조 정신 위에 성립된 이탈리아로서는 민족문제를 논할 필요는 그다지 없었을 것이다. 독일은 이렇게 하여 민족문화의 측면을 강하게 드러내고 이탈리아와 그 모습을 다르게 하는 것처럼 보이지만 자기 국가를 중심으로 하여 범세계적인 것과 대립하고 있는 점에서 공통하고 있다.

우리나라는 다양한 사정으로 인해 독일이나 이탈리아와 다르다. 그러나 현대에 있어서 국가의 방향은 독일이나 이탈리아와 같은 전체주의적 경향을 강하게 드러내고 있으며, 문화의 면에서도 양국과 거의 공통된 국가주의적인 선(線)에서 국민문화의 건설을 의도하고 있다. 독일이나 이탈리아가 국가정책 상으로 강력한 문화시설을 시도하고 있는 데 대해, 우리나라는 아직 그에 미치지 못한다고 하더라도 국민들 간의 의도는 거의 일정(一定)하다고 말해도 무방할 것이다. 적어도 영미류의 범세계적인, 자유주적인 문화는 이 전쟁에서 배제되어야 하는 운명에 있다. 그래서 일본의 국가존립 목적에 타당한 문화의 건설이 이와 날카롭게 대립해야 하는 상태에 있는 것이다. 국가적으로 말하면 이는 일본문화의 건설이다. 이를 내면에서 말하면 국민문화의 건설이다. 같은 국민문화라고 하더라도 우리나라의 국민문화는 오늘날 일본의 국가사정이 양국과 다르기 때문에 독일이나 이탈리아의 경우와도 또한 다르지 않을 수 없다.

전쟁이 정치를 결정하고 문화를 결정한다. 이는 오늘날 전쟁의 상식이다. 정치를 위해 전쟁이 행해지고 있는 것은 아니다. 역으로 정치가 전쟁에 봉사한다. 문화도 마찬가지다. 자유주의사상이 유행한 시대에는 전쟁에 대한 문화의 우월성을 주장할 수 있었다. 문화는 세계성을 가지고 있다고 생각했기 때문이다. 그러나 지금은 그렇지가 않다. 문화는 문화자체의 영역을 가지고 있음에 변함은 없다. 그러나 문화는 국토 위에 성립한다. 그 국토는 전쟁에 의해 귀속을 달리 한다. 국토를 잃은 문화는 무의미한 것이다. 국토는 전쟁에 의해 지켜지지 않으면 안 된다. 문화는 전쟁에 협력하여 스스로를 지키지 않으면 안 된다. 이 현대전(現代戰)의 성격과 현대 문화의 성격은 긴밀하게 상호 결부하여 국가목적을 수행하고 있는 것이다.

3

지나사변이 지나의 정복이 아니라는 점은 이미 정부당국이 몇 번이나 성명을 내었고 전쟁의 전개는 이를 아주 잘 실증하고 있다. 세계사적인 관점에서 말하면 영미 등 자본주의 제국과의 전쟁이며 사상사적으로 말하면 자유주의, 공산주의와의 전쟁이다. 전자는 독일과 이탈리아와 연결되는 전체주의 중심축의 형성이 되어 세계 신질서의 실현을 자각하고, 후자는 국수주의적인 정신의 활동이 되고 있는 것이다. 현실의 사상으로서 이것은 팔굉일우(八紘一宇)라는 말에 의해 표현되는 발전적인 일본정신이 되며 동아공영권 건설이라는 구체적인 목적을 향해 기능하고 있다. 현재 동아공영권 건설이라는 것은 최고의 국책이다. 이 국책을 향해 정치도 경제도 문화도 나아가야만 한다. 이를 현실로 결정지어 주는 것은 전쟁 이외에는 없다. 이것이 오늘날의 정세이다. 이 전쟁, 이것을 우리들은 성전(聖戰)이라 부르고 있는데 성전의 의미가 여기에 있는 것이다. 이 성전을 완수하기 위해 문화는 그 체제를 정비해야만 한다. 일본에서는 독일과 같은 유대인 추방문제는 존재하지 않는다. 또한 일본은 이탈리아와 같은 조합주의 국가가 아니다. 따라서 독일과 이탈리아식의 형태와는 다른 의미에서 문화가 성립해야 한다.

일본문화는 유구한 2,600년의 역사를 가지는 우리 일본의 국체로부터 인도되어야 한다. 이것이 일본문화가 다른 어떠한 국민문화보다 더 한층 국민적인 의의를 가지는 점이다. 만약 우수성을 논한다면 우선 첫 번째로 들 수 있는 점이 여기에 있다. 이 국체로부터 일본의 문화성격이 결정되는 것이다. 비할 데가 없는 국체로부터 일본의 국민문화는 일본의 국가사상의 표현 그 자체를 가리키게 된다. 조국(肇國)의 정신은 일본문화의 정신이다. 팔굉일우의 국가정신은 문화의 근본성격을 이룬다. 이는 국민의 입장에서 말한다면 신민도(臣民道)의 실천 그 자체가 되는 것이다. 이 국가본위의 정신적인, 윤리적인 성격은 일본 국민문화의 특징이다. 우리나라에는 피의 순결을 위해 어느 인종을 추방하는 일은 없다. 우리 신민도의 실천인 국사(國史)가 증명하는 바에 따르면, 우리나라에서는 모든 민족, 인종으로 하여금, 우리나라에 들어온 자들은 모두 우리 국민으로서 완전히 동화할 수 있게 만든다. 이 대단한 포용동화로 인해 일본의 국민문화는 광대무변(廣大無邊)한 폭을 가지고 있다. 이러한 점은 일본문화가 국민문화로서의 성격을 가지고 동시에 세계성을 가질 수 있는 하나의 근거이다.

이러한 의미에서 일본의 문화는 일본국민이라는 하나의 지역적 민족문화라고도 생각할 수 있음과 동시에, 실은 그러한 민족이라는 좁은 범주를 넘어 보다 광대한 것으로 발전하는 것이다. 그런데 실제에 있어서 일본문화는 영미문화처럼 또는 독일문화처럼 현실의 지역적 영향을 그 외부의 세계에 많이 끼치고 있다고는 생각되지 않는다. 같은 국민문화의 입장에 있는 독일이 끼치고 있는 세계적 영향과 비교한다면 일본문화의 영향은 여전히 미미한 것에 지나지 않는다. 우리들은 우리들 과거의 역사가 이 주장을 명확히 근거지우고 있음을 알고 있다. 일본의 문화는 과거에 세계의 모든 문화를 섭취하고 그리고 그것을 일본의 국체에 적합하도록 처리하여 뜻대로 사용해 왔다. 이것이 일본문화이다. 더구나 그것은 팔굉일우라는 우리나라의 발전원리에 의거하여, 순조롭게 국외로 널리 확대되고 있다. 특히 그것이 분명해진 것은 불과 최근 수십 년 사이에 많이 나타난 현상이다. 이러한 현상은 일본이 뒤늦게 세계사 상에 등장했다는 점과 오늘날의 세계정세가 그렇게 만든 것인데, 메이지(明治) 중기3) 이후에 경이적으로 급속하게 널리 퍼지는 현상은 단지 우연한 사상(事象)이 아니며 일본문화의 필연적인 현현(顯現)인 것이다.

4

일본문화는 국민문화이다. 일본국민의 입장에 기초한 문화이지 초국가적인 세계문화는 아니다. 그러나 상술해 왔듯이 그것은 세계문화라는 성격을 구비하고 있다. 이러한 커다란 일본문화의 성격이 올바르게 이해되

---

3) 메이지(明治) 시대는 1868년부터 1912년까지이므로 메이지 중기 이후는 1890년대 이후를 말함.

기를 요하는 것이다.

나는 지금 반도에서 일본문화의 바람직한 상태에 대해 생각해야 할 단계에 도달했다고 생각한다. 반도에 있어서 문화는 상술한 일본문화의 일부분을 이루고 있어야 하며 이 이외의 존재방식은 올바른 방식이 아니다. 반도문화는 일본문화라는 자각이 첫째로 요청된다. 조선에서 생각할 수 있는 근본적인 점은 국민문화로서의 일본문화에, 조선이라는 지역적 특성이 어떠한 점에서 연접(連接)하는가 라는 문제이다. 이에 대한 답은 간단하다. 그것은 총독부에서 극력 노력하고 있는 황국신민운동의 성과와 연접하는 것이다. 황국신민으로서의 자각은 일본국민이라는 자각이다. 이 자각의 위에서 비로소 일본의 국민문화는 건설된다. 이러한 자각이 없으면 건설되지 않는다. 내선일체는 조선인이 완전히 황국신민이 됨으로써 실현하는 것이다. 반도가 우리 제국의 판도(版圖)가 된 지 30여 년, 그 동안 총독부 정치는 내선일체의 이상경(理想鏡)을 목표로 착착 노력해왔다. 정치의 모든 부문에 걸쳐 이는 점차 실현되고 있다. 이를 국민으로서의 입장에서 말한다면 조선인의 황국신민화 실현에 노력해 왔다고 말할 수 있다. 이것이 정치적으로 가능하다고 생각하는 점은 고대의 역사 사실이 이를 말하고 있기 때문이지만, 고대 역사를 떠나서도 현실의 세계정세는 조선으로 하여금 이러한 선 밖으로 벗어나게 하기란 불가능하다. 반도에서는 황국신민이라는 자각 위에 서서, 일본의 국민문화건설에 그 일원으로서 참가하는 것이다. 이것은 매우 자명한 일로 생각된다. 그러나 문제는 그렇게 간단하지 않다.

내지의 대정익찬회(大政翼贊會)[4]에서는 전국을 몇 개의 지방문화 블록으

---

[4] 대정익찬회(大政翼贊會)는 1940년 10월 12일 결성되어 1945년 6월 13일까지 존재한 일본의 관제 국민통합 단일기구. 고노에 후미마로(近衛文麿)를 중심으로 거국정치 체제를 목표로 한 신체제운동이 계획된 후, 각 정당들이 해체되고 군부, 관료, 정당, 우익 등을 망라하여 결성. 제2차 세계대전 중 정치력을 결집한 고도의 국방국가 건설을 목표로 하였는

로 구분하여 지방문화의 진흥을 도모하려고 하는데, 조선을 이 지방문화 블록의 하나로 생각해도 좋은가 아닌가 하는 점이다. 대정익찬회의 문화부가 열거하고 있는 지방문화 진흥의 지도 목표는 다음과 같다.

> "첫째로는, 어디까지나 향토의 전통과 지방의 특수성을 존중하고 각 지방들이 그 특질을 최대한 발휘하면서 항상 국가 전체적으로 새롭게 창조 발전함을 목표로 하며 중앙문화의 단순한 지방 재분포로 끝나게 하지 않을 것.
> 둘째로는 종래의 개인주의적 문화를 지양하고 지방 농촌의 특징인 사회적 집단관계의 긴밀성을 더욱 유지 증진시켜 향토애와 공공정신을 고양하면서 집단주의 문화의 발양(發揚)을 도모하고 그래서 우리 가족 국가의 기저단위인 지역적 생활 협동체를 확립할 것.
> 셋째로는 문화 및 산업, 정치행정 그 외의 지역적 편재를 시정하고 중앙문화의 건전한 발달과 지방문화의 충실을 도모하여 양자의 올바른 교류에 의해 각 지역마다 균형 있는 문화의 발전을 기할 것."

이것이 그 지도방침인데 이 지도방침에 포함되는 지방문화의 개념은 조선 지역에는 타당하지 않다. 이는 내지에 있어서 각 지방 지역의 문화이며 도쿄(東京) 중심의 중앙문화와 상대적으로 생각하지 않으면 안 되는 것이다. 만약 이러한 생각을 타당하게 만들려고 한다면 조선의 황국신민화가 단지 형식상뿐만 아니라 그 정신적 내용에 있어서도 완전하게 수행될 그 날을 기다리지 않으면 안 된다. 지금은 황국신민운동이 진전하고 있는 도중이며 이 운동이 불필요하게 되었을 때 비로소 말할 수 있는 것이다. 이와 같은 의미에서 지방문화라는 것은 조선에 있어서는 경성 중심의 문화에 대한 지방문화로서만 존재하는 것이며 반도의 문화 전체는 내

데, 이후 군부가 주도권을 장악하자 대정익찬회는 행정보조기관으로 전락함.

지의 지방문화와는 그 사정을 달리한다. 이 점을 오해하지 않도록 해야 한다. 이와 같은 오해는 도처에 있을 수 있다.

반도에는 고래(古來) 일본문화와는 다른 조선의 전통문화가 있었다. 이 것은 조선인 사이에 그 생활과 더불어 하나의 전통과 특수성을 가지고 있 지만 이는 어디까지나 조선문화이지 일본문화는 아니다. 문화는 인간의 가치 활동의 과정이다. 인간이란 하나의 생활군 속에 존재한다. 조선문화 는 조선의 전통적인 생활군 안에서 행해지는 조선인의 가치부여로서 현현 하고 있는 것이지, 일본문화 내 지방문화로서 생각할 수 있는 동종동질의 문화와는 다르다. 그것은 조선어로 말해지고 구성되며 전파되는 문화이다. 그러나 일본문화는 그렇지 않다. 일본문화는 일본인에 의해 국어를 사용 하여 개념을 구성하는 문화이다. 이것이 일본문화이다. 향토의 전통을 존 중한다는 것은 일본에 있어서는 일본문화의 일익으로서만 의미가 있다. 조선문화를 아무리 존중하더라도 그것은 일본문화가 될 수는 없다. 조선 인은 확실히 현재 일본인이다. 그러나 이것은 지나인이나 미국인 등, 다른 국가 국민에 대해 구별하여 말하는 정치적인 입장에서다. 일본인으로서의 조선인이 그 입장을 벗어나 단순한 조선전통으로서 그 문화를 주장해도 그것은 일본문화가 될 수는 없다. 국가 전체가 합체해 가기 위해서는 조 선문화 그대로는 무의미하며, 그것이 일본문화 속에 탄생했을 경우에만 성립하는 것이다.

5

반도의 문화가 일본제국 문화인 한, 그것은 일본 국민으로서 창조되는 문화여야만 한다. 황국신민의 의식을 수반하지 않는 문화는 일본문화가 아니다. 따라서 지방문화가 될 수도 없는 일이다. 문화는 역사적으로 생각할 때에 대개 전통 위에 존립하는 것인데, 전통이란 하나의 사상(事象)에 대해 인간의 파악 위에 전해져 가는 것이다. 인간의 파악으로 일관되는 한, 그것은 인간생활의 자연적, 사회적 제약 하에 놓이는 것임에 틀림이 없다. 조선문화는 그러한 전통 속에 오늘까지 전해져 오고 있다. 오늘날 이 반도에는 이와 같은 조선문화와 지금 건설하고 있는 새로운 일본의 국민문화가 병존하고 있다. 대부분의 조선인 생활은 이 전통적인 문화 환경 속에 놓여 있다.

그것은 경주의 미술품을 남겼다. 그것은 지나 송대의 아악을 전했다. 그것은 조선어를 언문(諺文)에 의해 쓰도록 가르쳤다. 등등 수많은 문화가 오늘날 남아 있고 그것은 일상생활 속에 재차 파악되어 전해지고 있는 것이다. 이것은 조선문화의 전통이다. 이 전통은 조선의 풍토에 힘입은 바가 적지 않다. 따라서 반도의 풍토와 조선문화란 끊으려야 끊을 수 없는 관계가 있다.

지금 새롭게 황국신민이라는 자각 하에 새로운 일본 국민으로서의 문화를 구축하는 것은 조선문화를 부정하는 일도 아니며, 또한 그대로 받아들여 계승하는 일도 아니다. 조선의 전통은 일본의 전통은 아니다. 그러나 반도의 풍토가 주는 인간생활에 관한 제조건과, 그 조건으로부터 제약되는 문화의 제상은 반도의 일본문화에 대해서도 역시 똑같이 작용하며 또한 나타날 것이다. 여기에 새로운 전통이 발생한다. 이 전통은 과거의 조선문화 속에 공통되며 그 속에서 채용되는 것과 동일한 게 있을 것이다. 이러한 의미에서 새로운 일본문화 속에 채용되어 다시 설치된 전통이 비로소 일본문화 속에서 전통존중으로서 의의를 갖는 것이다. 조선문화의 전통은 이렇게 하여 비로소 살아온 것이다. 조선문화의 전통은 이렇게 하여 비로소 생동해온 것이다. 예를 들면 조선무용을 그대로 채용하더라도 그것은 일본 지방문화의 하나가 될 수는 없다. 그것이 황국신민으로서의,

일본적인 자각 아래에 채용되어 비로소 조선의 향토무용으로서 의미를 이루는 것이다. 만약 그렇지 않다면 그것은 지나무용과 인도무용이 일본문화에 대해 가지는 의미와 하등 변함이 없다. 이러한 단계를 거쳐 반도의 문화는 비로소 일본의 지방적 특수성을 가진다.

오늘날 우리들이 생각하는 반도문화는 구래의 조선문화를 전통 존중이라는 이름하에 단순히 부흥하는 것이 아니다. 그것은 일본의 국민문화로서 새롭게 재구성됨을 의미한다. 가령 아무리 깊은 전통이더라도 이러한 목적에 반하는 것은 주저 없이 파기되어야 한다. 그러한 민족적인 오랜 전통에 집착하고 있는 한, 반도문화는 결코 진보적인 것이 될 수 없다. 좀 더 구체적으로 그리고 다소 과장하여 말한다면 조선의 과거 전통문화는 일단 박물관에 수록(蒐錄)해야 한다. 그리고 검토를 하여 재차 계승해야 할 부분을 끄집어내어 반도의 새로운 문화건설에 이용해야 한다. 이에 소용이 되지 않는 것은 언제까지고 박물관에 진열해 두면 된다. 예를 들어 말하자면 문학 정신은 인간이 보편적으로 소유하는 정신이다. 이 문학의 정신, 문학 활동을 박물관에 진열할 필요는 없다. 빨리 끄집어내어 작품 활동을 수행하도록 해야 한다. 그러나 그곳에 문제가 있다. 무엇을 쓰는가의 문제이다. 첫째, 쓰이는 소재를 생각하지 않으면 안 된다. 이것은 황국신민으로서의 자각에 입각하여 선택한다면 자연히 명백해질 것이다. 단순한 회고적인 고고(考古)적 재료는 무의미하다. 또한 불필요한 민족적 자극에 도움이 될 것 같은 소재도 쓸데가 없다. 다음으로, 문학의 내용이다. 소재에 주어진 작자가 관조하는 세계의 국가성이다. 이것이 자유주의적이거나 민족주의적이거나 해서는 이 또한 아무 소용이 없다. 마지막으로, 용어의 문제이다. 조선어는 일본국내에 존재하는 언어의 하나이기는 하지만 일본어는 아니다. 일본어란 국어를 가리키는 말이다. 또한 조선어는 일본의 방언이 아니다. 조선어는 국어와는 다른 계열에 속하는 언어이며 방언관계에 있지도 않다. 따라서 일본문화로 바로 서기 위해서는 국어로 쓰이지 않으면 안 된다. 이것이 본연이다. 우리나라는 스위스와 같은 국가와는 다르다. 국가 언어로서 다종류 언어의 정치상 동시적 존재를 허용하지 않는다. 조선어의 사용은 국어를 배워 숙달하지 못한 사람들의 편의에 지나지 않으며 공식 언어는 조선에 있어서도 국어인 셈이다. 현재의 어른들은 부자유스러울지 모르지만 이 불편은 참지 않으면 안 되며 국가로서는 당연한 일이다. 조선어 사용은 하나의 전통이다. 그러나 이 전통은 빨리 국어 사용으로 치환되어야 한다.

또한 조선의 공예에는 경탄할 만한 아름다운 것이 있다. 이 공예의 미의식과 기술은 보존되고 또한 발달되어야 한다. 그러나 그것이 조선의 재래 생활에 도움이 되었던 것과 같은 의미에서 사용되어서는 무의미한 전통을 반복하는 데에 지나지 않는다. 그 전통의 기술이 황국신민으로서의 생활양식 안에 도움이 되는 공예품 제작에 쓸모가 있어야만 한다. 이런 식으로 이용되어 비로소 조선의 전통이 새로운 생명을 얻는 것이다. 이러한 생명을 얻는 것이 조선 전통의 존중이며 내지의 지방문화와 다른, 조선에 있어서 국민문화의 창조이다. 반도에 있어서 국민문화의 특수성이라는 것은 조선의 이러한 전통을 새로운 일본문화 안에 살려가는 데에서 발견될 것이다. 옛 전통을 그대로 채용하는 일은 이질의 문화로는 있을 수 있어도 일본국민 문화를 구성하는 데 도움이 되는, 지방적 특수성을 이루는 데에는 쓸모가 없다. 반도의 국민문화는 내지의 지방문화여야 하며, 그 일보 직전의 문화건설 공작이 현하의 문제이다. 조선에는 엄밀한 의미에서 일본문화는 그 맹아밖에 존재하지 않는다. 이것을 어떻게 육성해갈 것인가라는 점이 목하의 문제이다. 일부 사람들이 생각하고 있듯이, 재래의 조선문화를 존중하는 일이 오늘날의 반도 문화를 건설하는 방법이라는 생각은 반성되어야 한다. 동아공영권의 지도자로서 일본국민은 세계사적인 변동에 앞장서고 있지만, 이것은 문화면에 있어서도 마찬가지이며 일본문화는 동아공영권에서 지도적 위치에 있다. 그리고 반도문화는 이 일본문화의 일익으로서 일어서지 않으면 안 된다. 이것은 반도문화의 필연적인 사명이다. 운명이라고 해도 좋을 것이다. 하루라도 빨리 내선일체를 완성하여 국민문화를 건설해야 한다. 이것이 반도에 있어서 문화의 바람직한 상태라고, 나는 믿고 있다.

— 필자는 국민총력조선연맹 문화부 참사(參事)

정신문화의 문제

미치히사 료(道久良)

고도국방국가체제라는 말이 외쳐지고 있다. 현하의 변전(變轉) 무쌍한 세계정세 아래에서 국가의 안전과 발전을 기하기 위해 그것이 중요하다는 것은, 새삼스럽게 재언을 요하지 않는다. 그렇지만 개개의 부면(部面)에 있어서 그것은 어떠한 것을 가리키고 있는가? 여기에 이르면 의외로 널리 인식되지 않은 듯하다. 특히 문화적 방면에서 그런 느낌은 깊게 든다.

이번 구주(歐洲)대전의 사실에 비추어, 전쟁에 있어서 과학의 중요성이 대중들 사이에 크게 클로즈업된 것은, 그것이 국민 각자의 생활에까지 침윤하고 있다고는 생각되지 않지만 하나의 경향으로서는 확실히 기뻐해야 할 현상이다. 이제 와서 이 문제에 대해 새삼스럽게 논할 필요는 없으므로 여기서는 주로 정신문화의 문제에 대해 생각해 보고 싶다. 그렇지만 문화의 영역에서 정신문화와 과학문화의 관계는 실로 차의 양 바퀴처럼, 이 두 가지가 병진(竝進)하는 곳에 진정으로 우수한 문화가 건설되며, 이를 분리해 생각하는 것은 절대 불가능하다. 오늘날, 이 중대한 세계정세 아래에서 진정으로 강력하고 불패인 문화를 건설하기 위해 우리들은 마음을 새롭게 하여 이 양자의 병진에 진정한 노력을 경주해야 하는 것이다.

세상 사람들 일부는 정신문화가 직접적으로 국방과는 관계가 없다고 생각하는 것 같다. 정신문화적인 일과 행동이라는 것이 전쟁에 대해서 직접 눈부신 결과를 보이지 않기 때문에 그렇게 생각되는 것도 무리는 없는 일이다. 그렇지만 그것은 매우 표면적인 견해이며 조금 더 구체적인 사실로 그 내용을 탐색해 보면 그것이 오해임은 자명해진다.

일부러 역사적 사실로까지 거슬러 올라갈 필요도 없다. 이전 세계대전에서 독일이 전략적으로는 오히려 우세함을 보였음에도 패배하지 않을 수밖에 없었던 것은 국민의 사상적 혼란에 최대의 원인이 있었으며, 독일 정신을 기조로 하는 국민 정신문화의 통일순화가 충분하지 않았기 때문이라는 점은 일반적으로 지적되는 사항이다. 그렇지만 이 사실을 나중에 되돌아보면 이전 세계대전에 앞서서 반세기에 걸친 독일제국의 역사에 비추어 당시 독일제국의 정신문화가 절대적으로 안전한 영역에까지 도달해 있지 않았다는 점은 충분히 상상할 수 있다. 그런데 당시 전쟁의 개념이란 일국의 협의의 군사적 전력의 우열을 가지고 승부가 결정된다고 믿겨졌으며, 이전 세계대전에서 독일의 패전은 그 개념이 항상 올바르지는 않았음을 명백하게 제시해 주었다. 즉 장래 전쟁의 승패는 표면적인 병력 비교에 의한 개연성으로 예상하는 것이 위험한 일임을 우리들 앞에 보여준 것이다.

오늘날에 있어서 일국의 전력을 그와 같은 계산에 따라서 생각하려는 사람은 한 사람도 없겠지만, 그럼에도 이러한 사상이 여전히 오늘날에 그 잔재를 남기고 있지 않다고 단언하기 어렵다. 다시 말해 총후(銃後)[5] 생산력의 총화(總和)에서 전력 비교의 기초를 찾으려는 것이 아주 최근까지 통상적이었지만, 생각에 따라서는 이런 사고법은 이전 세계대전 당시 전력 비교의 범위를 다소 확대한 것에 지나지 않으며 이번 세계대전은 아마 이런 사고방식이 얼마나 위약한지를 결과적으로 보여주게 될 것이라 나는 믿고 있다.

현재 우리들이 싸우고 있는 지나사변이 시작되기 이전, 만약에 우리나

---

5) 전쟁 상황에서 총의 뒤, 즉 직접적인 전쟁터가 아닌 후방.

라가 싸우지 않을 수 없는 입장에 섰을 경우, 과연 오늘날의 청년들이 그 것을 견딜 수 있을까라는 점이 일부 사람들 사이에 문제가 되고 있다. 즉, 구미문화와 적색사상의 세례를 극도로 받고 있는 청년들이 과거의 일본인 이 가지고 있었던 본질을 더럽히지 않고 있을 수 있는지 아닌지가 문제가 되고 있다. 그런데 일단 한 번 전쟁을 해 보니 그 모든 것이 기우였던 점 은 실로 일본이 일본인 특성을 여실하게 보인 것이라고 할 수 있다. 그것 은 무엇인가? 2,600년의 전통을 가지는 일본 정신문화의 강고함을 사실로 서 보여준 것이다. 그러나 만약 이 사변이 다이쇼(大正)에서 쇼와(昭和) 초 기[6]의 정세 하에서 20년 후, 또는 30년 후에 일어났다고 가정하면 현재까 지와 같은 성과를 거둘 수 있었을지 아닌지 하는 점에 대해 어쩌면 단언 하지 못할지도 모른다. 이 점에서 이번 사변이 실로 일본에 있어서 적당 한 시점에 일어난 것에 대해 감사해도 좋을지 모른다.

여기에서 상기한 바이지만, 오늘날 이 중대한 세계정세 아래에서 각국 모두 국민정신의 강화라는 점에 진정으로 힘을 쏟고 있다는 사실을 다양 한 방면에서 엿볼 수 있다. 이번 세계대전에서 독일 서부전선의 승리를 다룬 『승리의 역사(勝利の歷史)』[7]를 보았을 때, 곧바로 느낀 것이지만 이 영화의 가장 중요한 점은 과학의 승리를 선전하기 위해 만든 영화라기보 다도, 오히려 국민에 대해 정신의 승리라는 측면을 진정으로 알리기 위해 만든 것은 아닐까라는 점이었다. 아마 독일 참모본부가 의도한 이 영화의 최대의 안목은 거기에 있었을 것이다. 이 영화는 국내적으로도 국외적으 로도 일종의 선전영화임에는 틀림이 없지만 그 안에 과거 반세기의 역사 적 사실을 통해, 이번 세계대전에 이르러 나타난 독일민족의 위대한 정신

---

6) 다이쇼(大正)는 1912년부터 1926년까지, 쇼와(昭和)는 1926년 이후의 연호.
7) Sieg im Westen. 1941년 2부로 구성된 독일영화. 제2차 세계대전에서 독일군이 프랑스 항복에 이르기까지 6주간의 진격을 기록한 영화인데 제2차 세계대전 당시 독일군이 편성 한 선전영화.

력과 그것에 의해 주어진 승리를 모든 부면에서 드러내는데 노력하고 있다는 점은 경이할 만하다. 그것은 편집의 훌륭함 이상으로, 이전 세계대전의 패전 이유를 가장 깊이 알고 있는 자가 만든 이 영화의 최대 강점이며, 독일국민에게 커다란 교훈을 준 것과 마찬가지로 우리들에게도 또한 커다란 교훈을 주었다. 즉 오늘날에 이르기까지 영화에서 정신의 승리라는 점이 국가적 스케일에서 나타난 최초의 작품이며 이것을 통해 최근 세계대전의 한 특징을 새로운 시야에서 제시하고 있기 때문이다.

이것은 단지 최근 보았던 독일영화에 대해 느낀 일례에 지나지 않지만, 국민정신의 통일 강화를 위해 일국의 정신문화를 매우 진지하게 생각하게 된 점은 이번 대전을 계기로 하여 나타난 극히 현저한 사실이며, 이번 대전은 종국에 있어서 국민정신문화의 강고함이 그 승패를 결정하는 열쇠가 되지 않을까 생각하게 되었다. 즉, 일국의 최정점의 전력을 생각할 때 그 국민이 가지는 정신문화의 강고함이 최근까지의 총아였던 국가 경제력과 어깨를 견주고, 게다가 그 원동력으로서 모든 사람들이 계산의 기초가 되는 날이 이미 도래하고 있다고 나는 생각한다.

세계의 정세가 정말로 이와 같은 방면으로 나아가고 있을 때, 일본 국민만이 3천년의 전통에만 의지하여 이 방면의 강화를 소홀히 하는 일이 있다면, 동아의 맹주로서 세계 신질서의 건설에 매진해야 하는 우리나라의 실력은 저하되어 버릴 것이다. 이 점에서 과학문화의 보급발달을 도모함과 더불어 국민의 정신문화를 일층 고양하고 통일 강화한다고 하는 점이, 오늘날처럼 필요한 때는 없었다고 생각한다.

우리나라의 정신문화는 항상 조국(肇國)의 이상을 이상으로 하여, 그것을 추구하는 복고의 정신을 기초로 하여 오늘날에 이르렀다. 그것은 어떠한 시대에서도 우리 일본문화의 저변에 흐르는 가장 커다란 특징이다. 즉 만세일계(萬世一系)[8]라는 우리 국체의 절대성을 중심으로 하여, 그것을 에

워싸며 오늘날에 이른 것이 바로 일본의 문화였다. 그 겉모습에는 변화도 있고 소장(消長)도 있었으며, 어느 때는 중심 그대로 나타나고, 또 어떤 때는 그것을 공공연히 드러낼 수 없을 때도 있었지만, 그럼에도 불구하고 언제나 중심은 중심에서 엄연히 빛나고 있었다. 그리고 한 번 국가적 중대사가 일어나면 그것은 밝은 빛을 내어 국가의 의지를 통일하는 힘을 갖추고 있었다. 우리 역사에 나타난 그런 예는 내가 새삼스럽게 열거할 필요도 없이 사람들이 알고 있는 바이다. 이것이 우리 국체가 만방에 비할 데가 없는 점이며 3천년의 전통을 가지고 일관된 일본 정신문화의 본류이기도 하다. 사람들은 한 마디로 3천년의 전통이라고 하지만 이만큼 강인한 문화는 어디에도 그 예가 없으며 너무나 건전하기 때문에 오히려 사람들은 그 건전함을 알아차리지 못하는 것이다. 이와 같은 건전함이란 일본문화의 독자적 건전함이라고 생각한다. 오늘날 각 방면에서 건전이라는 말이 이야기되고 있지만, 진정한 건전함이란 우리의 국체와 그것을 에워싸고 우리들에게 미치고 있는 일본문화 속에 보인다. 우리들은 우리 국체와 우리 문화 속에 흘러온 건전함을 새로운 눈을 가지고 다시 보지 않으면 안 된다.

건전의 건(健)이라는 말은 강함을 의미함과 더불어 그것과 관련하여 왕성함도 의미하고 있다. 우선 강함이라는 것에 대해 생각해 보건데 우리의 3천년 전통이 가지는 건전함이란 말을 바꾸면 강함을 의미하는 것이라, 인류사상 공전(空前)의 강함이며 또한 일본 독자의 강함이라고 말할 수도 있다. 우리들은 자연히 이어받은 이 강함을 잃어서는 안 된다. 잃지 않는다는 점은 이 강함의 의미를 진정으로 아는 것이기도 하다. 그런데 메이지 이후 극도로 구미문화의 세례를 받고 있는 우리들은 한편으로 우수한

---

8) 일본의 황통, 황실은 영원히 한 계통이 계속된다는 의미.

과학을 수입한 반면, 우리들 선조가 가지고 있었던 강함과는 아주 반대되는 것도 다량으로 수입하였다. 우리들은 지금 다시 한 번 그것을 진심으로 반성해 볼 필요가 있다. 다음으로 튼튼함(健)이라는 말인데 이것은 왕성함을 의미하고 있다. 왕(旺)이라는 말은 자연의 발로이며 자연의 순수한 의지이자 역시 일종의 강함을 드러내고 있는 것이다. 자연적이며 순수하다고 하는 것은 절대적인 힘이다. 우리들의 선조는 이와 같은 튼튼함을 가지고 있었다. 즉, 오늘날처럼 우수한 과학을 가지지 않았던 우리 상대(上代)인은 한결같은 정신에 의해 자연스런 튼튼함을 보였던 것이다. 정열을 가진 성실함이다. 우리 『만요슈(万葉集)』9)의 노래 중 다수가 순수하며 힘이 있고 더구나 건강한 것은 그 때문이라고 나는 생각한다. 그러나 오늘날의 우리들은 그 위에 더욱 우수한 과학을 도입하지 않으면 안 된다. 과학은 순수하며 자연이며 그렇기 때문에 옳은 것이다. 현대의 건전함이란 실로 과학적인 것을 보다 고도로 도입한다는 점에서 현대적인 발전을 보이지 않으면 안 된다. 그 점에서 오늘날 정신문화의 문제에 있어서 과학적인 요소는 절대로 필요하며 과학적인 요소를 부가한다는 점에 3천년의 전통 위에 거듭 그것을 넘어 발전하지 않으면 안 되는 현대일본의 정신문화 문제가 가로놓여 있다고 생각한다. 그런데 오늘날 일본에서는 지도적인 입장에 있는 사람들조차 비교적 이 문제를 소홀히 하고 있다는 점은 크게 반성해야 한다.

　문학을 주로 하는 잡지이기 때문에 문학 방면으로 이 문제를 조금 조사해 보려고 하는데, 서정의 문제인 경우에도 메이지, 다이쇼의 일본문학은 일종의 과도기 문학이며 진정으로 일본적 자각 아래 탄생한 작품은 비교적 적다. 그런데 무자각한 이들 작품이 마치 현대 일본을 대표하는 문학

---

9) 일본에서 가장 오래된 가집(歌集). 4500여 수의 노래를 싣고 있으며 8세기, 나라(奈良) 시대 말 성립.

의 특징인 것처럼 대다수의 사람들이 믿고 더구나 무비판인 채로 오늘날의 젊은 자녀들에게 교육되고 있다는 점은, 이 중대한 시대에 대응하는 현대 일본의 정신문화를 건설하는 데 상당히 장해가 되고 있다고 나는 생각한다. 그런데 그것이 매우 당연한 일처럼 생각되고 있다는 점은 의외로 현대 일본문화의 대세(大勢)를 솔직하게 말해주는 사실이며 현하의 일본문화의 수준이 여전히 진정한 자각에 도달해 있지 않은 증좌이기도 하다. 이것은 사변 하(下)라고 할망정 여전히 일본국민이 너무나도 풍족한 데에도 그 원인이 있으며 곤궁을 모르는 국민의 태평함이 그렇게 만들고 있는 것이다. 그렇지만 그렇기 때문에 무자각하게 있어도 좋을 이유는 조금도 없다. 현재 일본이 직면한 객관적 정세를 좀 더 깊게 인식하면 그렇게 해서는 안 된다는 것은 새삼스럽게 내가 말할 필요도 없다. 여기에서도 우리들 일본국민은 객관적인 눈을 좀 더 널리 주위로 향할 필요가 있다. 그때, 우리들의 서정은 새로운 시야로 변화해야 한다. 과학적 생활과 사유를 배경으로 한 건전한 오늘날 우리들의 서정(抒情)이 태어나야 한다. 중세 이후 과거 일본문학이 가지고 있었던 감상을 뛰어넘어 건전하고 진정 국민적인 서정이 태어나야 한다. 이렇게 하여 태어난 서정은 순수하고 한결같다는 점에서 우리 상대인(上代人)들이 가지고 있었던 서정에 통하며 과학적인 생활을 배경으로 하고 있다는 점에서 현대적인 질서를 내포해야 할 것이다. 이와 같은 서정 위에 태어난 우리들의 시와 노래와 소설이라는 것은 비할 데가 없는 강인함에서 다음 세대의 건설에 참여하는데 충분한 힘이 주어질 것이라고 나는 생각한다. 이것은 오늘날까지 통속적으로 생각되던 문학의 범주를 뛰어넘는 일이며 새로운 정신문화의 양식으로서 그 가치를 수반하게 될 것이다.

흔히 뛰어난 예술은 시대를 초월한다고 한다. 그렇지만 진정으로 시대를 배경으로 하지 않고 시대를 초월할 수 있는 예술이 어디에 있는 것인가?『만요슈』는 만요 시대를 배경으로 하여 비로소 오늘날 살아있는 것이다. 새로운 건설이 태동하는 시대의 예술이란 많은 경우 그 시대를 배경으로 하여 저력이 있는 작품을 남기고 있다. 오늘날이 바로 일본에 있어서는 그와 같은 시대라고 나는 생각하지만 현재 진정한 시와 노래, 그리고 소설이 태어나지 않으면 장래에 그것을 기다린다는 것은 불가능한 일이 아니겠는가? 어떤 사람들은 현재는 사변 하에 있으므로 진정한 예술 등이 탄생할 때는 아니라고 한다. 그것은 이 사변에 대해 건설적인 인식을 가지지 못하고 또한 예술을 매우 초월적인 것처럼 생각하고 싶어 하는 말기적 내지 퇴폐기의 사고방식을 그대로 계승하고 있는 사람들의 생각이다. 그렇기 때문에 오늘날 및 장래의 일본은 이 같은 예술가를 필요로 하지 않을 때가 되었다고 나는 생각한다.

우리들은 이 사변 하에서 비약하는 일본의 정신문화의 양식이 되는 생생한 작품을 낳지 않으면 안 된다. 그것은 작가로서 이 시대를 살아가는 자에게 주어진 특권임과 동시에 새로운 일본문화 건설에 참여하는 영예로운 일이기도 하다. 이를 위해서는 내지에서든 조선에서든 예술가는 이 시대에 관한 인식을 심화하여 진정으로 비약해야 한다. 이 비약 아래에서 진정한 국민예술로서의 시가가 태어나고 소설이 태어나고 연극이 태어나는 것이다.

최근 건전한 오락이라는 말이 오르내리고 있다. 이 말을 오늘날의 많은 작가들은 그다지 좋아하지 않는 듯하지만, 장래의 국민예술이란 작가에 있어서는 전신(全身)적인 일의 성과임과 동시에 민중에 대해서는 건전한 오락 영역에서 널리 접할 수 있는 것이어야 한다고 본다. 그 오락성 중에서 국민의 정신문화 육성의 양식이 있다고 한다면, 그것이야말로 진정으로 국민예술이라고 하기에 어울리는 작품이라 할 수 있다. 이와 같은 의미에서 오늘날까지의 문학에서 문예성이라는 것도 새로운 의미에서 재검

토해야 할 시기가 되었다. 그런데 오늘날도 여전히 구태의연한 문예성의 범주 속에 허우적거리고 있는 것이 현재 일본문학의 대세이다. 최근 사소설의 범람이나 역시 그것에 들러붙어 있어야 하는 비평가의 퇴영(退嬰)은 좀 더 엄정하게 다시 비판해야 한다.

　여기에서 조선의 문학이라는 것에 대해 조금 말하고 싶은데, 내가 지금까지 말한 최근까지의 일본문학에 대한 결함은 조선의 문학에 관한 결함으로 볼 수 있다. 게다가 조선에서는 지금까지 민족성이라는 것을 부가하여 사고했다. 문학에서 민족성이란, 그 토지의 풍토와 인간으로부터 자연스럽게 배어 나와야 하는 것이다. 조선에서 최근까지 이른바 민족적 경향의 작품 같은 것들은, 그저 목적을 목적으로 하는 종류의 작품이라서 이전의 프롤레타리아 문학의 그것과 마찬가지로 순수한 가치를 수반한 작품이라는 것은 불가능하다. 그리고 조선에서는 이 풍토와 인간에 진정으로 뿌리를 박은 독자적 문학작품이, 내가 과문(寡聞)한 탓일지도 모르지만, 극히 소수 작가의 일부 작품을 제외하고는 현재까지 거의 태어나지 않아서, 최근 50년 일본 내지의 문학이 남긴 업적과 비교해 보더라도 여전히 비할 바가 못 된다. 최근 십 수 년 이래 조선의 젊은 사람들이 즐겨 사용한 프랑스풍 스타일의 작품과 같은 것은 단지 스타일을 날로 이 땅으로 옮긴 것에 지나지 않는다. 그래서 말기적이고 위약하며 말초적인 감정을 주로 하고 정신적인 배경을 거의 가지지 못한 이러한 작품은 조선의 흙을 터전으로 한 작품이라고 말할 수는 없다. 조선의 흙에서는 좀 더 동양적인, 진정으로 조선의 흙으로부터 태어난 문학이 탄생해야 한다고 생각한다.

　이를 위해서는 부동의 결의가 필요하다. 오늘날까지의 대부분의 작가처럼 도망칠 것만 생각해서는 진정으로 건설적이고 향토적인 작품 따위는 태어나지 않을 것이다. 지금 조선은 조선의 현실에 입각하여 진정으로 새로운 기초 위에 일어섰다. 조선에 있어서든 조국 일본에 있어서든, 획기적인 이 위대한 시대를 전기로 하여 문학 방면에서도 이 시대에 어울리는 건설적인 문학이 탄생하지 않으면 안 된다. 새로운 정신 아래에 진실로 이 흙에 뿌리를 내린 태도를 가진 작가가 탄생해야 할 때이다. 새로운 조선의 정신문화는 우선 이와 같은 사람들에 의해 일본문화의 일환으로서 개척되어야 한다고 나는 생각하고 있다.

일본 정신문화의 기초를 이루는 것은 앞에서도 말했듯이 조국(肇國)의 이상을 이상으로 하는 것이며 그것은 가장 오래되고 더구나 가장 새로운 말을 통해 팔굉일우로서 표현되고 있다. 이 말이 가리키듯이 일본문화에서는 민족성 등은 삼천년 역사의 어디에서도 강조되지 않았다. 최근 민족이라는 말이 오르내리게 된 것은 서구문화 수입의 부산물이며, 일본에 관한 한 깊은 근거를 가지고 있는 것은 아니다. 조선에서도 사실은 아마 마찬가지일 것이다. 그런데 독일에서는 최근 민족성이라는 것을 극도로 강조하고 있다. 독일에서 민족성을 강조하지 않으면 안 된다는 사실은 오히려 그곳에 독일문화 최대의 약점을 내포하고 있기 때문이며, 일본에서 그것을 흉내 내야 할 이유는 어디에도 없다. 즉 독일에서는 이전 대전의 결과에 비추어보아도 국가의 가장 중대한 때에 반국가적인 행동을 억지로 하는 유대인과 그 문화를 농후하게 포함하고 있었기 때문이다. 진정한 국방국가 건설을 위해서는 민족의 순수함을 유지하는 일이 절대로 필요하게 되었다. 일본에서는 독일과 같이 유대인은 없으며 민족이라는 말을 크게 외칠 필요도 없다. 즉 일본에서는 조국(肇國)의 정신에 비추어 보아도 또한 최근 한일병합의 성지(聖旨)에 비추어 보아도, 만민 모두 폐하의 적자이며 독일처럼 유대인과 같은 협잡물(挾雜物)이 혼입할 여지는 어디에도 없다. 따라서 민족성이라든가 민족의 순수를 강조하는 서구적인 사고방식을 일본에 가지고 올 필요가 전혀 없다. 그것이 일본문화의 한 특징이라고도 할 수 있다. 단지 조선에서 일부 사람들 사이에 이전에 행해진 민족운동

등은 일본인이면서도 일본문화를 이해하지 않고 서구적인 사고방식에 현혹되어 있었기 때문이며(내지에서도 이 시기에는 이와 유사한 예가 많았다), 현재 조선에서 진정으로 완성의 영역에 도달하려고 하는 내선일체라는 것은 민족을 초월하여 팔굉일우라는 대정신을 이상으로 하는 국초(國初) 이래 일본의 국가질서 속에 사실상 일체가 되어 조선인들이 참여했음을 의미한다. 우리들은 그곳에 민족을 초월한 가장 장려한 질서가 있음을 알아야 한다. 이곳에 진실로 동양적인 자각에 선 조선문화의 건설이 있다. 이 때 일본문화 건설의 일환으로서 진정으로 조선의 흙에서 태어난 조선의 문화를 건설하기 위해 우리들은 분기해야 한다. 이것은 우리들 앞에 분명히 전개되고 있는 동아신질서 건설의 초석이 되는 것이다.

　문학에 뜻을 두는 자는 이 자각을 가지고 건설적인 시와 소설을 쓰면 된다. 진정한 자각의 위에 태어난 건설적인 한편의 시는 백만 천만의 마음을 흔들게 할 것이다. 일본문화의 일환으로서 마음 든든한 조선의 문화 건설을 위해 또한 동아문화의 부흥을 위해 조선인들 사이에 웅대한 진정한 국민시, 국민문학이 탄생할 것을 진심으로 나는 대망한다.

—이상

단카(短歌)의 역사주의와 전통

스에다 아키라(末田晃)

하나의 문학이며 예술이라는 것이, 발생한 시대성을 또는 시대적 현실을 뛰어넘어 어느 영원한 것을 가리키고 있지 않다면, 그것은 진정한 의미의 문학도 예술도 아니라는 점은, 진실로 위대한 작품에서 일컬어져야 한다. 그래서 그것은 언제 어떠한 시대로부터 되돌아보더라도 충분히 그에 합당할 만큼의 존재이유를 가지고 있어야 한다.

예를 들면 단카에서 『만요슈(万葉集)』의 존재가 어느 시대에서도 진실의 문학이 탄생한 뛰어난 작품으로서 받아들여지는 점은 이의 유력한 증좌로 보아도 좋지 않겠는가? 무엇보다 『만요슈』라는 존재에 대해서는 다양한 문화적 의의의 각도에서 문제시되는 것도 하나의 커다란 사실일 것이다. 특히 오늘날과 같은 동요(動搖)의 시대, 격돌의 시대에 일본적 정신이 현현(顯現)한 모태적 존재로서 '만요의 혼으로의 복귀' 등이 논의되는 것은 주지의 사실이다. 그렇지만 여기에서 주의해야 할 점은, '만요로 돌아가라'라는 말에 대해 현시와 같은 복잡한 생활적 심리에 지배받고 있는 우리들이 원시적인 단순한 감정에 그 휴식을 찾기란 결코 불가능하다는 사실이다. 우리들은 오로지 전진해야 하는 어리석은 존재이다.

『만요슈』라는 작품은 어느 의미에서 확실히 단순하며(그래서 순수한 것이지만), 다양한 예술적 색채를 결여하고 있다는 것은 하나의 세계관으로서 인정해도 좋을 것이다. 『만요슈』를 경신(敬信)하는 우리들의 감정에는 일말의 동요도 없는 일이기는 하지만, 『만요슈』를 너무나 분해(分解)적으로

학적(學的) 대조(對照)로서만 꾸며댄 불명의 결과로서 당연한 논의가 낳은 것이었다. 또한 이른바 무수의 지식 — 그것도 문자로 매개된 — 이 먼지처럼 흐린 태도에 의해, 숨겨진 뛰어난 빛에 닿으려고 하는 것은 이미 출발점부터 잘못된 셈이다. 여기에도 문학적 역사주의자들(역사주의는 후술한다)의 오류의 길이 있었다. 게다가 전술한 만요로 돌아간다는 것을 불가능한 일처럼 생각하는 자들은, 비약전진하려고 하는 소중한 태도에서 맹목적인 언동이 얼마나 위험한가라는 사실을 알지 못한다. 그래서 하나의 민족적 생명이 내면적으로 약진하려고 하는 데 즈음하여 필연적 과정으로서 '전통으로의 복귀'임을 분별하지 못할 것이다. 우리들이 새롭게 소생하는 정념을 불태우는 일은 적어도 자연적 원시상태의 단계로 후퇴하는 것을 절대적으로 필요로 한다. 일본정신, 일본적 성격 등에 대한 관심이 고양된다는 것은, 항상 우리들을 인도하여 그릇되지 않은 민족의 본능적 요구에 근거하는 것이어야 한다. 이런 의미에서도 '만요의 혼으로 돌아간다'는 것은 그것이 숭고하며 뛰어난 문학의 발생과 전개의 원류를 통해 표현되고 배양된 생활을 가지는 민족에 한정된다. 이 자각적 노력을 기울임으로써 진정한 자기를 파악하고 자기의 내부를 깊게 흐르고 있는 역사적 생명을 찾아낸다는 것은 특별히 현대 문화기구 내에 우리들을 상대인의 생활로 환원함을 의미하지 않는다는 사실을 분명히 해야 한다. 이러한 의미에서만 '만요로 돌라가라'라는 외침은 수긍되는데, 덧붙여 『만요슈』라는 작품이 시대를 뛰어넘은 영원한 생명을 가지고 있다는 점은 또한 진정으로 뛰어난 예술로서 살아있다는 중대한 사실도 잊어서는 안 된다. 이것은 문화적 협의(狹義)가 아니며 예술작품으로서의 직접적 문제이다.

오늘날은 커다란 역사적 현실 위에 서서, 세계사의 전환이 가속도로 날마다 급한 조류의 흐름과 더불어 주마등처럼 빠르게 변해가는 시대이다. 이러한 시대를 맞아 우리들이 혼돈스러운 현대 일본사회 생활 속에 강하게 살아갈 지도원리가 될 수 있는 하나의 계기로서, 상대인의 순수한 사상 생활의 전(全)자태를 파악하는데 그 단서를 찾으려는 의도 아래에 고대로의 복귀가 주창되는 것도 중요한 의의를 가지는 것은 틀림없다. 그리고 이 신념이 향하는 바는 세계가 새로운 질서를 구하는 시대를 절실히 요구하고 있는 시대로 전환하려 하기 때문이다. 더구나 새로운 질서를 초래하기 위해서는 낡은 것이 깨지고 뭔가 새로운 형태가 만들어지지 않으면 안 된다. 즉 창조의 길이다. 이 창조적 진전은 우리들이 상대로 복귀하려는 정념에 의해 육성됨은 이미 말하였지만 우리의 일본정신이 발현되는 근본은, 내면적인 것이 자연스럽고 명백한 표현이며 외면적인 것이 은미(隱微)한 내면화를 이루는 데 기여함에 다름 아니다. 이를 위한 창조의 길에, 커다란 고뇌가 없다면 무엇을 위한 것인지, 까닭을 알 수 없게 될 것이다.

이로 인해서 모든 문제가 가로놓여 있는 것이다. 또한 이러한 요구에 수반하여 지금까지 등한시되는 경향이 있었던 기술이라든가 실천이라든가 또는 구상(構想)이라는 것이 다양한 방면에서 문화적으로 중요한 의의를 초래함은 명백하다. 그런데 이 근대적 기술이라든가 새로운 형식이 생긴다든가 또는 커다란 구상의 작용이라는 것은 원래 문화의 전면을 감싸고 세계의 새로운 질서에 기여하기 위한 창조의 길에 물론 봉사하는 것이어야 한다. 그렇지만 그보다 앞서서 우리들 스스로의 확고한 지반을 굳힐 필요가 있지 않을까? 이러한 의미의 현상에 대해서는 지나칠 정도로 많이 설명하였지만 이 용이한 사리를 억지로 망각하려는 자가 의외로 많음을 인정할 수밖에 없다.

쓸데없이 문화의 표면적인 빠른 변전(變轉)에 현혹되려는 자의 모습을 주의할 필요가 있다. 우리들의 질서라는 것은, 그 단계라는 것은, 인간이 스스로를 살리는 방식에 대해 우선 전통의 혼으로 돌아가는 것을 말한다. 이렇게 하여 그 표현의 독자성은 어디까지나 그 자신 민족의 호흡에 의해 계시하지 않으면 안 된다. 그것에는 다양한 문화사상의 창조에 대한 봉사가 있어야 함은 전술한 바이지만, 그러나 이러한 것이 우선 가장 전형적으로 대표되는 영역이라고 한다면 예술의 그것이며, 이른바 예술적 창조에 이를 구할 수 있으며 또한 구해야만 한다.

『만요슈』의 존재는 실로 이러한 훌륭한 것임을 우리들은 한결같은 기쁨으로 여긴다. 단지 고전적인 의미에서 보이는 상대인의 아름다움을 우리들에게 가르치는 데 그치는 것이었다면, 『만요슈』의 존재는 보통 문학작품의 경우와 다를 바 없을 것이다. 『만요슈』라는 작품이 우리들이 창조로 나가는 길에 항상 새로운 하나의 커다란 계기에 의해 풍족해지는 것을 인정하는 자들에게야말로, 그것이 시대를 뛰어넘은 영원성을 가지고 있다고 칭송되어져야 한다.

현재까지 우리들은 수많은 만요를 향한 정신(挺身)적 태도 아래에 노력한 업적들을 알고 있다. 그렇지만 그것이 대개 예술의 근저를 일관하고 있는 신념이 희박한 듯한 아쉬움이 있지는 않을까 한다. 문화의 형식적 범주에만 그치고 있어서, 또는 문헌학적 선에만 경도되어 있었기 때문에, 최소한 『만요슈』의 진정한 체온을 느낄 수 있고 삼투(滲透)된 업적은 적었던 것이 아닐까? 만요슈의 생명에 대해 단순한 역사적 전개의 종을 울릴 뿐이며 또한 해박하다는 말은 타당하지 않지만 박학한 자료 공급만으로 충분하다고 여긴 느낌이 있다. 이 박학의 보금자리에 얽매이기만 해서는 운신의 폭이 없어지는 것은 어쩔 수 없지만 그것은 "자기의 학설이나 사상에 역행하는 어떠한 것에 대해서도 귀를 막은 결과, 일종의 무지에 가까운 상태를 노정하는" 데에 이르러서는, 처음부터 소박한 무지와 달리 완명고루(頑冥固陋) 구제불능인 집요함을 보이게 될 것이다. 이러한 사람들에 대해 확실히 "그러한 사람들 앞에서 『만요슈』 안에 물결치는 생명은 하나의 심연이 하품하는" 듯한 것이다.

이상에서 나는 우리들이 '『만요슈』의 혼으로의 복귀'에 강한 의지력을 갖는 이유를 다양한 점들로부터 고려해 본 셈이다. 그리고 가장 중요한 점은 그 작품의 영원성을 인식하는 것이라고 말하였다. ― 예술적 입장에 있어서만 ― 우리들이 창조로 향하는 길의 모태적인 것으로서, 또한 전통의 영원한 생명이 흐르는 근원으로서 새로운 의의를 분명히 한 셈이다. 『만요슈』의 작품들이 전부 충실하다고 말할 수 없음은 너무나 잘 알고 있는 바이다. 또한 『만요슈』의 작품들이 어느 시대에 빛나는 예술로서 취급 받기에 이르렀는가라는 점을 규명하는 일도 일본문학사에서 커다란 숙제이기는 하다. 하지만 그것은 결코 『만요슈』의 생명을 직접 느낄 수 있는 일이 아니며, 따라서 우리들의 혼에 접촉하는 것도 아니다. 쉬운 예를 들어 말하자면 『만요슈』의 생명은 커다란 범종(梵鐘)과 같아서, 그것을 가볍게 두드리면 가볍게 울리고 깊게 치면 깊게 울려 퍼진다. 그래서 우리들은 우리들 마음의 깊이에 부응하여 그 울림소리를 들을 수 있는 것이다. 우리들의 생명이 무한하게 깊어짐으로써 『만요슈』의 무한한 깊이라는 것이 우리들의 생명 그 자체에 발현되어 온다. 값싸고 피상적이며 무지적인 태도에 의한다면 『만요슈』를 향해 어떤 열정이 솟아나겠는가? 우리들에게 쓸데없이 축적되어 있는 지식이 얼마나 무용하고 해독(害毒)한지 생각해 보는 게 좋다. 만요의 생명을 느끼는 데에, 우리들의 지식을 가지고 이를 간절히 바랄 필요는 없는 것이다.

오늘날 우리들은 너무나도 외적인 모든 장해를 뛰어넘을 만큼 진정한 일본적 정신으로 돌아감과 더불어, 그 생명의 원동력인 『만요슈』를 확실히 파악하여 어떻게 살아야 할 것인가를 되돌아보지 않으면 안 된다. 그리고 대체 무엇이 출발점이며 무엇을 목적으로 하는가에 있어서도, 역시 인생의 현실을 제쳐놓고 다른 곳에는 그 출발점도 없으며 발전의 길도 목적도 없는 것이다. 그렇지만 『만요슈』를 단순히 기술적(記述的), 신화적인 것으로서 문제 삼는 태도를 지속한다면 현실을 강하고 올바르게 살아가는 것은 결단코 불가능하다. 왜냐하면, 위대한 작품과 예술가가 진실로 인간답게 꿋꿋하게 살아가려고 노력하는 인간의 혼에 영원히 깊은 영향을 미치는 것도, 현실의 노력에 투철하기 때문이다. 그래서 위대한 작품이란 언제까지라도 항상 우리들의 현실적 노력에 매개가 되어 주는 존재여야 한다. 『만요슈』의 영원성이라는 의의가 실로 이 엄연한 사실을 표시하고 있다. 『만요슈』는 틀림없이 현실에 투철한 예술이며 신선하고 한없는 생명의 근원이다.

— 미완

일본적 세계관과 그 전개

마에카와 사다오(前川勘夫)

1

일본문화의 특질은 외국 것을 받아들여 이것을 섭취 흡수하는 매우 풍부한 포용력에 있다고 일컬어진다. 이는 실제 그러하며 우리나라는 옛날에는 인도 및 지나(支那), 최근은 구미의 문물을 받아들여, 이것을 모조리 소화하여 자기 자신의 피로 만들고 살로 만들었다. 이러한 것은 외국에서는 드문 일이며, 그런 경우 외국에서는 반드시 반격이라든가 배척이라든가 하는 행위가 이루어지거나 혹은 정복해 버리거나 (하는) 어느 쪽이 된다. 물론 우리나라에서도 외국 것이 들어올 때마다 배척적인 운동이 없었다고는 할 수 없다. 그러나 대체적으로 모두 필요할 때 마음대로 이용할 수 있는 것으로 만들어서 오늘에 이르렀다. 이것은 어쨌든 타국에서는 볼 수 없는, 일본문화의 특질이며 커다란 장점이기도 하다.

그렇다면 이러한 장점, 특질은 어디에서 생겨난 것인가? 보건대 그것은 일본인의 심적 바탕에 널리 외국의 것을 받아들일 만큼의 소질이 있기 때문이다. 즉 일본인은 생래적으로 그런 식으로 모든 것을 소화하고 받아들일 만큼의 뛰어난 능력이라든가 소질을 가지고 있기 때문이 아닐까? 그렇다면 이 소질은 구체적으로 어떠한 것일까? 보통 그것은 전체적(全體的), 성정적(性情的) 소질이라 일컬어진다. 세상에서 일컫는 소위 연속관(連續觀)

이라는 것이다.

　연속관이란 평이하게 말하자면 주체와 객체, 조물과 피조물의 동근성(同根性)이다. 여기에서 지금 상세하게 이에 대해 말할 수는 없지만,10) 그 입장을 취하는 자는 보통 고전 중 특히『고지키(古事記)』11) 창성기의 신화와 기독교 창성기의 그것을 비교함으로써 설명하고 있다. 즉 지금 우선 개괄적으로 그 논지를 말하면 기독교에서는 세계의 밖에 신이 있어서 그가 하늘과 땅과 사람을 만들었다. 따라서 신과 천지인, 조물 및 피조물은 매개되어 있지 않다. 그런데 일본의 창조설은 원래 주체가 객체를 만드는 게 아니라 낳은 것이다. 낳는다고 하는 것은 그 배후에 이것을 에워싸는 커다란 힘을 예상하지 않으면 안 된다. 이 위대한 힘에 의해 두 가지가 태어나는 것이다. 따라서 주체와 객체, 조물과 피조물이란 본래 연속하고 있다는 설명이다. 이것이 연속관설의 가장 일반적인 골자인데『고지키』원전을 통해 보자면 창조의 모습을 "마치 해파리처럼 흔들흔들 떠돌고 있을 때에 갈대 새싹 같은 것이 움터오르는 것에 의해"라고 했는데, 따라서 낳는다는 것은 수리(修理)이지 결코 서구식의 생산(生産)은 아닌 셈이다. 간단하게 말하면 기독교의 생각은 주체와 객체, 조물과 피조물을 나눈다. 그런데 일본의 그것은 미분(未分)의 상태에서 두 가지가 나왔다는 식으로 생각한다. 서구의 세계관에서는 이른바 능산적(能産的) 자연과 소산적(所産的) 자연이란 구별이 있고 어디까지나 지적(知的), 분석적이다. 그런데 일본에서

---

10) [필자주] 연속관설의 대표적인 한 사람으로서 다나카 아키라(田中晃) 씨의『일본적 세계관으로서의 연속관(日本的世界觀としての連續觀)』을 들 수 있다. 덧붙여 말하면 다나카 씨의 생각은 상당한 미문에 비해서 미숙하며 균형을 잃고 있음은 이하 내가 상세하게 비판하는 대로다. 특히 발전이라든가 신장의 경향이 있는 일본문화라는 것을 볼 때, 다나카 씨의 생각방식은 너무나 회고적, 보안(保安)적이다.

11) 세 권짜리 역사서로 712년에 성립된 것으로 봄. 상권은 신들의 이야기, 중권은 진무(神武) 천황으로부터 오진(應神) 천황까지의 기사, 하권은 닌토쿠(仁德) 천황부터 스이코(推古) 천황까지의 기사 수록.

는 이러한 구별이 없고 근본적으로는 정적(情的), 종합적이다. 그리고 이렇게 주체와 객체가 동일한 근원에서 나온다. 따라서 모든 것이 자기의 근저에 있었던 것으로, 알 수 없는 것은 없으며 여기에서 저 중층적인, 모든 것에 대한 수용성(受容性)이라든가 외국문물에 대한 타협성이라든가 이해력이라는 것을 생각할 수 있다는 것이 연속관설의 근본이다.

이 설명은 정말로 적절하며 특히 수납(受納)성이 뛰어난 일본문화의 일면이라는 것을 잘 설명하고 있다. 많은 사람들에 의해 거의 무조건적으로 통용되는 까닭이다. 그렇지만 나는 이에 대해 하나의 근본적인 의문을 제기하고자 한다. 이와 같은 소질만으로 이러한 현상이 충분히 설명되는가 아닌가 하는 점이다. 내가 통설에 대해 가장 우려하는 점은 이른바 과학에 대한 수납성이라는 것이 어떻게 설명되는가라는 점과 일본문화가 가지는 엄청난 발전력, 건설적 의사(意思)라는 것을 어떻게 하여 도출할 것인가라는 점이다. 즉 합리적 사유와 건설적 의사에 대해서이다. 내 사고방식으로는 이 두 가지는 진정으로 발전적이고 뛰어난 모든 문화에 고유한 것이며 그리고 일본문화에 그러한 계기가 있다고 생각하고 있다. 그렇지만 지금 잠정적으로 과학이란, 실증과학은 물론, 사회과학, 정신과학도 포함된 광의의 합리적 사유라는 의미이다.[12] 그런데 그 어느 것이라도 좋지만 알기 쉽도록 사회적인 내용으로 말하자면, 이것은 헤겔 등이 객관적 정신으로 삼고 있는 것이며 매개성을 요(要)하지 않는 직접적 정신과는 인연이 없는 것이다. 무릇 인간적인 것이라면 연속관으로 설명되겠지만 그러나 연속하지 않는 것도 있음을 알아야 한다. 그렇다고 하더라도 절대적으로 연속하지 않는 것이 있다는 것은 물론 아니다. 더구나 고래 일본인은 이 지적인 것, 객관적인 것을 다분히 받아들이고 있었다. 불교가 그렇고 인도

---

12) [필자주] 지성이라는 말을 나는 사용하고 싶지 않다. 프랑스의 도피적인 심적 태도와 동일시될 우려가 있기 때문이다.

철학이 그러하며 유교가 그러하다. 물론 이것들도 일단 일본으로 들어오자, 일본화되어 본래의 합리성이 지양되고 정적으로 되었다. 그렇다고 해서 이것으로 골자가 모두 빠져버린 것은 결코 아니다. 역시 하나의 사상으로서 남았다. 특히 메이지유신 이래의 외국문화에 대한 일본의 수용방식이 그러하다. 서구 것을 그 정도로 받아들여 이것을 필요할 때 마음대로 이용할 수 있게 만든 저 박력과 강력함. 알고 있는 바와 같이 서구의 문물은 합리적이고 실증적이다. 그러고 보면 이것은 단순히 정적으로만 설명할 수 없는 그 무엇인가가 있는 것은 아닐까? 여기에는 왕성한, 더구나 깊은 지(知)를 생각하지 않으면 안 될 것이다. 더구나 하나의 강한 의지라는 것도 생각하지 않으면 안 된다. 정은 타협이며 중화(中和)이다. 그러나 건설과 구성은 의지이다. 일본인의 근대적 비약은 이 두 가지가 있음으로써 보다 잘 설명되는 것은 아닐까? 어쨌든 일본인에게는 어느 특수한 화(和)와 의지가 있으며, 그런 것이 있었기 때문에 문화의 소화라는 것도 가능했던 것이다. 나는 이하에서 이런 견지에서 일본문화라는 것을 보고 그 세계관의 특질을 고구(考究)해 보고 싶다. 말할 필요도 없이 최근 일본적인 것에 대한 연구는 대단히 번성해졌다. 그러나 그것의 다수는 연속관 중심의, 어느 쪽인가 하면 회고적, 보수적인 면을 중심으로 한 것이다. 우리들은 더욱 왕성하고 생생한 것을 알고 싶어 한다. 그리고 지금이야말로 그런 연구가 요구되는 것은 아닐까? 우리들은 지금 크게 비약하려고 하고 있다. 동아(東亞)의 일본에서 세계의 일본이 되려 하고 있다. 세계 역사에 일찍이 없었던 새로운 문화를 건설하려고 하고 있다. 그러고 보면 우리들은 드넓은 것, 높고 커다란 것을 주시할 필요가 있는 것은 아닐까? 어찌되었든 이런 생각에서 일본문화라든가 일본적 세계관이라는 것을 보고 싶은 것이다.

2

그러나 이렇게 말하면 사람들은 곧바로 내 견해를 지나치다고 말할 것이다. 옛날부터 수많은 일본문화론은 일본문화를 가지고 감성의 문화이며 지(知)나 의지의 문화가 아니라는 점에 일치하고 있는 듯하다. 사실 일본문화를 대관(大觀)할 때, 특히 지적인 요소는 쉽사리 눈에 띄지 않는다. 고대 일본에는 자연과학도 없거니와 사회과학도 없었다. 사회과학에 대해 예를 들자면, 에도(江戶)의 말기 조닌(町人)13)이라는 사람들이 생겨났다. 그러나 이를 설명할 과학이라는 것은 생겨나지 않았음은 주지하는 바와 같다. 무엇보다도 문학이 이러한 것을 웅변하고 있다. 일본문학은 고래 가장 정적이며 반(反)지적이기도 하다. 모두가 잘 알듯 일본문학의 주조를 이루는 것은 와카(和歌), 하이쿠(俳句), 수필류, 특히 와카와 같은 단시형 서정시이다. 또한 장편물의 경우에도 거기에는 일정한 구성이 없다.14) 그리고 또한 그 속에 일정한 테오리아15)가 없다. 『겐지모노가타리(源氏物語)』16)의 경우에도 흔히 일컬어지듯이 구성을 가진 장편이 아니라 마치 부분 부분을 짜 맞추는 듯 생긴 두루마리 그림이며 거기에는 세계관이라고 칭해질 만한 것이 없다. 이와 같은 점에서 말하면 일본문학에는 학적(學的) 요소가 부족하며 사건에 대한 이론(異論)도 지당한 일이다.

그렇지만 여기서 주의해야 할 것은 지(知)의 의의이다. 지란 무엇인가?

---

13) 에도 시대 사회 계층의 하나로 도시에 사는 상공인 계급의 사람들.
14) [필자주] 이렇게 말했다고 해서 나는 저 고답적인, 초민족주의적인 후지모토<藤本>씨의 견지에는 완전히 동감할 수 없음은 이하 전개하는바 대로다.
15) theōria, '보는 것', '관조', '인식' 등을 의미하는 그리스어.
16) 54첩(帖)으로 이루어진 이야기로 여류 귀족 무라사키 시키부(紫式部)에 의해 1001~5년 사이에 쓰이기 시작했다고 일컬어짐. 수많은 여성들과의 교섭을 중심으로 한 히카루 겐지(光源氏)의 영화로움과 고뇌의 생애, 마지막 10첩은 겐지의 아들인 가오루(薰), 니오노미야(匂宮), 우지(宇治)의 여인들 간의 연애와 비극을 다룬 구성. 일본 고전 모노가타리 문학의 최고봉으로 꼽히며 후세에 영향력도 컸음.

다양한 정의가 내려져 있지만 지란 요컨대 사물을 다른 사물과 관련지어 바라보는, 즉 전체 속에서 보려는 것이다. 말을 바꿔 말하면 추상화라는 것이다. 법칙이라든가 일반성이라는 점을 보려는 것이다. 이것은 지의 통상 관념이며 서구적 의미의 지이다. 그런데 말할 필요도 없이 이러한 의미의 순수지라는 것은 우리나라에는 부족하다. 그것은 주로 서구적인 것이며 일본에서 본다면 근대에만 존재하는 것이다.

그러면 일본에서 지(知)라는 것은 전혀 없었는가? 묻건대 나는 결코 그렇지 않다고 생각한다. 물론 지금 말한 것 같은 의미의 지는 없었다. 그러나 한층 다른 지가 있었다. 그것에 대해 논하는 것이 나의 주지인데 우선 실례를 가지고 제시하고 싶다.

이것은 사이구사(三枝)씨[17]가 저술한 『일본의 사상문화(日本の思想文化)』라는 책에 나와 있지만 바쇼(芭蕉)[18]의 구(句)에 그것이 가장 잘 나타나 있다고 생각한다.

　애처롭구나 갑옷 아래에 있는 귀뚜라미

이러한 폭이 있는 구는 약간 드물기는 하다. 귀뚜라미를 노래하고 있든지, 갑옷을 노래하고 있든지, 갑옷 밑에서 우는 귀뚜라미는 가련한 존재이다. 그러나 그 위에 있는 갑옷이 더욱 가련한 것은 아닐까? 옛날 화려했던 무사의 소지품도 아아 한 개의 낡은 갑옷이 되어 가로누워 있는 것이다. 인간도 정말로 가련한 것이다. 이와 더불어 이 소동물도 또한 애잔하다.

---

17) 사이구사 히로토(三枝博音, 1892~1963). 철학자로서 사상사, 과학사, 기술사에 관한 다수의 연구를 수행하였다. 『일본의 사상문화』는 1937년에 간행한 저작물이다.
18) 마쓰오 바쇼(松尾芭蕉, 1644~1694). 에도(江戸) 시대의 하이쿠(俳句) 작가로 독자적 구풍을 개척함. 하이쿠를 문예로서 높은 지위에 올려놓은 장본인이며 수많은 하이쿠 외 기행문과 일기를 남김.

척추가 없는 이 동물, 그것이 갑옷 밑에서 짓눌려 있듯이 울고 있다고 하는, 드물게 폭이 넓은 지(知)적인 구이다. 철학적 인생관도 사회관도 들어 있다고 생각한다.

여름풀들은 강했던 무사들이 꿈꾸던 흔적
여행에 병들어 꿈은 마른들을 뛰어다닌다

너무나 유명한 구이다. 이 속에 역사도 있고, 자연도 있으며 실로 이들이 일체가 되어 정말로 영구(永久)한 세계를 만들고 있다.

그런데 이들 구에 노래되고 있는 바는 개체들이다. 구체적이며, 또한 형태로 해 봤자 겨우 17자의 짧은 구절이다. 그런데도 거기에 얼마나 넓고 깊고 높은 지가 있는가? 나는 이 지를 규명하고 싶은 것이다. 사견을 말하면 이들 지는 진실로 복잡하고 말하자면 주름이 많이 있는 지이다. 추상이라는 것을 포함하고 있으면서도 더구나 그것을 조금도 밖으로 내지 않는, 이른바 즉자(卽自) → 대자(對自) → 즉자·대자로 진행하는 바를 대자를 앞질러 일시에 즉자 및 대자가 되고 거기에 대자를 포함하고 있는 듯한 지가 아닐까. 보통 이들 지(知)는 간단히 취급되고 있으며 정(情)의 한 형태로 여겨지고 있다.

'사비(さび)',[19] '시오리(しほり)'[20]라고 하면 왠지 애잔하고 원숙한 것처럼 생각된다. 그러나 그것은 의외로 강인하고 끈기와 탄력이 있는 지(知)가 아닐까? 그런데 이들 지가 주로 생활에 나타난 경우, 사람들은 이를 감각

---

[19] 일본의 미 이념의 하나로 '寂'이라는 한자로 표현함. 무언가의 본질이 한적하고 고담한 맛이 배어나오는 경지로 중세 이후 근세, 근대까지 일본인의 생활태도 전반의 미적 기호에 큰 영향을 줌.
[20] 한자로는 '撓'나 '萎'로 쓰며, 특히 바쇼 하이쿠의 근본이념의 하나로 여겨지던 개념. 작자의 마음 속 애감이 하이쿠나 하이쿠의 여정에 자연히 드러나는 것을 이름.

이라고 말한다. 또는 이른바 직감이라고 불린다. 뒤이어 이에 대해 약간 설명하고 싶다. 통례 일본인의 문화는 가장 생활적이라고 일컬어진다. 생활적이라는 말에는 여러 가지 의미가 있지만 일본인의 경우 그것이 개체를 벗어나지 않는다는 것, 즉 추상적이지 않다는 말이다. 일본인의 생활을 보면 완전히 개체 속에 파묻혀 있는 듯하다. 예를 들면 사물을 세는 방식으로 말하자면, 한 명(一人), 한 마리(一匹), 한 필(一反), 한 대(一基), 한 과(一科), 일 갈래(一流), 한 켤레(一足), 한 가마니(一俵), 한 무더기(一山), 한 권(一冊), 한 장(一枚), 한 그루(一本), 한 상자(一箱), 한 통(一通) 등이다. 이 접속 방식은 실로 사물에 따라 규정된 것이다. 정말로 물체의 바다가 아닌가? 그리고 다시 일례를 들어 먹는다(食う)는 동사에 대해서만 보더라도 먹는다(たべる), 먹다(くう), 먹다(いただく), 드시다(めす), 드시다(おす), 먹다(とる), 덥석 물다(かぶる) 등 실로 다양하다. 이것은 주로 음식이 많은 것, 따라서 이에 대한 동작이 많기 때문이다. 그런데 이러한 점을 보면 일본인은 확실히 물체에 구사(驅使)되고 번롱(翻弄)되는 것은 아닐까라고 여겨지지만 그러나 사실은 결코 그렇지 않다. 대개의 민족이라면 아마 질색했을 것이다. 그러나 일본인은 이에 질리지 않을 뿐 아니라 익숙하게 처리하였다. 이 처리 방법 속에서 추상화하지 않고 처리하는 방법을 취했다는 점에 생각을 미칠 필요가 있다.

사람은 자칫하면 그것을 자못 용이한 일로 생각한다. 그러나 그것은 그런 손쉬운 일이 아니다. 이 안에 수많은 판단력과 식별력을 가진, 왜소하면서도 강인한 천성이라 할 수 있지 않을까? 표면적으로는 매우 직감적이고 매우 약하다고 생각하는 경향이 있지만 그러나 사실은 완전히 반대이다. 이 정도의 일을 처리하는 지(知)는 실로 쉬운 일이 아니다. 오늘날 우리들이 서 있는 주위를 둘러보면, 우리들의 생활양식은 실로 다양하다. 식(食)에 대해서는 일식, 양식, 중국식, 주(住)에 대해서는 일식, 양식이 있고의(衣)에 대해서도 마찬가지다. 더구나 이 중에는 서로 반발하는 것도 있다. 그러나 일본인은 이것을 정확하게 처리하고 있음에 틀림없다.

이렇게 보면 일본인의 지성은 매우 깊고 도량과 깊은 맛을 갖추고 있다고 할 수 있다. 이야기는 조금 건너뛰지만 지금 일본은 지나(支那)라는 대국을 상대로 대사업에 착수하고 있다. 그럼에도 불구하고 국내는 의외로 냉정하고 혼란이 없음은 오로지 외국인뿐만 아니라 우리들 일본인 자신조차도 스스로 이상히 여길 정도이다. 또한 외교든 정치든 경제든 외면적인 일본은 정말로 차서 넘칠 정도로, 나아가 어지러울 정도로 바쁘게 활동하고 있다. 그럼에도 불구하고 내면은 의외로 평화로워 하이쿠도 지어지고 와카도 지어진다. 이는 도대체 무엇 때문일까? 생각하건데 조용하지만 강력한, 차분하면서도 복잡한 지성이 있기 때문이 아니겠는가? 밖에 비해 훨씬 강력하고 깊은 지성, 어떠한 사안에도 당황하지 않을 준비가 된 무한한 힘을 가득 채운 지성, 이런 마음이 있기 때문에 이렇게 외면에서 활동이 가능했던 것은 아닐까. 나는 '사비'라든가 '아와레(あはれ)[21]'를 말하더라도 결코 노쇠한 것은 아니라고 생각한다. 여기에서 오랫동안 보류하고 있었던 의지에 대해 부가하고 싶은데, 요컨대 그것은 의지적인 지성이다. 일본인의 경우 지와 더불어 의지가 지와 불즉불리(不卽不離)로 존재하고 있다. 약간 일본적인 말투로 한다면 말로 내지 않는 지(知)는 가장 힘에 충만한 지일 것이다. 이를 요컨대 일본인은 이렇게 깊은 지와 의지가 있었기 때문에 비로소 외국문화를 흡수하는 것도 가능했다고 나는 생각한다. 인도, 지나의 문화를 받아들이고 서구의 과학도 받아들여 오늘날과 같은 장족의 진보를 이룬 데에는 전적으로 이를 소화하는 이러한 지적 능력

---

21) 일본문학의 미적 이념의 하나. 희로애락의 다양한 감정이 담긴 깊은 영탄을 드러낸 감동사가 점차 구체적 감정에서 멀어지면서 자연이나 인생에 대한 복잡한 정서를 드러내게 된 정신적 이념.

이 있었기 때문이다. 그리고 이 능력은 내가 말하는 바로 추상지(抽象知)를 포함하는 지이다. 물론 그곳에 직감적인, 정적인 기초가 전혀 없었다는 것은 아니다. 그러나 자기의 생활을 처리하고 세계를 종합하는 지는, 일본인의 경우 순수과학이라고는 말할 수 없더라도 그에 비견하는 복잡한 일종의 지성이었다고 생각한다. 이러한 것은 종래 사람들이 그다지 주목하지 않았지만 나는 이것을 중시할 필요가 있다고 생각한다.

어쨌든 나는 통설에 반해 일본인은 충분히 지성을 가지고 있었다고 주장하고 싶다. 그렇다면 이것은 어디에서 생겨난 것일까? 생득적인 것인가, 후천적인 것인가? 솔직히 말해 나는 아직 거기까지 연구하지 않았기 때문에 확고하게 단언할 용기를 가지고 있지 않다. 그저 막연한 생각을 말한다면 원래 일본인은 지적인 북방 민족에 속한다는 점이다. 그것도 하나의 원인일 것이다. 또한 고대 일본은 도요아시하라노미즈호노쿠니(豊葦原瑞穂國)[22] 등이라고 하여 천연적 생산이 풍부한 나라처럼 말해지고 있지만, 그러나 사실은 완전한 황무지로 이곳에 이주한 선사 일본인은 여기에서 쌀을 만들기까지 많은 고생을 하지 않았을까 생각한다. 그러한 후천적인 노고와도 관여한 힘이 있었던 것이다. 그러나 이것은 단순한 억측에 지나지 않는다.

3

내 논지는 대체로 마친 것 같다. 그러나 아직 전반밖에 마치지 않은 셈이다. 이 역사적 구상에서 더욱 나아가 이것이 취해야 할 방향을 제시하

---

22) 『고지키(古事記)』에 나오는 일본국의 미칭(美稱). 신의(神意)에 따라 벼가 풍부하게 여물고 번성하는 나라라는 뜻. 고대 『고지키』와 『니혼쇼키(日本書紀)』의 신화에 근거한 일본 국가의 이념으로 오랜 역사에 걸쳐 일본인이 벼농사를 지은 민족이라는 전제를 뒷받침하는 데 일조하였다.

지 않으면 안 된다. 어쨌든 일본의 지성은 커다란 것, 열린 것이 아니다. 움츠리고 압축된 것이다. 결코 완전히 뻗은 느긋하고 대범한 것이 아니다. 그러나 말할 필요도 없이 금후의 일본은 비약해야 할 일본, 팽창해야 할 일본이다. 그렇다면 지를 크게 확장하여 마음껏 활동하게 만들 필요가 있지는 않을까? 또한 의사(意思)에 관해 말하면 짐짓 작은 특수한 세계에만 향해 있었던 것 같다. 이것을 크게 확장하여 마음껏 신장시키는 것도 필요하지 않을까? 다음으로 나는 일본인의 지와 의지가 어째서 그렇게 되었는지, 또한 이를 개선하기 위해서는 어떻게 하면 좋은지 라는 점들에 대해 약간 기술해 보고 싶다.

이에 대해 일반적으로 생각되는 바는 자연의 영향이다. 알고 있듯이 일본의 자연은 지나 등의 대륙적 자연과 달라 작고 온화하다. 따라서 인간은 이 자연에 빠져 이것을 연구하거나 해부하거나 하는 일이 없다. 이것이 일본인의 지에 감정적인 특질, 이른바 소형이라는 결과를 초래한 까닭이다.

그러나 사견에 따르면, 여기에는 보다 깊은 다른 원인이 있는 것 같다. 그것은 사회적인 원인이다. 잘 알고 있듯이 일본은 섬나라이며 이른바 절구 바닥과도 같은 좁은 국체이다. 인간도 자연히 좁아지지 않을 수 없다. 본래 일본은 대체로 국가적 생활을 하고 있어서 전쟁이라든가 분쟁이라는 것은 드물었다. 다만 예외는 있어서 전국시대도 있었지만 싸움으로 시작해 싸움으로 끝난 지나 등에 비하면 커다란 차이가 있다. 그런데 이렇게 국가본위, 국체본위에서는 비판이라든가 비교라든가 하는 것은 없었다. 대륙이라면 개인주의가 생기고 국가주의가 생긴다. 즉 합리주의가 기본이 될 것이다. 그러나 비좁은 섬나라에서는 모두가 긍정이며 시인(是認)이었다. 이런 사정이 즉 일본인에게 추상력을 부여하지 않은 최대의 이유라고 생각한다. 단지 사회과학뿐만이 아니다. 자연과학이 생기지 않은 것도 이런 이유 때문이다.

그런데 현재는 이렇게 특색지워진 일본의 환경도 대부분 변하였다. 이번 성전(聖戰)을 계기로 하여 우리들은 대발전을 이룰 것이다. 자연이라는 것도 지금은 이미 오로지 대륙뿐만 아니라, 또한 동양뿐만 아니라 널리 전세계를 대상으로 하게 되었음은 알고 있는 바와 같다. 또한 사회구성, 이것이 변하였다. 오로지 고대의 감정만의 세계가 아니다. 널리 산업, 경제, 기술이라는 근대적인 것을 더한, 완전히 동서를 결합한 사회가 되었다. 이미 봉건제는 일소되고 세계사의 대무대로 뛰어나왔다.

그런데 이러한 시류 하에서는 지성도 변화하지 않을 수 없을 것이다. 이미 이 색채는 메이지유신 이래 급격한 장점을 가지고 나타나, 도도한 기세가 되고 있음은 알고 있는 바와 같다. 이것을 개탄하는 사람도 있을 것이고 말세라고 여기는 사람도 있을 것이다. 그렇지만 우리나라는 단지 그런 작은 감정, 하찮은 회고에 빠져 있을 때가 아니다. 오히려 그 반대여야 하는 것이다.

이렇기 때문에 우리들은 지나와 인도 이상으로 오늘날 강해질 수 있었다. 이렇기 때문에 우리들은 현재 동아(東亞)에서 번영하고 있다. 특히 이번 사변 및 제2차 유럽대전은 우리나라에 진정으로 커다란 문화적 책무를 지웠고 새로운 세계문화의 창조자가 된 것이다. 이를 위해서 우리들은 천년의 장래를 생각하여 새로운 일본문화 건설을 위해 일어서야만 한다. 이를 위해서는 무엇보다 강고하고 웅대한 구상을 필요로 한다. 오늘날 우리들에게 지워져 있는 책무는 실로 중대하다.

―끝

⊕ 스에다 아키라(末田晃)

부여신궁(扶餘神宮) 조영

산과 물의 빛 눈부시게 빛나며 귀하신 신령 여기에 밝디 밝게 자리 잡으셨도다.

여름 산에서 메아리치며 잡목 베는 소리만 그저 유일하구나 땀을 흠뻑 흘리며.

원하는 대로 지금은 걸을 수 있는 산과 하천에 마음이 그윽하다 머나먼 시절 나라.

벌채를 하는 근로봉사활동에 섞여서 있는 소년들 한 무리를 나는 지켜보았네.

드넓은 마당 거닐기라도 하듯 산꼭대기에 소나무 있네 매화 심고 기념비 세워.

싸울 수 있는 시대 속에 살면서 적막하기만 한 이 산에서 땀을 흘린 근로봉사대.

백제 도읍이 멸망한 머나먼 옛 시절 한탄은 살아 있을 것이니 지금의 이 초석에.

이윽고 발로 밟을 수 없게 되는 신의 영역인 이 산 속에서 깨진 기와류 몇 번 줍네.

⊕ 와타나베 요헤이(渡邊陽平)

중원지역[23])에 작전이 생기면서 몇날며칠은 마음에 어렴풋이 향수와 같은 마음. (중원은 예전 나의 전장이었다)

고즈넉하던 항간을 지나가며 상념은 산과 계곡 넘고 갈라진 땅으로 돌격에 다시.

능선 너머로 사라져 가는 병사 대열 새벽녘 꿈속으로 다 빠져들지도 못해.

적 백 명 천 명 섬멸하였노라, ○○마을은 가구 수 겨우 십호 남짓 여겨져 덧없구나.

『핑루(平陸)[24])돌입』의 신문에 실린 활자 응시하자니 병대의 소리들이 들리는 듯하구나.

소금 땀나서 군복은 새하얗게 되어버렸던 일 남에게 얘기하니 더욱 생각이 난다.

---

23) 중국 황허(黃河) 중류를 중심으로 한 지역. 은, 주 등 중국 고대문명의 발상지. 후에 한민족의 발전에 따라 화북(華北) 지방 일대를 가리키게 됨.
24) 중국 산시성(山西省) 윈청(運城)에 있는 현(縣). 1940년 4월 22일 『동아일보』에 '적의 이대 거점 복멸'이라는 제목으로 핑루와 마오진두(茅津渡)에 돌입했다는 기사가 있음.

⊕ 쓰네오카 가즈유키(常岡一幸)

새로운 건국 큰 역사를 갖지 못하였으니 아무렇지도 않게 군병을 움직인다. (유럽의 근래 상황)

과학 독일의 정치(精緻)함을 내세워 전투를 하니 스탈린 라인은 공허와 흡사하네.

이천 육백 년 시조 조상에게서 이어 받았네 황국의 움직임이 절로 장엄하구나.

가고는 이제 돌이킬 방법 없는 나라의 운명 짊어진 대신(大臣)에게 신념은 꼭 있기를.

오지 못하리 절대로 믿지 말고 유비무환을 믿으라 당부하신 말씀이 참 좋구나. (해상(海相)25) 강연)

⊕ 미시마 리우(美島梨雨)

온갖 나무들 어린잎의 속삭임 조용한 계곡 따라 난 길을 통해 휴가(日向)26)로 출발하네.

서쪽 하늘에 비로 쓸린듯하게 한 조각 붉은 구름이 떠있구나 자네를 부르신다. (야마시타 시게지(山下菁路) 군)

저쪽 기슭의 만주국의 산 표면은 색이 붉은 것일지도 아침 구름이 많이 끼면서.

비 개고 아침 고요히 시작되는 산의 숲속 나무들 바스락거리지도 않고 숨 쉬는 것 같다.

⊕ 이마부 류이치(今府劉一)

항구를 큰 길 나아가듯이 주저 없이 연락선 거대한 몸체가 들어오는구나. (부산에서)

쓰시마(對馬)에서 밀려오는 안개가 움직이기에 목도(牧島)27) 큰 섬이 한참 숨어 안 보이더라.

---

25) 해군 대신(大臣)을 말하며, 시기상 1940년 9월부터 해상에 오른 오이카와 고시로(及川古志郎)를 일컫는 것으로 보임.
26) 옛 지명으로 지금의 미야자키 현(宮崎縣)과 가고시마 현(鹿兒島縣) 일부에 해당.
27) 말 사육장으로 유명하던 부산의 영도(影島)의 호칭.

거친 파도가 몰아치는 가운데 낚시줄 내려 물고기 낚는 사람 자세가 위태롭다. (부산 교외 송정리에서)

하얀 파도가 겹치고 또 겹쳐서 밀려오는 바다 저 멀리 눈에 아플 만큼 작은 배 지나가네.

잡목들 겹겹 자라있는 가운데 동래(東萊)의 온천 적적한 모습으로 거리에 늘어섰네. (동래에서)

🌐 가이인 사부로(海印三郎)

경주 여름날

길가 가까운 콩밭에 누워있는 큰 돌 무리는 가람(伽藍)의 장엄함이 지극한 절터였나.

어두침침한 빙실(氷室)이 있던 터에 서 보았더니 소변 냄새가 약간 나는 듯하구나.

지쳐 도착한 산 위의 호텔에서 저녁 햇빛을 받은 흰 작약꽃을 나는 애호하노라.

자동차의 헤드라이트 놀라 쫓긴 들토끼 한참을 달려 나가 길가로 벗어나네.

🌐 이와쓰보 이와오(岩坪巖)

누운잣나무 지대는 다 끝나고 자연히 석비(石碑) 안쪽으로 지름길 이어져 들어간다. (금강산)

넘어서 왔던 낮은 산들 이어진 끝에 저 멀리 헷갈리게 보이는 바다빛을 그린다.

아침 식사를 마치고 이 층으로 올라와 보니 저 북쪽으로부터 개려는 듯하구나.

트럭에 겁을 먹은 말을 달리게 하지 못하고 병사 말에서 내려 길을 양보하는구나.

변명을 해도 소용없다고 보고 이미 다 식은 차를 마셔버린 후 마음은 고조된다.

달빛인지 여명인지 구별도 하기 어려워 잠 깨어 있던 것은 얼마 지나지 않아.

마감하는 날 임박했구나 하루 『만요슈 색인(万葉集索引)』 빌려 오라고 하여 아내를 뛰게 했네.

⊕ 야마시타 사토시(山下智)

신징(新京) 바이산(白山) 공원

눈 아래 놓인 드넓은 잔디밭이 펼쳐져 있고 테를 두른 것 같은 나무숲에 이르네.

무너져가는 경사면 밑자락이 넓게 펼쳐져 민들레 군생하네 숲을 앞에 두고는.

테니스 끝나 여자들 돌아가는 공원에 녹음 우거지면서 황혼은 깊어가네.

길가를 따라 공원에 야트막히 사람도 없는 잔디밭 위에는 라일락 피어 있네.

통쯔지에(同治街) 거리 약해지지 말아라 길 모퉁이에 새롭게 중화대사관 오색기 펄럭인다.

완만하고도 편평하던 길에서 올랐다 내려가면 공관(公館)이 늘어서고 녹색이 우거졌다.

초록이 늘어진 아래로 아파트들 죽 늘어서 가다보면 반드시 창가에 사람 있네. (바이산 주택28))

네 선을 따라 가로수 넉넉하고 불어온 바람 싱안(興安) 대로를 따라 곧바로 통과한다.

빌딩, 빌딩의 지붕에 저녁 구름 무리를 지어 싱안 대로에 해는 저물어 가고 있네.

밤이 늦도록 문 열어 둔 상점의 아르메니아 러시아 홍차 뜨거운 것을 마시네.

⊕ 후지와라 마사요시(藤原正義)

중주(中洲)29)까지도 대부분의 강물은 도달하면서 쑹화강(松花江) 지금 동쪽으로 흐른다. (쑹화강)

배의 몸체가 약간 검게 그을린 화륜선 하천 중류에 정박하여 움직이려고도 않네.

이 나라에서 백성이 돼서 지내 일 년이던가, 나도 이제 드디어 국가(國歌)30)를 부른다네.

---

28) 당시로서는 매우 훌륭한 주택 단지로 집중난방 시스템까지 갖추어짐.
29) 세상의 가운데 대륙, 즉 중국을 말함.
30) '만주국' 국가를 말함. 만어로는 '天地內有了新滿洲/ 新滿洲便是新天地/ 頂天立地無苦無憂/ 造成我國家/ 只有親愛並無怨仇/ 人民三千萬人民三千萬/ 縱加十倍也得自由/ 重仁義尙禮讓/ 使我身修/ 家已齊國已治/ 此外何求/ 近之則與世界同化/ 遠之則與天地同流', 뜻은 '천지 안에 신만주가 있다, 신만주는 곧 신천지이다, 하늘을 이고 땅에 서서, 괴로움도 걱정도 없는,

(황제폐하 방일 회궁의 뜻 발표한 기념일 5월 2일)

황실 관련된 말이 나오게 되는 그 때 그 때에 자세를 바로잡는 일본과 만주 학도.

(학장 훈화)

일본과 만주 국기를 향해 서는 일본과 만주 칠백 명의 학도들 최고의 경례[31]하네.

남쪽에 난 창 커다란 이 강당에 학도들 모두 노래 부르는구나 일본 만주의 국가(國歌).

칠백 명 남짓 학도들이 모두 다 모여서 함께 천장절(天長節)[32] 맞은 것을 축하해 마지 않네.

⊕ 야마자키 미쓰토시(山崎光利)

나라(奈良) 유람

이코마산(生駒山)[33]을 출발했더니 이미 나라(奈良)로 보여 구름의 모습들도 얼어 붙는 듯하다.

깊은 산 속을 올라가다가 나무 사이로부터 다카마도산(高圓山)[34] 모습 보였다 숨었다 해.

와카쿠사산(若草山)[35] 경사져 있는 면은 구름 많은 날 빛이 돼 시끄럽게 재잘대는 새소리.

와카쿠사산 정상에 올라가서 멀리 내다본 야마토(大和)[36]의 들판은 장마 구름 안이네.

여기에 내 국가를 세운다, 그저 친애하는 마음이 있을 뿐, 원망은 조금도 없다, 인민은 삼천만 명 있고, 만약 열배로 늘어도 자유를 얻을 것이다, 인의를 중시하고, 예의를 존중하며 내 몸을 수양하자, 가정은 이미 정리되고 국가도 이미 다스려졌다, 그밖에 무엇을 추구할 것이 있겠는가, 가까이에서는 세계와 동화하고, 멀리에서는 천지와 동류하자'는 의미.

31) 최고의 경례란 손끝을 무릎까지 내리고 몸을 깊이 앞으로 숙이는 자세로 천황이나 신령에 대한 예식.

32) 천황의 탄생일을 축하하는 날로 당시의 쇼와(昭和) 천황의 생일인 4월 29일.

33) 오사카(大阪)와 나라(奈良) 경계에 있는 해발 642미터의 산.

34) 나라 시가지의 남동부, 가스가산(春日山) 남쪽에 있는 표고 432미터의 산. 나라 사람들이 사계절 즐겨 찾는 곳으로 쇼무(聖武) 천황의 이궁(離宮)있었다고 전해짐.

35) 나라 북동쪽에 있는 표고 342미터의 산.

지나가 버린 옛날의 도읍지도 이렇게 됐네 장마 구름이 끼어 흐린 날 빛은 고요해.

⊕ 이토 다즈(伊藤田鶴)

지저귀면서 날아오른 작은 새 소리도 밝고 햇빛은 부드러운 봄이 되어가누나.

흙의 냄새가 바람과 불어오는 봄의 들판에 들장미는 빨갛게 움트고 있구나.

무엇이든지 탐욕스러워 하듯 갈망을 하여 종달새 울며 내린 들판에 나와 있네.

흰 구름이여 푸른 초록색이여 들판에 와서 물감의 냄새라도 맡은 느낌이 든다.

일곱 색깔 빛 일어서 올라오는 봄의 들판에 상념은 창백하게 다가와 퍼져간다.

⊕ 세토 요시오(瀬戸由雄)

이왕가(李王家) 미술관[37]에서

중지의 끝을 가볍게 살짝 뺨에 대고서 있는 백제 관세음 반가(半跏) 사유상의 모습.

금동의 불상 아름답도다 백제 관세음 손의 끝을 얼굴에 살짝 대고 계시는구나.

뭔가 골똘히 생각에 빠져계신 모습이런가 가운데 손가락을 뺨에 대고 계시네.

⊕ 사카모토 시게하루(坂本重晴)

대동아 건설 이루어지는 것이 흔들림 없이 된 때 떠서 비치는 날의 태양 보이네.

나라 전체가 성스러운 전투를 계속해 가고 있지만 대천지는 오히려 조용하네.

하늘 지키는 여신의 가르침을 그저 지키는 천황의 나라가 갈 길은 훌륭하구나.

물자와 돈과 일본정신 얼마나 존귀한지가 이번 성전을 통해 분명히 드러났다.

---

36) 나라(奈良)의 옛 이름.

37) 이왕가는 일본천황가에 복속된 식민지 이(李)씨 조선의 왕가라는 의미. 1938년 3월 최초의 미술관으로 개관하였으며 창경궁에 있던 이왕가박물관의 미술품이 전시됨.

⊕ 히다카 가즈오(日高一雄)

동아공영권 맹주인 일본의 저력은 대륙으로 바다로 쭉쭉 끝없이 뻗어나가네.

오게 될 다음 세대를 생각하는 깊은 속마음 눌리는 듯한 느낌을 참아내고 있구나.

양곡(糧穀) 증산의 커다란 대상으로 여기 반도의 농사는 이미 궤도에 올랐구나.

고향에 살던 시절보다 더욱 더 길어졌구나 여기 반도에 나의 목숨은 다하겠지.

고향의 땅에 홀로 남겨두고 온 어머니라서 마음에 걸리는 일 요즘 들어 많구나.

놀고 있기가 죄스럽다 말하며 올 가을에도 양잠하고 지낸다 어머니 편지 오네.

⊕ 미치히사 료(道久良)

적토창생(赤土蒼生)[38]

니키타쓰(熟田津)[39]에 배를 타기 위하여 달 기다리니 바닷물도 차온다. 이제 노 저어 가자. (누카타노 오키미(額田王)[40] 작, 『만요슈』로부터)

사이메이(齊明) 천황[41]께서는 친히 머나먼 규슈(九州) 땅에 이르기까지 마다 않고 가셨네.

백제를 구원하기 위해서 황군을 이끄신다며 배를 출발하게 하신 노래가 바로 이것.

여성이신 그 옥체를 자진하여 납시셨는데 이윽고 얼마 되지 않아 붕어하고 마셨네.

대륙 경영을 친히 하시기 위해 귀하신 목숨 변두리의 땅에서 잃고 승천하셨네.

대륙의 문화 우리에게 전해 준 어머니 같은 나라 백제도 이윽고 멸망하고 말았다.

백제의 멸망 대륙 경영의 꿈은 좌절되었고 그 후로 천삼백년 시간은 흘렀구나.

---

38) 적토는 빛깔이 붉은 흙을 말하고 창생이란 세상의 모든 사람을 의미.
39) 에히메 현(愛媛縣) 마쓰야마시(松山市) 도고 온천(道後溫泉) 부근에 있던 선착장으로 노래의 명소.
40) 덴무(天武) 천황의 비(妃)로 『만요슈』를 대표하는 여류 가인. 다만 이 노래의 작자는 누카타노 오키미로 알려져 있지만 고증에 따르면 사이메이(齊明) 천황이라고 함.
41) 사이메이 천황(齊明天皇, 594~661). 제37대 천황이자 여제로 655~661년 재위. 규슈에서 병사.

....

황홀하게도 나는 보고 있노라 천 년 전 옛날 아버지 할아버지 보고 계시던 것을.

경이로움에 먼 시대 조상들도 다가왔겠지 백제 정교한 솜씨 말할 수 없이 좋아.

....

반도의 땅을 요동치게 하면서 군용열차포 겹겹이 연거푸 서쪽으로 향하네.

대륙을 향한 우리 백만 군사들 밤을 낮으로 이어가며 계속해 서쪽으로 향하네.

새롭게 만든 질서 위해 정벌에 나선 성스런 전투 사람들 절로 깃발을 흔드누나.

올바르게도 사람들 일어섰네 천년의 역사 울려퍼지는 소리 이제 온화해지고.

초등학교의 문 앞에 나란히 선 어린 아이들 청순하면서도 건강한 것을 보라.

이 아이들이 자라나갈 미래다 창망하게도 젊은 생명들은 적토를 덮으리라.

산길을 가면 풀이 자란 주검들 대군의 나라 백성이라는 행복 적토를 덮으리라.

일억의 백성 모두 일어선 때에 분명해졌듯 아시아의 아침은 동트기 시작했다.

신도(臣道)

방향은 정해졌다. 자, 이 두터운 가슴과 굵은 정강이를 사용해 다오.

그렇다. 지금 빛나는 역사의 큰길을 만나 나의 갈빗대를 감싸는 스프[42] 속옷은 펄럭펄럭 휘날리는 깃발이 되고 끝없이 하늘에 교차하는 풍맥이 되는 것이다.

그 바람의 흐름들은 팽배하게 한 점에 숨이 막히고 멈추기 어려운 방면 으로 뚫고 나아가려 한다.

그 정신의 흐름들은 조용히 동양을 넘어 위도를 넘어 한 후예의 영광을 노래하려 한다.

예를 들면 태초부터 가을겨울을 장맛비처럼 내리는 아스팔트처럼.

예를 들면 대륙에 깊이 궤적을 새기는 철몸뚱이처럼.

오늘처럼 내일도 또 있어야 하네.

몰래 차오르는 감격을 신의 길이라 의지하고 바싹 뒤쫓아오는 거대한 동력을 등에 없고 나는 외치네. 참아라, 참아라, 일본의 스프처럼.

예전 이 천에 얼굴을 붉힌 국민의 서정 노래 소리에 더럽혀진 길을 지

---

42) 스태이플 화이버(staple fiber)의 줄임말. 스판 레이온을 일컬으며 레이온을 긴 섬유 형태 로 방사(紡絲)한 것을 일부러 잘라 짧은 섬유로 만든 실이다. 이것으로 짠 직물은 면이나 모 타입이 있었는데 천연섬유와 비슷한 외관이라 천연섬유가 고가였던 시기에 그 대용 품으로 사용되었다.

금 엄중한 국가의 의지가 간다.

더구나 새로운 분노의 방위로 땅껍데기가 만드는 기복에 따라 충성을 이어받는 자의 격정의 노래는 간다.

넘어가야만 하는 시대의 흉벽을 잡고 오르며 천성적으로 덤벼드는 격한 목숨과 닮아 내 속옷은 표표히 바람을 감고 있는 것이다.

그렇다. 너는 이러한 신화를 들은 적이 있느냐. 아아, 일장기조차도 스프로 만들어지는 오늘이 있었다는 것을.

여행 감개(旅の感慨)

이마가와 다쿠조(今川卓三)

철로와 선로로 또 철로로
점점 늘어나는 여행의 생각을 운반하며
임지로 이어지는 지선의 역 대합실에서
청년은 수첩에 적어두었다.
──산들은 초록에 쌓이고
　　앞에 보이는 곳 모두 전원이 펼쳐지며
　　내지와 다름없는 농민들의 생활
──그래도 부락의 집들은
　　양돈이 이상하게 발달한 반도라고
　　평가한 외국인의 오류를
　　그저 웃고만 지날 수는 없다.

옆구리에 젖먹이 아이를 묶어두고
그 위로 누더기 천을 감고는
막걸리를 물고 늘어지고 마구 토하며
아이를 안고 있다고는 여겨지지 않는
탐욕스런 식욕과 거친 발걸음
──아무렇지 않은 시선에 비친 야성적인 소묘

본능적인 모성의 애정은 의심할 수 없지만
자부심도 수치도 없는 맹목적 사랑만이
다음 세대를 짊어질 젖먹이 아이를
건강하고 튼튼하게 키울 것인가.
──여기에 온 것을 후회는 하지 않으리
　길은 여기서부터 통하는 것이다.

기차는 예리하게 경적을 울리며
몇몇 한산한 역로를 더듬어갔다.

역두보(驛頭譜)

아마가사키 유타카(尼ヶ崎豊)

형형한 눈동자
넓은 어깨
그것은 역정(歷程)을 날갯짓하는 독수리의 화신인가.

영광스런 완전군장으로 몸을 장식하고
끓어오르는 감격의 도가니에 서는
늠름한 얼굴

아아, 지축을 울리는 환호의 거센 바람에
출정 길의 하늘을 노려보며 침묵하는
결의의 용사여

지금이다 들어라 이 거센 바람 가운데
위대한 선조의 목소리를
조국(肇國)의 신의 계시를

위문꾸러미에 부쳐(慰問袋にそえて)

시바타 지타코(柴田智多子)

병사님

위문품을 보냅니다. 검소하고 치졸한 물품들을 넣은 이 꾸러미에는 다섯 살이 되는 내 아이 고시카(香志日)의 마음을 담았습니다.

어느 날 고시카와 나는 툇마루에서 점심을 먹으면서 이야기했습니다.

"고시카는 아직 어린애라 아무런 일도 할 수 없지만 매일 먹는 밥이나 반찬을 남기지 말고 맛있게 먹어. 그리고 강하고 건강한 아이가 되는 것이 가장 좋은 일이야. 밥이나 반찬을 남기지 않고 먹으면 상으로 저금통에 돈을 넣어줄게. 그 돈이 많아지면 위문품 꾸러미를 만들어 병사님에게 보내자"

고시카는 눈을 빛내며 손가락을 걸고 약속했습니다. 좋아하는 병사님에게 자기가 좋아하는 것을 담아 위문품 꾸러미를 만드는 기쁨——

그리고 그날부터 고시카의 노력이 시작되었습니다.

기운이 나서 먹는 날도 있었습니다. 남기고 싶은 날도 있었습니다. 아무래도 먹고 싶지 않은 날도 있었습니다. 하지만 약속 앞에 어린 아이는 애달픈 노력을 계속해서 저금통이 무거워질 무렵에는 밥을 남김없이 먹는 좋은 습관이 붙었습니다.

색종이, 크레용, 인형, 그림 베끼기, 하모니카, 낙타털 모직물, 복숭아……

고시카는 몇 번이고 그 물건들에 손을 대봅니다. 그리고 벌써 마음에 꿈의 꽃들을 피우고 나에게 말합니다. "병사님이 지나(支那) 아이들과 그림을 그리거나 그림 베끼기를 하면 좋겠어요. 그리고 하모니카를 불며 모두 같이 노래하겠지요"

병사님

나는 이 위문품 꾸러미를 꿰매면서 여러 가지 감사하는 마음에 머리가 숙여집니다. 오랜 전쟁의 세월을 거쳐도 여전히 우리는 마음 편하게 있을 수 있고 이렇게 위문품 꾸러미를 만들며 어린 아이 마음에도 샘솟아 오르는 병사님에 대한 감사의 마음을 생각하면 고마운 나라에 태어난 기쁨에 절절히 마음이 젖어듭니다.

병사님

고시카의 아버지는 위문품 꾸러미 겉에 "아이를 좋아하는 병사님께"라고 썼습니다. 위문품 꾸러미가 아이를 좋아하는 병사님에게 건네지도록 바라겠습니다. 아이가 있는 병사님에게 전달되도록 기도하겠습니다. 이 장난감을 담은 위문품 꾸러미의 마음도 아이가 열심히 노력 정진하는 모습도, 손에 잡힐 듯이 이해해 주실 것이라 생각합니다.

병사님

전장의 한 때를 적어도 고시카와 같은 다섯 살 어린 나이로 돌아가 색종이를 접고 맑디맑은 대륙의 하늘에 하모니카를 크게 불어 주세요.

수치심 없는 시인(羞恥なき詩人)

시마이 후미(島居ふみ)

진정 위대한 시인의 출현이야말로 오랜 대망!

값싼 감상에 빠져
언급하기에도 부족한 감회를 거짓으로 꾸미고 수정하며
나야말로 시인! 이라며 창백하게 시치미 떼는 사람들이 많구나.

말에 혼이 담기는 행복의 나라의
더할 나위 없는 아름다운 여러 말들을
왜곡하고 더럽히며 그러고도 후회하지 않는다.

웅대하고 아름다운 옛 전통과
맥이 뛰는 정을 숨긴 나라의 말을
풍요롭고 곧은 마음 그대로 사용하고
민초의 마음을 맑게 할 시는 없는가.

헝클어져 일고 거칠어져 가는 생각을
순수한 마음으로 바꾸고
괴로움에도 슬픔에도
흔들림 없는 굳센 마음을 불어넣어주는
아아! 숭고한 시는 없는가.

길(道)

아베 이치로(安部一郎)

아침, 바다는 소리 없고, 매일 말없이 파래지고 있다. 나는 매일 이 조용한 바다처럼, 마음 즐겁게 건조한 겨울 바다를 따라 관청에 다닌다. 저벅저벅 구둣발에 바탕 그대로의 흙을 밟으며, 앞으로는 노인으로의 길을 걷는다——.

나에게는 아내가 없다. 그리고 귀여운 자식도. 나는 아직 서른 줄 전이다. 이 바닷가 마을에 나고 자라서, 소년이 되었을 무렵 홀로 나와 도회의 포장도로를 쓸쓸히 걸었다. 그것은 바다가 없는 생활이었다. 아버지나 어머니가 그리워지면, 자주 시나가와(品川)까지 가서 바다를 보았다. 오다이바(御台場)의 바다는 먼지가 뜨고 기름이 흘러 더러웠지만, 그래도 부모님이 있는 마을을 떠오르게 하는 바닷물 향기가 났다. 그리고 나서는 경성에도 갔다. 이 산에 둘러싸인 오래된 도읍에서는 산악의 태내에 눈동자를 포근히 누이고 있는 것을 알았다. 바다는 완전히 잊었다.

나는 내 방랑성을 마침내 상심의 굴원(屈原)[43]이라 모방했다. 또한 만주의 광야에서도 살았다. 태양이 그림 같은 모습을 한 붉은 저녁 해에, 사람을 생각하며 마음을 어지럽히거나 했다. 게다가 내가 서 있는 들판에는 바다도 산도 없었다. 그저 검은 흙이 뜻도 굳건하게 겨울의 한동안의 굴

---

43) 굴원(屈原, BC343?~BC278?)은 중국 전국(戰國) 시대의 정치가이자 시인, 외교가. 혼란했던 전국 시대 말엽에 정치적으로 불우했던 자신의 신세를 주옥같은 언어로 표현하였고, 주요 작품에는 《어보사(漁父辭)》 등이 있음. 그의 작품은 후세에 초사(楚辭)로 불리며 한부(漢賦)에도 영향을 줌.

욕에 분노를 조용히 감싸고 있었다. 흰 눈이 내리고 단단하게 언 노면에는 배가 떠 있는 것처럼, 목로 여기저기에 긴 관이 누워 있었다. 걸어서 다가가 보니 붉고 푸른 채색은 빛바래고, 이 단일한 산도 바다도 없는 넓은 들에 흙에서 나서 흙과 싸우며 흙으로 돌아간 사람의 해골이, 허옇게 떠오르고, 눈구멍은 검푸르게 하늘의 한쪽을 노려보고 있었다.

나는 마침내 알았다. 스스로 굴원이라고 모방은 했지만, 굴원을 물고 그 시신을 끌어올린 잉어는 역시 굴원 자신이었다고——. 신체를 아득하게 하기 손쉬움 때문에 술을 마시고 나는 이미 여기 만주에 떨어졌다. 나는 나를 운반해 올리기 위해 마음에 잉어를 키웠다. 그것이 지금 여기에 바다를 따르는 길을 걷게 하고 있다.

나는 이제부터 노인으로의 길을 걷는다. 노인으로의 길은 까마득히 멀다. 나는 매일, 아직 누구인지도 모를 아내를 생각하고 자식을 떠올리며 매일 지칠 줄을 모른다. 바다가 해에게 큰 호흡을 언제인지 모를 사이에 하는 것처럼, 나는 매일 이 바다를 따라 걸으며 이 몽상을 즐긴다. 나는 지금 혼자이다. 이 조용한 생활이 노인으로 곧바로 이어진다고 해도 꼭 지금, 또 앞으로 진정 노인의 마음인 것은 아니다. 나는 요즘 돌아와 나서 자란 마을에서 혼자 즐거운 것이다.

담배(煙草)

모리타 요시카즈(森田良一)

나는 지금 쓰리 캐슬의 캔을 가지고 있다.
파란 라벨에 적힌 영국제 글자가
몹시 인상적으로 육박해 온다
긴 여행길에서
도버라든가 인도양이라든가
몬순이라든가 항구의 하역이라든가
이 담배는 여러 풍경과 인종을 보아 왔을 것이다.

밤의 파도를 뱃전에 느끼며
수부들의 흰 세일러의 모습을 좇아
수평선 저쪽에 여수를 찾는 나그네를 바라보며
붐빔과 혼란을 초래하는 벙커 작업을 거쳐
삼가듯 장식된 윈도우로부터 주워 올려졌다.

지금 라트비아나 백계 러시아
그리고 우크라이나까지 전쟁의 냄새로 가득 차 있다.
나르비크의 섬멸전에서 죽어간 영국병사들
안개 낀 런던을 방황하는 앵글로의 백성들
거기에서도 이 담배는 여러 역사를 봐 왔다.

창밖에는 칠월의 미풍이 불고
버드나무가 젖은 머리처럼 흐르고 있다.
나는 담배 한 개비를 꺼내어 입에 문다.
조선제 성냥에 불을 붙이고
기류처럼 떠도는 그 흔들리는 모습에
런던탑의 음산한 벽이나
버킹검의 폭격당한 정원들을 떠올린다.

이 캔은 예전 전장에 있었을 때
베이징의 담배 가게 처마에서 산 것이다.
전쟁터의 격정을 기억에 머무르게 하기 위해
그리고 저 북해의 풍경을 떠올릴 실마리를 위해
소중히 책상 서랍 안에 있다.
하지만 이 쓰리 캐슬이
조선과 런던에서 같은 자줏빛 연기를 올리고 있으리라고는

바다(海)

스기모토 다케오(杉本長夫)

저 먼 바다의 끝에
흰 구름이 춤추는 것을 보면
어릴 적 추억의 문은 열린다.

아침 일찍부터 바닷물에 잠겨
눈부시게 불타오르는 햇빛에
수면을 달리는 힘센 물고기를 잡는다.

해가 높이 중천에 걸리면
녹음에 더위를 피하며
해변에서 우는 갈매기 소리에
기분 좋은 숙면을 취한다.

어릴 적 황혼의 꿈은 좋았다.
아주 높은 모래언덕 근처
친구들 모여 노는
향기로운 생명의 잔치
그 추억은 고기잡이 배의 등불이 깜박이는 듯하다.

미쓰자키 겐교(光崎檢校)[44]
―「추풍의 곡(秋風の曲)」[45]에 부쳐―

다나카 하쓰오(田中初夫)

논병아리 바다[46] 저녁 파도 물떼새 지쿠부(竹生)섬[47]은

마음 서글프게도 소리도 약해지고

달빛 푸르니

부는 가을바람에 절로 마음도 서늘해져

켜기 시작하는 쟁곡

미쓰자키 겐교는 조용히 마음을 맑게 한다.

──야쓰하시 겐교(八橋檢校)[48]가 쟁 조곡(組曲)[49] 십삼곡을 만들고 나서

　　상당히 많은 조곡이 나왔다.

---

44) [필자주] 미쓰자키 겐교는 교토 사람, 덴포(天保) 기간(1830~1844) 『쟁곡비보(箏曲秘譜)』
한 권을 저술하고, 「추풍의 곡」을 발표했다. 「추풍의 곡」은 마키다 운쇼(蒔田雲所)의 가
사를 얻어, 지쿠부섬(竹生島)에 백야 참배의 기원에 들어가 기간을 다 채우던 날 영감을
받아 만드는 곳이라 일컬어진다. 지금은 고금의 명곡이라 칭해지지만 당시에는 선배들
이 꺼리는 바가 있어서 저서는 훼손되고 교토를 쫓겨나 호쿠리쿠(北陸) 지방으로 떠돌았
다고 한다.
45) 미쓰자키 겐교가 작곡한 쟁곡(箏曲). 1837년에 간행된 『쟁곡비보』에 처음 나오는 것으로
현종과 양귀비의 이야기를 다룸.
46) 일본에서 가장 큰 호수 비와코(琵琶湖)의 별명.
47) 비파호 북부에 떠 있는 섬으로 예로부터 노래가 많이 만들어진 명승지.
48) 야쓰하시 겐교(八橋檢校, 1614~1685). 일본 근세 쟁곡의 시조로 일컬어지는 에도 초기
쟁곡가.
49) 쟁곡의 악곡분류 명칭의 하나라 독립된 노래를 조합하여 한 곡으로 만든 것.

그 곡들은 물가에 치는 파도처럼

언제나 내 마음 속을 흔들며 오가고 있다.

미쓰자키 겐교는 먼 히라(比良)산50) 봉우리를 내다본다.

——육십년전

　야스무라 겐교(安村檢校)51)는 「비연의 곡(飛燕の曲)」52)을 만든 이후

　조곡 작곡은 금지당했다.

　그렇게 쟁곡은 삼현 합주악으로 타락해 버린 것이다.

미쓰자키 겐교는 가슴을 억누르며 심음을 듣는다.

——삼현의 반주에서 벗어나 야쓰하시 겐교 때의 옛날로 돌아가

　쟁의 독주곡을 만들어야 한다.

　이것이 쟁곡의 진정 가야할 길이 아닌가.

미쓰자키 겐교는 물끄러미 하늘 저편을 노려보며 읊조린다.

——당시(唐詩) 「장한가」를 일본에 옮긴 마키다 운쇼(蒔田雲所)53)의 가사는

　추풍에 허무하게 진 양귀비의 눈물에 젖어

　객지에서 잠든 하늘에 말발굽 먼지를 일으키는 바람 소리의 슬픔

　에 차 있다.

---

50) 시가 현(滋賀縣) 중서부의 비파호 서쪽 기슭에 위치한 산으로 표고 1212미터.
51) 야스무라 겐교(安村檢校, ?~1779). 에도 중기 샤미센에 부르는 지우타(地歌)와 쟁곡 전
　　문가.
52) 18세기 중엽 야스무라 겐교각 작곡한 쟁 조곡. 이백(李白)의 시 「청평조(淸平調)」를 내용
　　으로 함.
53) 마키다 간몬(蒔田雁門, ?~1850)을 이름. 에도 후기의 유학자.

미쓰자키 겐교는 유유히 쟁에 손을 댄다.
──일현과 이현이 댕하고 켜지면
　　슬픈 상처의 가을 바람이 울려 일어나고
　　지쿠부섬 수호신의 경내 나뭇잎들은 후두둑 떨어지며
　　계단 가까운 쑥대밭 전체에 이슬은 많이도 맺힌다.

미쓰자키 겐교는 달빛을 돌아본다
──자신은 야스무라 겐교의 계율을 깨는 패륜자
　　스승의 길을 짓밟는 되바라진 놈
　　그러나 전주 육단곡 여섯 노래
　　시류의 기호와 전통의 질곡을 넘어
　　오래된 조곡의 형식에 생명을 부여하고
　　새로운 시대를 여는 창조의 정신을 굳건히 태동시켰다.

논병아리 바다 저녁 파도 물떼새 몇 번 우니
흔들려 무너지는 파도의 꽃
사람의 운명을 베껴 와서
불어오는 바람의 가을바람이 그리운 대로
켜기 시작하는 쟁곡

목소리(聲)

가야마 미쓰로(香山光郎)

밤 추위에 잠이 깨면
병든 내 몸
홀로 침대에 있네.
염주 손톱으로 넘기고
부처 이름 외우면
내 목소리로도 여겨지지 않고
목소리 천지에 꽉 찬다.

아침(朝)

가야마 미쓰로(香山光郎)

자, 아침 기도
늙으신 아버지와 어린 아이들
나란히 서는 삼나무 앞
두 번 절하고 두 번 박수
작은 손은 울린다.

해 뜨는 곳은
천황이 계시는 궁궐
허리 굽히고
아버지와 아이들 절한다.
"천황폐하의 번영"이라며

장소는 고려
신라 백제의 후예
아침마다 이러하다 지금은

오쿠라(憶良)[54] 소론

세토 요시오(瀬戸由雄)

야마노우에노 오쿠라라는 사람은 이득을 보는 사람이다. 수많은 『만요슈(万葉集)』[55]의 작가들 중에서도 특히 동정 받는 가인이다. 무릇 동정이란 한 생명의 고뇌가 다른 생명에 공감과 그것에 대한 포용을 초래하는 것을 말한다는 식의 에두른 말투는 쓰지 않더라도, 오쿠라에 대한 동정은 또한 오쿠라 세계가 품는 비극성에 의한 것이라고 할 수 있다. 그리고 그 비극성의 구조에 있어서 상극을 이루는 두 계기를 나는 『만요슈』 정신미(精神美)의 시대적 정점성과 그 시대를 산 오쿠라의 '인간' 스케일의 협소함에 귀결시키고자 생각한다.

오쿠라는 스케일이 작은 사람이었다. 더욱이 '다른 의견을 내세우는' 것처럼 들릴 이 말은, 오쿠라 작품을 통독한 다음에 내가 가진 거짓 없는 인상인 것이다.

종래의 오쿠라 세계에 대한 해석은 나에게는 너무 지나치게 도의적이었던 것처럼 여겨진다. 오쿠라 노래에 노정된 사상이 깊은 인류애로까지 과도하게 부연된 것은 아닐까?

그것이 곧 사회 윤리와 지나치게 결부된 것은 아닐까? 그리고 또 오쿠라의 노래는 너무 사상적인 취급을 받아온 것은 아닐까? 사상적인 취급이라고 하면 말이 충분하지 않을 지도 모르겠다. 하지만 오쿠라의 노래에는

---

54) 『만요슈(万葉集)』의 대표적 가인인 야마노우에노 오쿠라(山上憶良)를 가리킨다.
55) 각주 9) 참조.

노골적인 사상이 사상 그 자체로서 품는 다양한 문제성, 그것이 오쿠라 스스로의 문예성과는 한 번 끈을 끊어도, 또 다시 그 영역을 한없이 부연하는 채로 다루고 분석하며 위대한 품 앞에 마치 오쿠라 자신이 품은 사상적 심도인 양 과도하게 착각된 것은 아니었을까 하는 염려이다. 그리고 이러한 관점을 만요 세계를 아직 '아(雅)'한 것의 단순과 소박함이 지배하고 있다고 보는 부주의함이 키워낸 것은 아닌가 하는 의문을 금할 수 없다. 그러한 시선에는 오쿠라 세계의 사상성과 그것이 제시하는 사회에 대한 문제성, 인간에 대한 성찰이 이상한 것, 갇힌 것, 무엇보다도 심각한 것으로 비칠 것이다. 사상을 상실한 문학은 언어에 사로잡힌 예술이며 예술을 망각한 철학은 언어가 없는 사변이라도 되는 것일까? 우리는 언어의 예술에 의해 인간의 정신문화를 심각하게, 그리고 강력하게 인간 생활에 심을 수 있다.[56]

오쿠라는 만요의 시대적 정점을 살며 그러한 자각에까지 도달한 개성적 작가였다고 생각된다. 다만 주의해야 하는 것은 그 사상적 자각의 강도가 바로 높은 예술적 가치를 의미하지 않는다는 것이다. 사상적 자각이 곧 오쿠라 노래의 사상성을 문학에 드러난 그것으로서 최고의 것으로까지 순화하지는 않는 것이 아닐까 하는 문제에 대한 나의 의혹이다. 문학에 나타난 사상성이란 원래 문학을 하는 주체의 직관세계의 계시가 아닐까? 사상이 단순한 사상으로서가 아니라 작가의, 또한 시대의 깊은 감정에까지 침투하고 여과되어 있는 것은 아닐까?

나는 이렇게 해서 오쿠라 세계를 다음의 관점으로 바라보고자 한다. 즉 오쿠라가 산 만요의 세대는 마치 그 시대적 정점성을 드러내고 있었다. 그리고 그 삶을 살아간 오쿠라는 스케일이 작은 사람이었다. 그의 '성실'

---

56) [필자주] 기도 만타로(城戸幡太郎), 『국어표현학(國語表現學)』

을 밑받침하는 '인간의 현실'에 대한 집요한 정열은 그것을 메우고도 남음이 있었다는 것이다.

내가 오쿠라를 스케일이 작은 사람이었다고 했는데, 무엇보다 그것은 '상대(相對)'적인 것에 속한다고 해야 할 히토마로(人麿)[57] 세계를 봐 온 시선이 히토마로의 영웅적 다력자의 심상과 그 세대의 밝은 개화기 양상과의 굳건한 제휴의 자태에 현혹되어 이러한 인상을 주관에 결부시키는 것일지도 모른다.

오쿠라에게는 그가 있는 현실을 '뭐 이 정도라도'라며 소중히 여기는 일면과, 작은 야심으로 '한 단 위를, 한 걸음 앞을'이라며 희구하는 반면이 있다. 스케일의 협소함, 그러나 그것은 결코 책망당해야 하는 것이 아니다. 그가 한 걸음 한 걸음을 착실히 밟아나가는 그 인생행로처럼, 그의 노래는 '현실'의 것이다. 나는 선인들의 존귀한 말 대부분이 그랬듯, 오쿠라를 칭찬하려는 것이 아니다. 하지만 나는 오히려 이러한 오쿠라의 스케일이 작은 것에서 내가 말하는 소위 만요의 시대적 정점성을 끝까지 살아나간 사람들 중 가장 '인간'적인 체취를 느낀다. 어렴풋한 '신변적임'과 '친밀함'을 느낀다. 내가 오쿠라 세계에 한없이 끌리는 것은 이러한 의미에서의 '인간미'에 다름 아니다.

그러한 오쿠라 입장에서는 그가 '작은 안이함'을 추구하는 것은 무엇보다도 우선 그 '가정' 내여야 한다. 가정 내의 오쿠라는 실로 선량한 남편이며 자애심 깊은 아버지였다. 이러한 소시민적 선량함은 오쿠라의 것인 듯하다.

참외 먹으면 자식들 생각나고 밤을 먹으면 더욱 보고 싶어져 어떤
연유로 찾아온 생각인지 바로 눈앞에 어지러이 펼쳐져 잠 못들게 하누

[57] 마찬가지로 『만요슈』의 대표적 가인인 가키노모토노 히토마로(柿本人麿)를 가리킨다.

나. (『만요슈』 5권 802번 노래, 이하 권-번)

　　은이라 해도 금이나 주옥들도 어찌 훌륭한 보물이라 하려나 자식보

다 못한데. (5-803)

　　저 오쿠라는 이제 물러납니다, 자식이 울고 있을 터이고 그 애 엄마

도 날 기다리니. (3-337)

　'예(禮)로 시작한 연회가 난(亂)에 이르려 한 때'[58] 별로 술을 좋아하지

않은 그는 사람 좋은 미소를 띠며 이렇게 노래하고, 자기 집으로 돌아갔

다. 나는 오쿠라의 진정한 목소리를 도리어 이러한 작품에서 듣게 된다.

이들 노래 안에서는 오쿠라의 '인간'이 절절한 모습을 보여주는 것이다.

　이러한 오쿠라가 사회를 말한다. 그리고 종래의 평자들은 그러한 노래

를 보고 혹자는 오쿠라를 사상적으로 심오한 사람이라 하고, 혹자는 고귀

한 지식인이라고 평했다. 또 혹자는 사회시인이라고 칭송했다. 나는 불행

히도 오쿠라가 이렇게 말한 노래 속에는 소재와 오쿠라의 '인간' 자체의

거리와 같은 것을 느낀다. 말을 바꾸면 이들 사상은 단순히 이지를 통해

서만이 아니라 오쿠라라는 '인간'의 '전부'에 의해 뒷받침된 '절절한 것'

은 이유를 붙이지 않아도 우리들 생명에 직접적인 감동을 주기까지에는

이르지 못한 것이 아닐까 하는 것이다. 원래부터 거기에 노래된 사상은

'노력가'인 오쿠라가 비성(卑姓) 계급으로서의 '오미(臣)'[59]씨 가문에 태어

나(덴무(天武) 천황 12년 10월에 제도가 바뀐 팔색(八色)의 성[60]에 따른다), 견당소

---

58) [필자주] 『만요슈 강좌(万葉集講座)』 제1권, 구보타, 구보타 우쓰보(窪田空穂) 씨 『야마노
　　우에노 오쿠라(山上憶良)』, 167쪽.

59) 야마토 왕권에서는 고위(高位)의 성씨였으나 본문에서 이야기하듯 덴무 천황 때의 개혁
　　에 의해 팔색의 성씨 중 여섯 번째로 격하.

60) 팔색의 성씨(八色の姓＝やくさのかばね)란 684년에 새로이 제정된 여덟 성씨의 제도. 위
　　로부터 마히토(眞人), 아손(朝臣), 스쿠네(宿禰), 이미키(忌寸), 미치노시(道師), 오미(臣), 무
　　라지(連), 이나기(稻置) 순서.

록(遣唐少錄)61)이 되고, 그 뒤에는 동궁인 쇼무(聖武) 천황을 모시기까지의 진지하고 굴하지 않는 정진의 결과 얻어진 것으로서 그 자체가 위대하다.62) 그러나 그것은 오쿠라의 문예성이라는 것과는 한 번 쯤 구별되어야 하지 않을까?

유명한 '마음의 미혹됨을 바꾸게 하는 노래'63)(5-800)나 '세상에 오래 머물 수 없음을 슬퍼하는 노래'64)(5-804), '빈궁문답가'65)(5-892) 등은 지

---

61) 직급으로 정팔위(正八位) 상(上)에 해당하며 견당사에 기록을 담당하는 업무로 동반된 관리.

62) [필자주]『역대 가인 연구(歷代歌人硏究)』제2권, 다니 가오루(谷馨) 씨『야마노우에노 오쿠라(山上憶良)』

63) '어떤 사람이 부모를 존경해야 하는 것은 알고 있지만 효도를 다하려 하지 않고, 처자식은 돌아보지도 않고 마치 벗어놓은 신발보다 못하게 여기며 속세를 등진 은둔자를 자칭한다. 왕성한 의기는 푸른 하늘의 구름에라도 오를 듯하지만, 신세는 변함없이 속진에 있다. 불도수행을 쌓은 성자라고 할만한 구석도 없고 심산유곡으로 망명한 백성이란 이런 사람을 말하는 것일까? 그래서 삼강을 교시하고 오상을 더 설교해야 하기에 이러한 노래를 보내 그 미혹된 마음을 고치고자 한다. 그 노래란'이라는 고토바가키(詞書, 노래 출현의 정황을 설명한 서술부)에 '부모를 보면 매우 존경스럽고 처자식 보면 아주 사랑스럽다, 세상의 이치 이것이 당연한 일 잡힌 새처럼 떨어지지 못하네, 한 치 앞도 모르니 구멍이 난 신발을 벗어 던지듯 가족의 유대감을 끊고 가겠다는 사람은 돌이나 나무에서 나온 사람인가, 너는 이름이 무언가, 하늘에 가면 좋을 대로 해도 되지만 지상에는 대군(大君)이 계시는 것이다, 이렇게 비치고 있는 해나 달의 아래는 하늘 구름이 뻗는 저 끝까지 두꺼비 기어 돌아다니는 땅 끝까지도 대군이 다스리시는 훌륭한 나라다, 이러쿵저러쿵 자기 멋대로 그렇게 할 것이 아니거늘'이라는 의미의 긴 노래(長歌).

64) '이 세상에서 어쩔 도리 없는 게 세월이 물 흐르듯 빨리도 지나는 것이며 딱 들러붙어 질질 온갖 고난이 앞서거니 뒤서거니 밀려오는 것이다, 젊은 아가씨들이 귀여워 보이려고 외래의 보옥을 팔에 감고 또래들과 손잡고 놀았으리, 그 꽃다운 전성기를 붙잡지 못하고 지나 버리면 검은 머리에 어느새 서리가 내린 것인지 불그레하던 얼굴 위에 어디선가 주름이 몰래 찾아 왔는지, 젊은이들이 남자다운 체하려고 장검 큰 칼을 허리에 차고 사냥활을 손에 들고 붉은 말에 시즈(倭文) 직물로 짠 안장에 앉아 힘껏 질주하며 사냥을 하던 인생이 언제까지고 이어졌겠는가, 젊은 여인의 침실 판자문을 밀어 열고 더듬어 찾아 들어가 옥 같이 고운 손을 서로 잡고 자던 밤이 얼마 되지도 않는데 손지팡이를 허리에 대고 저쪽으로 가면 남들이 싫은 표정을 하고 이쪽으로 가면 남들이 꺼리므로 노인이란 이런 것인 모양이다, 꺼져가는 목숨은 아깝지만 어찌 할 도리도 없네'라는 긴 노래.

65) '바람에 섞여 비가 내리는 밤에, 비에 섞여서 눈이 내리는 밤에, 어찌 할 도리 없을 만큼 추워서 딱딱한 소금을 조금씩 집어 입에 넣고 더운 술지게미를 찔끔찔끔 입에 대며 기침을 하고 콧물 훌쩍이고 제대로 나지도 않은 수염을 쓸어내리고는 나만한 인물도 없을

금 여기에 한 수 한 수를 열거할 수는 없지만,

　　견우성은 직녀성과 하늘과 땅이 떨어졌던 먼 옛날부터 은하수를 사
이에 두고 서로 그리워하는 마음도 편하지 않고 한탄하는 마음도 괴로
워 견디기 어려운데, 푸른 파도로 아무것도 보이지 않게 되었네. 흰 구
름에 가로막혀 눈물도 말라버렸네. 이렇게도 한숨만 쉬고 있을 것인가?
이렇게도 그렇게 여기고만 있을 것인가? 붉은 칠을 한 배가 없을까? 구
슬을 박은 노는 없을까? 아침 잔잔한 때 노 저어 건너가 저녁 만조에 노
저어 건너고 하늘 은하수에 날개옷 깔고 아름다운 손을 서로 뻗어 몇날
밤이고 안고 자고 싶구나. 가을 칠석날 밤이 아니더라도. (8-1520)

　　답가
　　바람 구름은 두 기슭 마음대로 오고 가건만 멀리 있는 내 아내 말은
오가지 못해. (8-1521)
　　돌팔매라도 던져 건넬 수 있는 은하수지만 떨어져 있어선가 도저히
방법 없네. (8-1522)

　여기에는 지식이 지식으로서 오쿠라라는 '인간'을 떠나도 여전히 그 존
재를 주장할 수 있다는 느낌을 갖게 할 여운이 있지 않은가? '시론적인

거라며 뻐겨 보지만 추워서 여름 침구를 뒤집어 쓰고 허름한 걸치는 옷 같은 것을 있는
거 모조로 겹쳐 입어도 추운 밤이었는데, 나도바도 가난한 자의 부모는 굶주리고 추워하
겠지, 처자식들은 무언가 달라면 울겠지, 이런 때에는 어떻게 세상을 살아가야 할까? 천
지는 넓다고는 하나 나에게는 좁아진 건인가? 해와 달이 밝다고는 하나 나에게는 비춰
주지 않는 것일까? 사람들 모두가 이런지 나만 이런지. 운 좋게 사람으로 태어나 남들처
럼 나도 될 수 있거늘 솜도 없고 허름한 덮는 옷이 해송처럼 너덜너덜 찢어진 누더기를
어깨어 걸치고 낮은 오두막집 땅바닥에 짚을 깔고 부모는 상석 쪽에 처자식은 말석 쪽
에 서로 몸을 기대고 불평하며 신음하고 가마에는 연기도 나지 않고 시루에는 거미줄이
쳐지며 밥짓는 방법도 잊고 지빠귀처럼 소곤소곤 이야기를 하고 있을 때 그러지 짧은
것을 잘라 줄인다는 속담처럼 채찍을 든 마을 촌장의 큰 목소리가 잠자리까지 와서 울
린다, 이렇게도 괴롭고 쓴 것인가, 세상 도리라는 것이'라는 긴 노래.

것'을 제시하기는 하지만 모호함은 두말할 나위가 없다. 뒤에 무언가 후련하지 않은 잔재를 남기는 것이다. 나는 몇 번이고 '인간'이라는 말을 사용한다. 그것은 생명의 시원적인, 적나라한 거기에서는 아직 예지와 정열이 그 각각의 영역을 분명히 한 '전부'라는 상태를 의미한 것이다.

나는 오쿠라 세계에 대한 개인 견해를 현명한 관점에서 전개하는 것을 허용받고 싶은 것이 아니다. 오쿠라와 그 경력을 이야기하며 오쿠라라는 사람, 그 사상을 탐색하고 오쿠라 가풍(歌風)의 특색을 서술하는 것뿐이다. 그리고 예를 들면 『만요슈』5권을 통해 볼 수 있는 오쿠라의 문예성과 같은 것을 논할 때 이 권에 흐르는 두 사상 전형으로서의 '오쿠라적인 것'과 '다비토66)적인 것'과의 대응으로 설명해 보기도 한다. 표면적인 일단의 설명은 결코 여기에서도 불가능하지 않다. 그러나 우리는 그것이 너무도 기계적이라는 것을 오쿠라 대 다비토의 지쿠시(筑紫)67)에 있어서의 깊은 인간적 교섭 사실로부터 발견해야 한다. 내가 말한 소위 오쿠라의 절절하고 진정한 모습을 인상지우는, 그 아내의 죽음을 애도한 '일본만가(日本挽歌)'(5-794~799)를, 또 그 중 어떤 것은 평범하지만 결코 경박한 울림을 느끼게 하지 않는 5-876~882의 결별의 노래를, 다비토에게 꺼내 보인 것은 다비토의 그것과 오쿠라의 그것을 대립하는 두 심성으로 설명하는 입장에서 볼 때에는, 결국 하층관리로서의 오쿠라 심상의 '비참함'으로 드러내야 할 것이다. 그 노래들은 정말 어쩔 수 없이 '마음이 맞지 않는' 상사인 다비토에 대해 오쿠라가 영합하는 마음에서 노래한 것일까? 오쿠라의 '인간의 현실'에 대한 집착은 그 정도까지 '비참함'을 띤 급급한 태도로 이루어진 것일까? 나는 앞서 오쿠라를 '스케일이 작은 사람'이라고 했다. 그러나 그것은 오쿠라의 인간미에 대한 친화적 마음을 초래하는 나의 선

---

66) 『만요슈』의 또 다른 대표적 가인 오토모노 다비토(大伴旅人, 665~731)를 가리킨다.
67) 지금의 규슈(九州) 지역을 일컫는 옛 명칭.

의에서 나온 말이었다.

지금 이러한 악의에서 보여지는 오쿠라가 연애에도 향락에도 빠지는 일 없이, 그 도의적임을 느끼게 하는 정신과 깊은 사상적 교양에 의해 그렇게 노령에 이르기까지 노래를 짓는 활동을 유지할 수 있었던 것은, 현실에 대한 집착, 강인한 의지가 있어서만일까? 그러한 분위기 속에서는 오쿠라는 질식하지 않았을까?

무릇 작품 양식에서 나오는 태도는 어디까지나 그 양식에 있어서 주체의 태도성의 유형이 퍼스펙티브하게 보여야 한다. '드러남'을 단순히 '드러남'으로서의 객관적인 태도로 다루는 것이 아니라 '드러남'을 '드러남'으로까지 밀어내는 것을 '드러내는' 것의 주체적 인격의 전형자처럼 이야기할 때,

> 사내답다고 스스로 생각하는 내가 편지로 미즈키(水城)[68]의 위에서 눈물을 닦겠는가. (6-968, 다비토)
> 아내와 함께 왔던 미누메(敏馬)[69] 곳을 돌아가면서 혼자 보고 있자니 눈물이 날 듯하다. (3-449, 다비토)
> 아내와 함께 둘이서 만들었던 집 앞 정원은 나무도 키가 크고 제법 울창해졌네. (3-452, 다비토)

의 숭고한 자부와 절절한 애상을 결국 거짓 없는 주관에 결상(結像)시키는 정신의 아름다움의 양상 그대로는 이야기하기 어려울 것이다. 그것은 요컨대 현실을 부정하고 떠날 수 없는 사람의 모습이다.

아내를 잃은 애상의 잔재를 '술잔치'[70]로 달래며, 통쾌하게 고개를 옆

---

68) 664년 다자이후(大宰府)를 방위하기 위해 축조한 성루.
69) 고베(神戸) 동부 사이고(西郷) 강 하구의 항구가 있던 옛 지명.
70) [필자주] 이와나미 강좌(岩波講座) 『일본문학(日本文學)』 고미 야스요시(五味保義) 씨 『만

으로 돌리는 다비토의 심정은 진정 현실을 사랑하기 때문에 현실을 비꼬는 사람의 자세이다.[71] 그 광대한 태도 감정에 나는 오히려 다비토라는 사람의 '솔직함'과 가문에서 오는 '기품'조차 느낄 수밖에 없다. 그것은 또한 오쿠라의 '순박함'과도 통하는 심상이다. 도쿄 사람의 그것과 신슈(信州)[72] 사람의 그것과의 차이는 있다고 하더라도.

이렇게 해서 '현실적'인 것이 그대로 인격화된 듯한 오쿠라가 한없는 사랑과 존경을 바친 상사일 수 있었던 것이다. 오쿠라의 '정면을 향하는' 태도와 다비토의 '옆면을 향하는' 자세는 결코 대립하는 두 양식으로서 파악되어야 하는 것이 아니다. 당당히 '옆면을 향하는' 사람의 태도성은 현실에 '직면하는' 사람의 그것과 다를 바 없다. 그것은 결코 '등을 지는' 행위를 해야만 하는 사람의 약한 심정, 현실을 벗어난 패자의 노래가 아니다. 딜타이[73]의 말을 빌자면 무엇보다도 '차안성(此岸性)' 존중의 심성이 그들에게 있었던 것이다.[74] 그것은 무엇보다도 인간을 사랑하기 때문에 모든 문제를 인간으로부터 출발시키고, 그것을 초월하는 것마저 바닥으로까지 끌어내려, 인간 현실로서만 모든 것을 다루는 태도성이다. 태도성의 유형을 같이 하는 두 작가를 대립하는 양식인 양 객관으로 이끄는 세대의 움직임은 이미 정점에 도달했다. 바야흐로 시대적 정점성은 현란하게 사람들 앞에 있다. 이제 사람들 마음은 자칫 하면 그 '인간의 현실'에서 유리되려고 한다. 그것은 공기가 이미 포화된 따스함을 불러일으켜 풍선이 잘못하면 둥실 땅에서 떠오르려 하는 일순간의 계절과 같다. 오쿠라는 그

요슈의 연구(万葉集の研究)』−작가 작품을 중심으로(作家作品を中心として), 31~32쪽.
71) [필자주] 시마키 아카히코(島木赤彦) 씨 『만요슈의 감상 및 그 비평(万葉集の鑑賞及び其批評)』.
72) 시나노(信濃)라고도 하는 옛 지명으로 현재의 나가노 현(長野縣)에 해당함.
73) 딜타이(Wilhelm Dilthey, 1833-1911), 독일의 철학자. 관념론자이자 '생철학'의 대표자.
74) [필자주] 후잔보(富山房) 『백과문고(百科文庫)』, 딜타이(ディルタイ) 『만요의 세계(万葉の世界)』 16쪽.

러한 세대를 그 성실한 성격 때문에 비극적으로 살아간 사람 같다. 내가 그의 작품에서 느끼는 스케일의 협소함은, 나아가 그 성실을 기초하는 드문 '인간의 현실'에 대한 정열이 메우고도 남는다. 그리고 그 정열이 청정한 것으로까지 지속되고 숭앙되어 일흔네 살의 오쿠라에게

사내라는 자 헛되이 끝나서 될 말인가 만대에 말로 전해질만한 명성 세우지 않고. (6-978)

라고 노래하게 한다.

작품에서 받는 있는 그대로의 인상은 다비토의 뚜렷하게 욕심 없는 인격에 대해 오쿠라의 그것은 '체력'이라는 것을 느끼게 할 것이다.[75] 그러나 그것은 결코 찐득하게 기름진 '탐욕'을 드러낸 것이 아니다. 내가 앞서 '스케일의 협소함'을 제언한 것은 '상대'적인 것에 속한 것을 말한다. 나는 결코 책임을 피하는 표현으로 말한 것이 아니다. 시대적 정점성이 이미 그 극한을 드러내는 현실에서도 끝내 '통쾌한 옆면 보기'조차 하지 않는 심상을 그렇게 칭한 것이다. 그것은 성실하기는 하지만 현실에 마지막까지 견인되고 있다. 떠오르려고 하는 광고 기구(氣球)의 부력을 온갖 노력으로 지상에 붙들어 매는 사람의 태도가 인상지우는 심상에 대한 언어이다. 어떤 사람은 이렇게 말할 것이다. 결국 떠오르지 않는 것이 대단한 것이 아닌가, 라고. '옆면 보기'에 대한 의욕을 참고 또 참아 '정면 보기'를 지속하는 심상은 거대하지 않은가, 라고. 나는 당당히 '옆면 보기'하기를 주저하지 않는 태도에 비교하여 협소하다는 인상을 받았다고 말한 것뿐이다. 따라서 그것은 상대적인 칭호일 수밖에 없는 것이다.

어쨌든 시대적 정점성은 '현실' 오쿠라를 '허무'로의 애상에 이끈다. 그

75) [필자주] 이와나미 강좌(岩波講座) 『일본문학(日本文學)』 고미(五味) 씨, 전게논문, 19쪽.

리고 거기에서 나아가 '성실'이 '현실'의 보다 깊은 자각으로 복귀하게 만든다.

속세의 변화는 눈 깜박할 사이와 같고, 인간 세상의 상도(常道)도 팔을 펼 만큼 짧은 순간이다. 공허함은 뜬구름과 함께 하늘을 가는 것과 같아서, 마음과 힘이 모두 다하여 이 몸을 둘 만한 곳이라고는 없다.
(5권의 세속적 도리는 잠깐 만났다가 금방 헤어지며, 떠나기 쉽고 머무르기 어려움을 비탄하는 시 한 수와 서문에서)
어쩔 방법도 없이 괴로우므로 뛰쳐나가서 떠나고 싶지만 아이들에 막히네. (5-899)

세대는 이미 온갖 의미에서 만요 정신미의 시대적 정점성을 밟고 있었다. 나라의 도읍은 당나라 수도를 모방한 장대함으로 만들어지고,[76] 군현 제도는 마침내 확립되어 중앙집권 정치가 이루어졌다.[77]

땅도 비옥한 나라 도읍은 피는 벚꽃이 향기 가득 뿜는 것처럼 지금 전성시대라. (3-328, 오노노 오유(小野老))

문물은 찬란했다. 토지도 비옥한 나라(奈良) 도읍에 피는 꽃이 향기나듯 번성한 시대였다.[78]
나는 마지막으로 오쿠라의 '성실'을 밑받침하는 '인간의 현실'에 대한 집요한 정열을 이야기하고 이 원고를 마치고자 한다. '대상을 어디까지나

76) [필자주] 고분도(弘文堂)『교양문고(教養文庫)』, 기타즈미 도시오(北住敏夫) 씨,『만요의 세계(万葉の世界)』, 16쪽.
77) [필자주] 1933년 10월호『단카연구(短歌研究)』, 한다 료헤이(半田良平) 씨「야마노우에노 오쿠라론(山上憶良論)」33쪽.
78) [필자주] 혼조 에이지(本庄榮治) 박사,『일본사회사(日本社會史)』, 85쪽.

구체적으로 묘사하려고 하'79)는 그. '스스로 고배를 마시면서도 어디까지나 정도를 밟고 현세를 살아가려는 가인'80)인 그. '공명과 실제 생활을 중시한 그'81)의 외래사조의 노골적인 영향력도 '오쿠라에게는 어디까지나 현실에 입각해 가려는 태도가 보인다. 오쿠라가 쓴 노래 안에는 불교적 사상, 유교적 사상이 섞여 들어가 있는데, 오쿠라는 어느 쪽에도 치우치지 않고, 그 유불 양자 위에 서서 어디까지나 현실을 보며 가려는 것처럼 여겨진다'82)고까지 말한다. '성격은 극히 현실적이고, 비공상적이며, 집착심이 강한 끈적끈적한 점이 있다.'83) 그리고 '노래는 실질이며 왕왕 오래된 형식을 가지고 내용을 주로 하며 사회 세상을 재료로 삼기를 즐기'84)는 것이다. '오쿠라의 노래는 발이 확실하게 땅을 밟고 있는 부분이 있는데, 신발이 진흙에 빠져들어가 움직이기 어려운 느낌이 있다. 그러나 발을 휘휘 움직여 어떻게든 앞쪽으로 도달할 만큼의 힘이 있다.'85) '실생활에서 사람은 점조(黏鳥)처럼 자유를 잃고 피붙이에 구속되는데, 그것이 실제 인생이므로 그 운명 처지에 순응하여 진실된 인정을 다해야 한다고 주장하는 것이다.'86) '오쿠라는 아무도 상대하려고 하지 않는 하층 국민생활에서 소재를 취하여, 표현의 섬세함과 평탄함이 사라지는 것도 개의치 않고 주저함 없이 일상생활의 통용어를 사용했다',87) '생각건대 오쿠라는 가장

---

79) [필자주] 한다(半田) 씨, 전게논문 38쪽.
80) [필자주] 1936년 1월호『단카연구(短歌硏究)』, 후쿠이 규조(福井久藏) 박사, 「명가의 사적 별견(名歌の史的瞥見)」, 9쪽.
81) [필자주] 상동, 고(故) 이시이 나오사부로(石井直三郎) 씨 「나라시대 명가 감상 비평(奈良朝 名歌鑑賞批評)」, 68쪽.
82) [필자주] 1936년 4월호『단카연구(短歌硏究)』, 이시이 쇼지(石井庄司) 씨 『가인열전(歌人列 伝)』(3)-야마노우에노 오쿠라(山上憶良), 127쪽.
83) [필자주] 『일본문학대사전(日本文學大辭典)』(모리모토 지키치(森本治吉) 씨)
84) [필자주] 후잔보(富山房)『국민백과대사전(國民百科大辭典)』(다케다 유키치(武田祐吉) 박사)
85) [필자주] 시마키 아카히코(島木赤彦) 씨, 『가도 소견(歌道小見)』, 159쪽.
86) [필자주] 『단카 강좌(短歌講座)』 제7권 『가인평전 편(歌人評伝篇)』, 미쓰이 고시(三井甲之) 씨, 「야마노우에노 오쿠라」, 33쪽.

예술적 유리가 적은 시인, 바꿔 말하자면 가장 만요적인 시인이다. (…중략…) 생활의식이 뛰어난 사람이었다. 학문도 상당했던 모양인데, 결코 개념적인 생활의식이나 사회생활로 경도되지 않고 어디까지나 대지에 발을 디딘 실제인이었다',[88] '그가 노래의 소재로서 흥미를 갖게 된 것은 그의 인생관을 토대로 한 실제 인생 모습이다. 현실 생활이다.'[89]

나는 이제 나의 언어로서 오쿠라의 '성실'을 밑받침하는 '인간의 현실'에 대한 보기 드문 정열을 말할 필요를 느끼지 않는다. 그리고 그것은 내가 앞서 제시한 '스케일의 협소함'과 조금도 저촉되지 않는다. 여기에 드러나는 인간상은 '노력가형'을 말할 것이다. '정면을 향한' 오쿠라 세계에서 들려오는, 불협화음의 비극적 울림을 밑받침하는 것은 시대적 환경이며, 그것은 이미 쇠퇴로 가는 어둠을 예견케 하는 '난숙'한 것인 듯하다.

예전에 『만요슈』 5권에서만 훑어본 것에서 추출된 것은 오쿠라적인 것과 다비토적인 것과의 완전히 대조적인 성격이었다. 거기에서는 '빈궁문답가'와 같은 다자이후(大宰府)[90] 생활에 대한 반발의 의미마저 포함하여 받아들일 수 있었다. '대왕의 먼 조정'으로서의 다자이후는 하나의 소우주를 형성하고 있었다. 그리고 그것을 지배하는 것은 나라의 도읍과 같은 깊은 뿌리를 아스카(飛鳥)[91] 이후의 일본 민족의 문화형성의 지반 위에 내린 것이 아니었다. 쓰다 소우키치(津田左右吉)[92] 박사의 소위 '실생활과 유

---

87) [필자주] 플로렌츠 『일본문학사』, 174쪽.
88) [필자주] 1934년 5월호 『단카연구(短歌研究)』 하세가와 뇨제칸(長谷川如是閑) 씨 「만요가인 군상을 그리다(万葉歌人群像を描く)」, 27쪽.
89) [필자주] 『작자별 만요평석 전집(作者別万葉評釋全集)』 제4권, 오야마 도쿠지로(尾山篤二郎) 씨, 『야마노우에노 오쿠라(山上憶良)』, 250쪽.
90) 율령제에서 규슈(九州), 이키(壹岐), 쓰시마(對馬)를 관할하며 외교나 바다 방위 등을 담당한 관청.
91) 아스카 시대를 말하며, 아스카는 나라 분지 남부 지역명임. 스이코(推古) 천황 시대(592~628)를 중심으로 하여 그 전후 시기를 일컬음.
92) 쓰다 소우키치(津田左右吉, 1873~1961). 역사학자. 문헌 비판에 기초하여 일본 고대 신화가 객관적 사실이 아님을 논증, 일본 고대사의 과학적 연구를 개척.

리된'[93] 대륙문화를 받아들이는 이 '일본의 현관'에서의 생활은 자칫 땅에서 발을 띄운 것이 되기 쉬웠다. '혹정(惑情)을 되돌리게 하는 노래'에 씁쓸한 떫은 얼굴을 반성하게 만드는 식의 생활이었다. 그것이 앞장선 자로서의 다비토, 결국 익숙해지지 못한 오쿠라, 이렇게 해서

봄이 되면은 맨 먼저 피는 집의 매화나무를 혼자서 쳐다보며 봄날을 보내려나. (5-818)

의 '혼자서'라는 말에 융해되기 어려운 고독한 적적함의 목소리를 듣게 되며, 나아가 다비토의 '시즈메 돌(鎭懷石)[94] 노래'(813, 814)에 대한,

진구 황후가 물고기를 낚아서 보시겠다며 일어선 때 돌들을 누가 봤단 말인가. (5-869)

의 '누가 봤단 말인가'에 노골적인 반항의 자세를 볼 수 있지 않을까 생각했다. 하지만 점차 다른 권의 노래로까지 눈을 돌릴 때, 이 대립 양식의 설정에서는 설명이 되지 않는 어떤 것을 느낄 수밖에 없게 된다. 그리고 위에서 말한 오쿠라 세계에 대한 사적인 견해를 가지고 일단 납득하게 되었다.

귀하신 님의 애호를 받았으니 봄이 되거든 나라의 도읍으로 불러올려 주시길. (5-882)

---

93) [필자주] 쓰다 소키치(津田左右吉) 박사 『문학에 나타난 우리 국민 사상의 연구(文學に現れたる我が國民思想の研究)』(귀족시대)
94) 거칠게 고양된 마음을 진정시키기 위한 돌이라는 뜻으로 진구(神功) 황후가 신라 정벌 때 옷 속에 품었다고 일컬어지는 두 개의 타원형 돌을 의미.

도 지금은 더 이상 싫은 느낌은 들지 않게 되었고,

　　자 젊은이들 어서 일본에 가세 오토모(大伴) 미쓰(三津)[95] 해변의 소
나무도 필시 기다릴텐데. (1-63)

에서도 절절한 오쿠라의 모습을 볼 수 있다.

✪ **10월호 원고에 관하여**
　10월호 원고는 특히 본호가 도착하는 대로 시급히 송부될 수 있
도록 부탁 말씀을 드린다

　　　　　　　　　　　　　　　　　　　　　　　편집간사

---

95) 오사카(大阪)에서 사카이(堺)로 이어지는 지역을 일컫는 옛 지명으로 야마토(大和) 조정의
　　선착장.

⊕ 가타야마 마코토(片山誠)

남쪽방향의 끝에 있는 나라에 새로운 역사 만들며 성전을 수행하는 황군은 나아간다.

(남부 프랑스령 인도차이나 반도 진주(進駐))

나 스스로는 십육관96)이 나가는 몸을 가지고 전쟁터에 나가지 못함을 의구하네.

싸움을 하러 나가지 못한 신세 생각하면서 장애라도 가진 양 모멸에 찬 자 있다.

⊕ 구즈메 시게루(葛目茂)

노천 욕탕에 밤에 또 몸 담그고 듣고 있노라 교대하는 보초들 둔탁한 구두소리.

형님과 내가 비운 집을 지킨다 자긍심 갖고 있던 남동생마저 다시 소집돼 왔네.

주번(週番)97)을 함께 담당했던 다케이 시게오(竹井重雄) 팔에 총을 맞고 귀환해 돌아가

버렸구나.

전투에 나가 오른팔 잃어버린 전우의 등을 닦아주고 있는데 위로의 말 어렵네.

⊕ 고토 마사타카(後藤政孝)

나라를 온통 움직이는 거대한 힘이 강력히 밀려오는 올해에 소집돼 가려 한다.

어수선한 때 잠시 몸 빠져나와 붕어 낚느라 생각도 고요해진 지금 순간의 한 때.

⊕ 노무라 이쿠야(野村稢也)

영종도(永宗島)98)

엔진소리가 울리는 방향으로 눈을 돌리니 안개 속에 떠 있는 하이얀 배의 몸체.

---

96) 당시 도량형으로 1관은 3.75킬로그램이므로 16관은 60킬로그램.
97) 일주일마다 교대로 하는 근무나 당번.
98) 현재 인천국제공항이 있는 인천의 섬. 제비가 많아 자연도(紫燕島)라고 불렸음.

섬 안의 길은 언덕을 넘어간다 길가에 피어 있는 제비붓꽃의 색채가 선명하네.

엉겅퀴 꽃이 죽 피어 있는 길의 저 멀리에서 자꾸만 뒤처지듯 오는 나의 소녀들.

그리 넓지도 않은 사찰 마당의 하늘을 덮은 오래된 느티나무 등 뒤에 나란하네. (용궁사(龍宮寺)[99]에서 촬영)

고리(庫裡)[100] 안쪽에 서 있는 한 그루의 오동나무는 꽃이 피어 있구나 한창의 때로구나.

⊕ 도마쓰 신이치(土松新逸)

6월 29일 저녁부터 30일 아침까지의 강수량 300밀리미터에 가까웠다. 미증유의 홍수였다.

시시각각으로 무너져 가는 언덕에 소란한 사람들 모습 그저 멍하니 바라만 보고 있네.

바로 눈앞의 가옥이 무너져서 흘러가는데 쳐다보면서 아무 방법도 없네 인간들로서 우리.

장남 탄생 후 6개월

요즘 들어서 눈에 띄게 발전한 아이의 동작 아내는 몇 번이고 놀라서 알려오네.

한창 화려히 핀 접시꽃 새빨간 것을 보고는 아이가 소리 내며 손을 뻗고 있구나.

이것저것 장난감 찾으면서 많이 안아 본 내 아이의 무게를 느끼면서 있구나.

⊕ 오이 마치비토(大井街人)

찌는 무더위 참아가면서 책을 읽고 있다가 마당 위를 때리는 소나기에 잠 깨네.

줄기 높이 선 글라디올러스의 하이얀 꽃이 무더운 여름 밤의 마당에 흔들리네.

---

99) 영종도 백운사 동북쪽 기슭의 사찰로 670년 창건, 흥선대원군에 의한 중수로 용궁사가 됨. 관음전의 옥으로 조각된 관음상은 일제강점기에 도난당했다고 함. 이 노래에서 말하는 느티나무도 유명하여 인천기념물로 지정되어 있음.
100) 사찰의 가람 중 하나. 부엌에 해당하는 건물로 부처에게 올리는 밥이나 승려의 음식을 마련함.

한강 홍수

홍수가 난 소용돌이 뽑듯이 피어 서 있는 접시꽃 나비 하나 날개 접으려 하네.

홍수가 아직 물러가지도 않고 솟아 흔들리는 수수 이삭 잠자리 오늘도 와서 앉네.

⊕ 구보타 요시오(久保田義夫)

학생들에게 각반(脚絆)101)을 감아주고 있다가 문득 떠오른 자기 연민 누르기 어렵구나.

약간 생기는 힘든 노무의 짬을 재미있구나 샤레본(洒落本)102)으로 보는 유곽의 생활이란.

지금 나처럼 격무를 한 까닭에 경성제국대 선배들은 마침내 학문을 그만뒀나.

교육이라는 것의 의미를 조용히 생각하면서 여전히 꿈꿔보는 학문적인 세계.

⊕ 노즈 다쓰로(野津辰郎)

나무 빽빽이 자란 가게 안은 어두침침해 저녁이 되면 홀로 와서 우무를 먹네.

백 마리쯤의 생쥐에게나 먹일 만큼의 정제된 밀가루 반죽했네 여름을 타는구나.

내일도 다시 내일도 같은 실험 반복을 하고 이렇게 오늘도 또 하루가 지는구나.

저녁 무렵의 연구실에 조용함 속에서 그저 망연히 앉아서는 홍차를 홀짝이네.

⊕ 야와타 기요시(八幡清)

금강산 비봉

자작나무가 바다처럼 자란 숲 멀리에 퍼져 안개의 저쪽 편에 구미산장(久米山莊)103)이 보여.

---

101) 걸을 때 발목 부분을 가뜬하게 하기 위해 무릎 아래부터 발목까지 감는 띠.
102) 에도 시대 중후반에 유행한 문학의 일종. 유곽에서 벌어지는 유녀와 손님의 언행을 묘사한 풍속서.
103) 금강산 비로봉 정상에 있었다는 산장.

나무의 바다 경사면 저 멀리에 펼쳐져 있고 또 퍼져나간 끝에 안개가 움직이네.

아침 안개에 흠뻑 젖어버린 철제 사다리 발 둘 곳 확인하며 덜덜 떨고 내려와. (비사문(毘沙門)[104])

용소(龍沼)[105]의 깊이 사십하고도 몇 척 가득 차 있는 감벽색의 물은 신비롭게 감돈다. (구룡연(九龍淵)[106])

구룡연 폭포 아래에 서서 위를 올려다보니 안경이 뿌예지고 물방울에 젖는다.

⊕ 고바야시 본코쓰(小林凡骨)

고향에 있으며 산달을 맞이하는 아내로부터 소식이 오지 않아 여행 접으려 한다.

여러 갈래로 길이 갈라진 거리 봄바람 불어 남대문을 왼쪽에 끼고 돌아서 간다.

저 먼 바닷물 장밋빛 아지랑이 흘러가면서 파도 높이 오른 곳 피해 해의 윤곽이 솟네.

개 잡아먹는 것도 즐거운 일의 하나가 되어 조선 산에서 나도 살며 익숙해졌네.

뗏목꾼들이 개 잡아먹는다는 길가 한켠에 커다란 가마 앉혀 개를 끓이는구나.

낙엽송의 푸른 잎이 청신한 높은 들판에 개를 잡아먹어야 하는 여름 왔구나.

⊕ 나카노 에이이치(中野英一)

개점까지

등화관제의 항간에서 우러러 보는 은하수 절절히 가을별의 위치 보이는구나.

나는 아직도 전업(轉業)하는 신세로 쇠약하지만 앳된 나의 아기는 길 수 있게 되었네.

예를 들어서 땅위로 작렬하는 포탄과 같은 소리를 듣는다면 위로가 되는 걸까.

---

104) 금강산의 여덟 개의 금강문 중 하나.
105) 폭포수가 떨어지는 장소의 깊은 웅덩이.
106) 금강산 구룡폭포 아래에 아홉 개의 구멍이 파인 못.

대여 점포를 애타게 찾고 있는 눈에 깊숙이 남대문의 등불이 켜진 것이 들어와.

⊕ 미나미무라 게이조(南村桂三)

몽고족을 떠올리며

볼가[107)로부터 죽음을 피해서 온 그 옛날의 토르구트[108)족의 이름은 남았구나.

습격해 오는 키르기스[109) 사람들 떨쳐버리고 도망치는 부족민 불의 사막 만났다. (토르구트족 이동)

카라코룸[110) 유라시아의 맹주 테무진(鐵木眞)[111)의 수도는 지금도 중국 북방 부근에 있네.

동양이여 아시아 백성이여 그대야말로 진정 칭기즈 칸의 후예이지 않은가.

떠올라오는 동방의 빛이 환히 빛나니 여기 만주땅에서 오족(五族)[112)이 협화한다.

⊕ 요시하라 세이지(吉原政治)

해금강

완만한 섬의 바위 표면이 하얗게 물 위로 솟아올라온 것처럼 보이네.

일본해[113) 멀리 불어오는 바닷바람 섬 위의 작은 풀들은 자주색으로 피누나.

겁주는 것도 없는 섬에 바닷새들의 똥이 쌓이고 쌓여 딱딱하게 굳었네.

---

107) 현재 러시아 서부를 남쪽으로 흐르는 3,700킬로미터 길이의 강.
108) 몽골 북서부 지방에 살던 종족의 하나. 1771년 볼가 강을 떠나 청나라에 귀환하려고 함.
109) 현재 키르기스스탄에 사는 투르크계로 몽골풍의 문화를 지닌 민족.
110) 몽골 제국의 13세기 전반기의 수도였던 곳. 몽골어로 '검은 숲길'이라는 의미.
111) 몽골 제국을 건설한 제왕 칭기즈 칸(1162~1227)의 어릴 적 이름.
112) 일제에 의한 '만주국'은 일본, 조선, 만주, 몽골, 중국 민족을 오족으로 하여 화합을 표방함.
113) 일본 열도의 북쪽 바다로 한국의 동해.

⊕ 니시무라 마사유키(西村正雪)

절조도 없는 친구가 한 말에 놀랐지만은 깨끗한 그 목숨을 나 의심하지 않아.

우정에 심한 상처를 입고서 온 거리에는 여름 저녁 소나기 멎지 않을지 몰라.

매연 때문에 어두침침한 하늘 통과해 내린 햇빛은 붉긴 하되 서늘하기도 하다.

첩첩 이어진 산봉우리 위 눈은 꺼지지 않고 붉은 햇빛을 받아 때로는 빛나더라.

⊕ 샤켄(砂虔)

미끄럼 타면 끼이익하고 소리 나는 이 얼음 아래를 물은 흐르고 있다. (한강에서)

견딜 수 없는 아름다움이로다 얼음의 위에 나란히 미나리를 캐는 사람들 살색.

꽉 얼어버린 밭 위의 흙을 쿡쿡 쪼으며 걸어다니는 까치 부지런도 하구나.

아차(峨嵯)산[114]의 남쪽으로 기울어가는 능선이 칼날처럼 보이는 푸른 하늘도 얼었네.

흘러넘치는 이 생각들 누구에게 호소하고 어떻게 하려고 하는가 갈 곳 몰라 하네.

⊕ 이나다 지카쓰(稻田千勝)

유리그릇에 딸기를 띄워 놓으니 아이들이 보고 금붕어 금붕어라고 기뻐하며 기다려.

무성히 우거진 산을 깎고 베어 만든 무덤이 있네 흙으로 된 봉분 잔디에 사람이 서 있다.

인부들은 돈을 세어보고는 다투는구나 날이 다 저물어 버린 제방 위에서.

해가 저물어 밤이슬 곧 내리려 할 때 베란다에 말리던 이불은 차갑게 되었구나.

⊕ 고바야시 린조(小林林藏)

편평한 논밭 가운데 있는 이 온천물 논 표면으로 부는 바람 온천실에 선선해. (초여

---

114) 지금의 서울 광진구와 경기도 구리시에 걸친 높이 287미터의 산. 남쪽을 향해 불쑥 솟은 모양.

름 이천(利川)온천[115])

이곳의 주인 대나무를 더할 나위 없이 좋아하는 듯 정원 나무 심은 곳 대나무만 많구나.

머나먼 산에 아침 안개 깊게도 깔려있으니 오늘도 한낮 더위 예상이 되는구나.

녹색이 짙고 낙엽송이 우거진 산 밑자락에 이어진 밭에는 보리가 물들었네.

⊕ 요시다 겐이치(吉田玄一)

백전(柏槇)나무[116]는 이슬을 머금고서 불상이 앉은 자리를 뒤덮고 있네 아침은 조용한데.

성벽 위에서 찍었던 사진들이 끝도 없구나 한여름이라고 하는데 나무 한 그루도 없네.

흉상(胸像) 증정식에 줄지어 참가하여 노래하다.

가까이 다가가 열심히 쳐다보니 뺨 언저리가 그대의 얼굴과도 아주 닮았을지도.

위대하신 그대의 인격을 칭송하며 여기가 가슴이구나 손을 대어 보았다.

정면을 보면 기품이 우러나듯 와닿는구나 말이라도 걸고픈 심정 드는 듯하다.

⊕ 미키 요시코(三木允子)

저녁 놀 지는 항구 하늘에 높이 솟아오른 크레인의 조용한 모습 움직임이 없구나.

중압감을 느끼면서 가는 창고 늘어선 거리 가지런하게 밤눈에 다가오네.

탁류의 위에 부서지는 달빛의 둔탁한 흔들림이 눈 안쪽에 있구나.

창씨명으로 불리운 판매원이 경쾌한 목소리 듣고는 귀엽게 뒤돌아 보는구나. (백화점에서)

저녁 무렵의 거리의 선선함에 그린색 나의 옷에 바람 사르륵 소리내며 지나가.

---

115) 현재의 경기도 이천시의 온천. 단순천으로 일제강점기 때부터 소규모 개발되어 옴.
116) 향나무 과의 상록 교목.

⊕ 가미야 다케코(神谷竹子)

탐욕스러움 잃을 때까지 한탄했는데 시간이 지나 지금은 까마득하게 느껴지는구나.

내가 심었던 뒷마당 밭의 목화 어슴푸레 하얗게 피어나기 시작했구나.

남몰래 살짝 불어오는 미풍도 향기 날 만큼 어슴푸레 하얗게 목화 피어났도다.

이십년 남짓 지나가 버렸지만 만나는 친구 옛날 모습 그대로 유지하고 있구나.

⊕ 이와부치 도요코(岩淵豊子)

태평양의 바닷바람 받으며 섬산도 모두 다 제각각이구나 섬 표면의 색들이.

추워보이게 흔들리는 금불초 백합꽃 피어 있네 파도소리가 드높은 섬의 뒷산.

아미타 불상 파여 나가 없구나 낮이면서도 습기가 가득하고 어두운 석실 내부.

땅 축축하고 냄새나는 어두운 석실 안쪽에 이끼에 섞여서는 덩굴이 자라있네.

⊕ 미쓰루 지즈코(三鶴ちづ子)

남편 소집에 응해 나갔다 다쳐서 돌아오다

다리 안 좋은 남편과 걷노라면 나도 모르게 나의 발걸음에도 마음이 쓰인다네.

뒤돌아보는 사람들의 시선을 이제 조금도 마음에 두지 않는 남편이 되었구나.

젖 먹겠다고 밤마다 우는 아이 생각은 해도 곁에 눕지 못하고 병들어 누운 신세.

백제봉황문전[117]

-표지 그림 해설-

가야모토 가메지로(榧本龜次郎)[118]

　백제 마지막 도성이었던 부여에서 그리 멀지 않은 금강의 건너편 규암면 외리의 한 지점에서 1938년 3월 수많은 그림 문전이 발견되었다. 표지에 건 봉황문전도 그 중 하나였고 한 변의 길이 겨우 29밀리미터, 두께 4밀리미터에 불과한 직사각형의 문전 작은 벽돌인데, 모두 종래 한반도에 유사한 것이 없는 진귀한 것이다. 더구나 얇은 두께에 드러난 무늬의 정교함은 진흙이라는 재료나 새의 실체라고 하는 것을 이미 초월한 것이다. 어쩌면 이 작자 입장에서는 재료 같은 것은 의문을 품을 것도 없고, 또한 날개나 다리 형태의 세밀한 것은 관여할 것도 아니었으리라. 겨우 2-3센티미터 안팎의 둥근 무늬의 그림 안을 천지로 삼고, 그 안에 가득히 꼬리를 올리고 양 날개를 펴 비상하는 늠름한 자태를 표현한 것은 마치 두 날개를 구름처럼, 다리 또한 새처럼 보이지도 않는 형태로 디자인한 것이라고는 하나 이 작자의 간결하면서도 또한 늠름한 정신을 잘 상징한다고 보

---

117) 한자로 '文塼', '文甎', '紋甎' 등으로 표기하며 무늬를 새긴 벽돌을 의미.

118) 가야모토 가메지로(榧本龜次郎, 1901~). 나라(奈良) 출신. 도요(東洋) 대학 중퇴 후 1919년 나라여자고등사범학교 도서관, 1924년 도쿄 제실(帝室) 박물관 역사과에 근무. 1930년 조선총독부 학무국 종무과장으로 조선총독부 박물관에 근무하게 되어 1945년까지 낙랑(樂浪) 고분, 고적 등의 발굴에 종사. 전후 나라로 돌아가 1947년 나라국립박물관에 근무, 1952년 도쿄국립박물관 유사(有史) 실장, 1960년 나라국립문화재연구소 역사연구실장을 역임, 1964년 이 연구소의 헤이죠(平城) 궁터 발굴조사부장이 되었고 1966년 정년퇴직.

아야 할 것이다.

벽돌 네 귀퉁이에는 두 잎의 연꽃이 반씩 드러나 있다. 이 연꽃은 네 장의 벽돌 귀퉁이를 합하면 완전한 네 잎의 연꽃이 되며 각각 이 네 귀퉁이에는 장붓구멍이 뚫려 있는 것을 생각한다면 각 벽돌은 귀퉁이의 장붓구멍에 다른 나무재료를 끼워 넣어 조합한 장식 벽돌로 어쩌면 벽 허리장식에 사용된 것인 듯하다.

그런데 그러한 벽돌로서 잘 알려진 것에 나라 현(奈良縣)의 미나미홋케지(南法華寺)[119]의 봉황전, 오카데라(岡寺)[120]의 천인(天人)전이 있다. 모두 나라시대의 것으로 특히 오카데라의 벽돌은 오카모토노미야(岡本宮)[121]의 허리기와라고 전해진다. 오카모토노미야는 제쳐두고라도 벽 허리장식이었다는 것은 인정해도 좋을 것이다. 물론 이 둘 모두 백제의 이 벽돌보다는 크고 또한 그림무늬도 사실적이라 다르며 이 둘 사이에 어느 쪽에서 어느 쪽으로 건너갔다는 직접적 관련은 인정할 수 없지만, 그래도 아스카(飛鳥)시대[122] 이후 절을 짓거나 기와를 만든 공인들 중에 많은 백제인들이 가담해 있던 것을 생각하면 벽 허리장식에 백제와 같은 그림벽돌을 이용했다고 해도 그것은 결코 우연이 아닐 것이다.

119) 쓰보사카데라(壺阪寺)라고도 부르는 진언종 사찰. 703년 개창되었다고 전함.
120) 나라 현에 있는 진언종 사찰로 류가이지(龍蓋寺)라고도 함. 663년 개산이라 전함.
121) 7세기 중 조메이(舒明), 사이메이(齊明) 두 천황의 궁실(宮室)로 알려진 곳.
122) 각주 91) 참조.

아이들(子供たち)

아오키 미쓰루(靑木中)

푸릇푸릇하게 무성한 우듬지에는
정오의 태양이 찬란히 빛나고 있다.
생장하는 수목의 왕성한 모습이여

아이들은
나무그늘의 의자에 모여
그림책에 열중한다.

아이들에게
여기는 고요하고 평온한 놀이터다.

일본을 짊어지는 아이들이여
수목처럼
왕성히 생장하여
나라의 기둥이 되라.

여름의 의지(夏の意志)

마스다 에이이치(增田榮一)

나는 학생들의 작문을 채점하고 있었다.
치졸한 문장 그리고 오자도 많다.
하지만 이 얼마나 발랄한 숨결인가.
그 젊음이 내 가슴을 흔든다.

살아갈 의지에 찬 소년들
살아갈 기쁨에 빠진 소년들
그대들은 내일의 일본을 훌륭히 짊어지고 설 것이 틀림없다.
나는 그것을 믿는다.

귀환병(歸還兵)

가와구치 기요시(川口淸)

후룬베이얼[123)의 고원을
새카맣게 공격해 들어온 전차
적의 토치카에 몸을 부딪쳐 죽은 전우
야마다(山田)는 띄엄띄엄 이야기해 주었다.

"그렇다고 해도 자네는 잘 살아 남았어"
그러자 야마다는
갑자기 험악한 자세로 변해
툭툭 돌을 걷어차기 시작했다
나는 어쩔 수 없이 길가의 마른풀을 밟고 걸었다.

귀환병
이 얼마나 엄격한 모습인가.

---

123) 몽골 지역에 있는 초원.

수은등 있는 풍경(水銀灯の有る風景)

에자키 아키히토(江崎章人)

창가의 저녁이 소나기에 젖으면
공원 한 구석 수은등은
진주처럼 예쁘게 피었다.

이 정숙한 풍경을 향해
당신은 유치한 향수에 울고
나는 힘든 생활에 좌절하고 있었지만
계절의 물기 머금은 소나기가 창가에 뿌려
꽃잎처럼 향기가 나는 행복감이
어느샌가 조용히 그러나 이렇게도 왕성하게
욱신거려 왔다.

원색 드러난 아카시아 잎도
한 잎 한 잎 셀 수 없게 되고
수은등의 파란 빛만이
숭고한 조각상처럼 떠올라 있다.

당신은 또 바느질일을 지속하고
나는 젖을 물 듯 담배를 피우고
교회당의 계단이 어둡게 젖어갔다.

종언의 노래(終焉の歌)

사네카타 세이이치(實方誠一)

어젯밤을 홀로 미풍처럼 찾아가
녹음의 소요에서
돌아가지 않았던 사람이여

항간의 하늘은 재를 내리게 하고
묻힌 땅 아래에
허무하게 기다리고만 있지는 않다.

소리도 없이
고갈된 것처럼 잊혀지고
더구나
들판 끝을 적광(寂光)124)의 꽃

노래 하나
슬픔을 남기고 있었다고

---

124) 불교의 말로 평안하고 조용한 빛. 진리의 적정(寂靜)과 그 지혜의 작용으로서의 빛. 이
(理)와 지(智)의 두 가지 덕을 나타낸다.

아카시아 꽃(アカシヤの花)

다나카 유키코(田中由紀子)

아카시아 꽃 지고
새하얗게 마당을 덮었다.

아카시아의 하얀색을 밟으면
어릴 적 기억이 끓어오른다.

하루(一日)

시로야마 마사키(城山昌樹)

아침이 냄새 난다 빛이 어둠을 내쫓는다 지평선의 끝에서 금색의 화살
은 행진한다.

자 집밖으로 나가 어젯밤 상태 그대로의 폐를 씻자.

직장은 아까부터 떠들썩하다.

붉은 강철의 입자가 사방으로 흩어지는 속에서 나의 결심은 점점 작열
한다.

미풍이 있는 난간에서 나는 삶을 생각한다 그리고 신에게서 부여받은
오늘을 감사한다 눈물이 없는 간정이 오늘을 일지에 각인시킨다.

나는 평안한 기도를 바치고 희망 넘치는 내일을 기다린다.

고요한 밤(靜夜)

다나카 미오코(田中美緖子)

조용한 저녁이었다.
짝짝이 수염을 한 귀뚜라미가
벽을 기어가는 것을 보았다.
번갈아 수염을 더듬더듬 움직이며
움찔움찔하듯 책상자의 뒤로 들어갔다.
나는 무언가를 적고 있었다.

스탠드의 불을 끌 무렵
장지문은 달빛으로 밝았다.
나는 조용히 귀뚜라미의 자장가에 귀 기울이고 있었다.

큰 파도(うねり)

시나 도루(椎名徹)

큰 파도 속에 큰 파도가 태어나고
큰 파도 속에 큰 파도가 사라지며
몇 만 몇 십만의
파도가 된다.

하늘의 분노와 함께 분노하고
몸부림치며 크게 울부짖고 끓어오르며
하늘이 가라앉으면 또 그에 따라
다시 푸른 정밀(靜謐)이 된다.

여름 날(夏の日)

에나미 데쓰지(江波悊治)

많은 꿈을 싣고
비행선처럼 부푼
흰 구름이 떠 있다.

벌이 꿀 향기를 운반하며
공들여 꽃들을 찾아간다.

나이프를 가진 소녀가 사라진 양귀비 밭에서
반짝이듯 함성이 오른다.
집집 창문에서 거나하게 졸음이 올라온다.

살갗의 마지막 한 장을 하늘에 던져 올리고
나는 초원으로 뛰어내린다.

나는 휘파람을 분다.
연인이 기다리고 있는 것처럼
건너편에서 연인이 팔을 벌리고 있는 것처럼

고추(蕃椒)

이케다 하지메(池田甫)

석탄 오두막에 매달린
고추는 보기만 해도 빨갛다.

겨울이 다가오면
석탄 오두막에 매달린 고추는
점점 빨개졌다.

과거(過去)

히로무라 에이이치(ひろむら英一)

이제 기쁨도 슬픔도
떠올리지 않으리.
모든 것이 검은 흐름 속에
고이는 것이라면——

추억이 아름답다는 것은
맑은 흐름을 헤엄쳐 온 사람의
말이 아닐까?

탁한 흐름에 빠져 허우적대는 나에게는
신은 안락한 망각을 주지 않는다.
내 속에 그저 어둑어둑하게 흐름은 이어진다.

나와 아이(自分と子供)

다니구치 가즈토(谷口二人)

바람이 죽어 푹푹 찐다.
나는 ──길가의 풀이 흙먼지를 뒤집어쓰고 짓밟힌 것처럼
고독과 비애를 안고 걷고 있었다.

놀던 아이들은 싸움을 하고 울고 있는가 싶으면 벌써 웃고 있다.
이 아이들의 천진함에 감탄하여 나는 보고 있다.
이 아이들이 가장 즐거운 것이다.

벗을 기억하다(友を憶ふ)

후지모토 고지(藤本虹兒)

다시 여름이 왔다.
지금까지 몰랐던
돌아오지 않은 친구 생각에
가만히 머리가 묵직해진다.

셋이 나란히 걷던 길을
친구와 둘이서 걷고 있다.
푸른 달을 등지고
묵묵히 걷는 친구의
눈동자도 젖어 있는 것 같다.

잡기(1)

아마가사키 유타카(尼ヶ崎豊)

▲막연히 시를 짓는다는 시인의 시작(詩作) 태도는 완전히 배척해야 한다. 한 시대 전까지 시작은 일종의 몽유병과 혼동되었다. 시를 지을 때 시인의 혼은 자기의 육체에서 유리되어 공간을 방황하는 것처럼 여겨졌다. 또한 시인은 전혀 자기 의지를 사용하지 않고 그저 오로지 천성의 목소리에 의해 시작하는 것처럼 생각되었다. 혹은 일종의 기발한 착상을 단편적으로 서술하는 것이라고 여겨졌다. 시는 자유롭다, 쓰면 된다는 식의 유치한 혹은 경솔한 견지에서 출발한 점에 오늘날 시의 저조함이 있는 것을 우리는 명료히 깨달아야 한다.

▲"시인은 경험 이전의 기억 즉 천성의 소리에 의해 시를 짓는다"고 한 하기와라 사쿠타로(萩原朔太郎)[125]의 주장을 우리는 결코 막연한 태도로써 시를 쓰면 된다는 의미로 착각해서는 안 된다.

▲새로운 시인이 형이상학적 사색이나 건설적인 의욕에 의해 일어나야 한다는 것은 이미 누누이 들었던 이야기이다. 이것을 잊어서는 시가 융성할 수 없다.

▲돌아보건대 오늘날의 시인에게는 교양이 결핍된 바가 많지 않을까? 과연 현재 진정으로 자기 수양에 마음을 쏟는 시인이 몇 명이나 있을까?

---

125) 하기와라 사쿠타로(萩原朔太郎, 1886~1942). 시인. 군마현(群馬縣) 출신. 특이한 감각의 구어시 세계를 열었으며 허무와 권태감을 드러내 근대서정시의 정점을 이루었다고 일컬어짐. 시집에 『달에 짖다(月に吠える)』(1917), 『파란 고양이(靑猫)』(1923) 등.

▲독일의 시인 하인리히 하이네[126]는 언어의 연구가로서 견줄 사람이 없는 노력가였다고 일컬어진다. 시인은 최고의 교양을 필요로 한다는 것을 젊어서 직감한 그는 청년시절에 이미 독일의 옛노래, 민요 등 온갖 독일의 작품을 모조리 섭렵했다고 그의 전기 『수업시대(修業時代)』에 기록되어 있다. 간결하고 강한 그의 작품이 갖는 매력은 거기에 기반하는 것이라 할 수 있을 것이다. 우리 주위에 과연 하이네에게 뒤지지 않을 정도의 수업시대를 가지려는 시인이 한명이라도 있을까?

▲스코틀랜드의 시인 로버트 번스[127]는 소농의 아들로 태어나 서른일곱 살로 요절하기까지 고원의 서리와 마른 땅의 지저분한 오두막에서 가난한 생활을 지속하면서도 자신을 최고의 교양으로 끌어올리기 위해 적잖은 노력을 기울였다. 호미질을 하고 말을 몰며 마구간에서 자면서도 그는 스코틀랜드의 옛 가요를 하나도 남김없이 다 읽고 또한 암기하는 일에 열중했다고 한다. 번스의 청신한 스타일과 분방한 운치는 이러한 노력 속에 결실을 본 것이다. 여기에 무한한 교훈이 포함된 것은 아닐까?

▲오늘날의 시인에게 교양을 바라기보다 더 큰일은 없다. 건강한 교양과 권태로움을 모르는 정열과 넓은 시야를 길러야 한다. 자연발생적인 감흥에 따라 시를 쓴다는 듯한 태도를 멈추고 확고한 인식과 방법상에 진정한 의미의 시를 탐구하는 노력이야말로 중요하다. 늠름한 시가 거기에서 탄생한다.

▲창간호에 등재된 작품을 일별하고 느낀 것은 무엇인가, 말하건대 늠름한 시의 결핍이다. 늠름한 시란 분명한 정체를 가지고 사람 마음을 칠 수 있는 시를 가리킨다. 일독하여 사람을 감동시킬 정도의 힘을 가진 시는 정녕 나타나지 않으려나?

---

126) 하인리히 하이네(Heinrich Heine, 1797~1856). 독일의 시인, 비평가.
127) 로버트 번스(Robert Burns, 1759~1796). 스코틀랜드의 시인.

▲조국은 지금 획기적 세례동란의 한가운데에 있다. 따라서 지금 우리의 피도, 육체도, 혼도, 향토도, 민족도, 국가도, 모든 것이 투쟁해야 한다. 전쟁이 정치의 연장이며 정치가 문화의 연장인 이상 문화도 또한 싸워야 한다. 그리고 문화의 엣센스가 무엇인지를 생각할 때 시인의 사명이야말로 중대하다고 말할 수밖에 없지 않은가?

▲국민시가연맹에 모인 시인들 중에는 전쟁터를 달린 체험을 가진 시인이 많다. 현재 국방의 제일선에서 총을 들고 있는 시인들도 몇 명인가 있다. 나도 역시 총알비 연기에 노출되었던 기억을 가진 한 사람이다. 그러나 우리가 이미 국가의 한 세포라는 것을 자각하는 한 펜을 잡든 총을 잡든 나아가고자 하는 방향은 하나이지 둘이 아니다. 시우 각위의 분기를 절실히 바라는 바이다.

잡기(2)

스에다 아키라(末田晃)

제가들의 작품을 보고 느낀 것은 아무래도 너무 값싼 감상에 지나치게 빠져 있다는 것이다. 원래 단카는 서정적인 것이기는 하지만 그 서정이 단순한 표면적인 것이라면 시시한 것이 될 것이다. 현재의 시국이라는 것이 어떠한 것인가 하는 확고한 자각 하에 단카가 지어진 것이라면 거기에 저절로 나오는 신념의 발현이 없어서는 안 될 것이다.

쓸쓸하다, 슬프다, 그립다는 말로는 아무것도 되지 않는다. 그 쓸쓸함, 슬픔, 그리움이라는 감정이 진실한 것이라면 깊고 맑은 무언가가 표현되어야 한다. 또한 단순한 화조풍월을 읊어도 아무것도 되지 않는다. 시대적 각도라는 것도 생각했으면 한다. 상대부터 근대에 이르기까지 단카의 소재는 현저히 변해왔지만, 한편 조금도 변하지 않은 바도 있다. 예를 들어 벚꽃은 언제든 벚꽃이다. 이 벚꽃을 어떻게 읊는가가 중요하다. 언제까지나 같은 아름다운 벚꽃이라는 표현이어서는 곤란하다는 것이다.

다른 감정에 대해서도 마찬가지이다. 또한 노래는 상식도 아니며 산문도 아니다. 거기에 예술적 감동이 담겨야 한다. 요즘 약간 세련된 신문 표제어 정도는 단순한 표면적 표현의 작품 따위가 따라가지 못하는 것도 있다. 단카는 결코 신문 표제어가 아니다.

그리고 연정을 노래하는 것도 곤란하다. 아기자기한 작품 같은 것을 읊고 있을 시대가 아니지 않은가? 그것도 진실한 심정에서 배어나온 것이라면 괜찮지만 ― 손에 닿았다든가 홀쭉해진 뺨이 쓸쓸해 보였다든가 하는 것에는 도저히 감탄할 수 없다.

이렇게 다 아는 것을 쉽게 적어 보았는데, 이것을 모든 투고 작품에 끼워 맞추려는 것은 아니다. 요컨대 단카를 지을 때 더욱 고심할 필요가 있다는 것이다. 간단히 작품이 태어나서는 곤란하다. 단카는 어떤 의미에서 본업 이외의 여가로 읊는 것이다. 그렇다고 해서 단카를 시시하다고는 할 수 없다. 놀이가 아닌 것이다. 고도의 국방국가라고 일컬어지듯 고도의 교양에서 태어나는 단카였으면 한다. 고도의 작품을 절실히 희망하는 바이다.

◉ 평림부대 고다마 다쿠로(兒玉卓郞)

대륙의 밤

얼어붙은 밤 병사가 들고 왔던 볏짚 한 다발 나에게 붙으라고 불피워 주는 건가.

품 안으로부터 꺼낸 신약 냄새에 목이 메누나 부모님의 마음이 너무도 고마워서.

◉ 호리 아키라(堀全)

남동생이 편지에 넣은 작은 풀 있어서

노몬한 벚꽃이라 속되게 병사들 부르는 꽃일 것이라 나는 의심도 하지 않네.

적적하게도 늙으신 아버지여 병사로 보낸 자식의 훈도시(褌)128)를 꿰매고 계시구나.

자식에게 보낼 훈도시를 꿰매는 아버지 보니 아버지께 혼나던 우리 생각 못 하네.

날짜가 지나 전달된 한 통의 군사우편 그것만 기다리는 늙은이 신세 되네.

보리를 베면 벼를 심는다 하며 논밭 갈았네 검은 흙의 표면이 빛나며 결실 맺네.

보리를 베고 모내기할 때 됐네 저녁의 논에 변하지 않는 나를 걷게 만드는구나.

◉ 요시모토 히사오(吉本久男)

야스쿠니(靖國)129)의 혼령들에게 저기 멀리 절하고 직원들 기립하네 오전 열시 십오 분.

전차부대가 지축을 눌러대는 굉음에 나의 몸이 아픈 것도 한동안 잊는구나. (관병

식130) 실황방송)

---

128) 샅바처럼 생긴 긴 천으로 된 남성의 하의 속옷.
129) 야스쿠니(靖國)란 나라를 안태하게 만든다는 의미. 야스쿠니 신사는 국사로 순직한 자
    들의 영을 제사하기 위해 1869년 초혼사(招魂社)로서 설립되고 1879년 야스쿠니로 개
    칭함.
130) 관병식(觀兵式)이란 옛 일본군대에서 이루어진 육군예식의 하나로 천장절(天長節) 육군
    을 비롯해 특별 대연습 등이 이루어질 때 천황이 병대를 관열하던 행사. 메이지 유신
    원년인 1868년에 시작.

반나절 정도 틀어박혀 있다가 정오 지나서 비가 개였으므로 마당에 나가 선다.

이른 아침부터 만원전차 오가네 문을 활짝 열어젖히고 라디오를 즐긴다.(일요일)

중후한 느낌 감촉이 좋구나 마당 구석의 개옥잠화 한 뿌리 화분에 옮겨 심네.

장맛비 하늘 폭음이 나지막이 지나쳐 가면 두려움에 떨 듯이 개가 계속 짖는다.

매일 아침을 해바라기 옆에서 서성이면서 젊은 목숨 생각한 그 마음 깨끗하다.

⊕ 북만(北滿)출정 다카미 다케오(高見烈夫[131])

산 전상에서 네 명 숨어 지내며 경비를 하는 허름한 가옥 산의 눈보라 모여든다.

분초(分哨)[132]의 밤은 이제 밝아왔구나 그 주변에서 곰이 나타난 흔적 살피며 순회한다.

룽장(龍江)[133]이 동결되고 소련군이 호시탐탐할 때

열 자[134] 정도로 룽장 얼어붙으니 힘이 있다는 기계화[135] 부대들도 유유히 통과한다.

룽장이 꽁꽁 얼어붙어 비적떼 빈번하게도 꿈틀거린다는 그 정보 우리들 긴장하네.

○○열차 소련과 만주의 국경 통과

국경에 사는 토착민들의 밤은 집 안 기다리고 일찍 문을 내리고 사람 하나도 없네.

야간 동안에 부대가 평원을 이동하였다 높았던 풀들 눕고 아침 이슬 머금어.

⊕ 오타 마사조(太田雅三)

끊일 듯 오는 어머니의 소식은 병든 이 몸이 태어난 날 오늘을 축하하러 왔다네.

---

131) 원문에는 '高見烈'로 되어 있으나 목차와 다음 10월호에 '高見烈夫'로 되어 있어 이에
    따름.
132) 독립 중대나 소초에서 파견하는 경계 조직의 가장 아래 단위.
133) 중국 헤이룽장(黑龍江省) 치치하얼(齊齊哈爾)에 있는 강.
134) 한 자는 약 30센티미터로 열 자는 약 3미터 가량.
135) 전차나 자주포 등의 장갑 전투차량을 다수 갖추고 부대 병력들은 그 위에 탄 채 전투
    하는 병력.

열은 올라서 귀뚜라미가 우는 고요한 밤에 귀의 저 안쪽에서 피가 도는 소리 나.

사 년 지나도 재혼 안 하는 친구 죽은 아내가 낳은 아이를 안고 미소진 그림 그려.

여러 겹으로 핀 봉선화 구슬프다 신혼이 사는 이 집의 주인 나갈 수 없는 신세.

저녁에 나선 내 소매를 붙들고 임신했다는 어떤 미친 여자는 분노한 듯하구나.

⊕ 귀환 기우치 세이이치로(木内精一郎)

아침저녁에 일촉즉발의 상황 안으로 가도 그게 실전에 비할 바는 아닐 것이다.

그 손가락과 그 발끝이 부는 눈보라 탓에 썩는다 해도 병사 총을 버리지 않아.

전우 혼령에 귀환의 인사말을 내뱉으면서 서로 알지 못하네 아아 이 부자지간.

밤과 낮으로 알몸이 된 상태로 물속을 헤맬 그대 아이 커간다 그대여 잠드소서.

⊕ 호리우치 하루유키(堀内晴幸)

계곡의 냇물 여울도 깊어졌네 이 주변에는 갯버들의 꽃이 거칠게 일어나네.

여기에 서서 바라보는 저쪽은 아주 멀다네 한강 물의 흐름은 은색 뱀과 같구나.

반지르르하게 포플러 어린잎에 아침 해 비쳐 빛나는 그 모습은 산뜻하기도 하네.

잉어 드림[136]이 아침 햇살 위에서 유유자적하게 헤엄치는 모습은 건강하게 보인다.

낙엽송의 초록색 선명하다 이 주위에는 골짜기마다 숲을 이루어 무성하네.

⊕ 나카지마 마사코(中島雅子[137])

전사했다는 조문 전보 안고서 나의 마음은 이게 정말이냐며 의심을 하고 있네.

---

136) 주로 단오 때 사내아이가 있는 집에서 아이의 건강을 기원하여 천이나 종이로 만든 잉
   어를 장식함.
137) 원문에는 '稚子'라고 되어 있으나 목차와 다음 호 10월호의 '雅子' 표기에 따름.

그 때 당시의 너의 그 눈빛 너무 그립구나 이 세상에 너는 이미 죽고 없는데.

어느 곳으로 가서 있는 것일까 너의 그 영혼 서방정토에 핀 하얀 연꽃 생각한다.

매 일 분마다 사이렌이 울리고 등대에서는 안개가 깊이 낀 밤 특별히 경계한다.

계속 울리다 하루가 저문다네 등대에서의 사이렌 소리 아직 계속 울리고 있네.

⊕ 이케다 시즈카(池田靜)

오늘의 피로 사무복과 더불어 벗어던지고 가벼운 마음으로 거리에 나서 본다.

깊어진 밤에 꽃을 팔던 지게에 남아 있었던 배합과 붉은 장미 사서 돌아왔다네.

눈에도 아픈 한낮의 햇빛이여 강 들판에는 헤엄치면서 노는 아이들로 북적여.

토마토 열매 붉게 잘 익었구나 마당에 서서 지나(支那)사변 기념일[138] 묵도를 올린다네.

⊕ 미나요시 미에코(皆吉美惠子)

얼어붙었던 너른 대지였지만 햇빛에 녹아 어른 풀들의 싹이 파랗게 되었구나.

따사로운 봄날의 햇빛으로 어저께부터 있었던 작은 분노 잊어보려고 한다.

하려는 일들 수도 없이 많지만 어쩌다 맞은 휴일이다 보니 부스스하게 있네.

아이를 불러 한탄하려니 아아 가엽다 엄마만큼은 부처님의 앞에서 온종일 앉아 있네.

(세 살짜리 여동생을 잃다)

새되고 높은 그 목소리 지금도 귓가에 있다 휴일의 오후를 공허하게 지내네.

⊕ 고다마 다미코(兒玉民子)

지금 때 마침 핀 베고니아 꽃을 끼워 놓고서 이슬에 뿌옇게 된 안경을 닦는구나.

---

138) 일본이 말하는 지나사변(支那事變), 즉 중일전쟁의 개전기념일인 7월 7일.

내 아이 나이 몇 살이 더해져서 건강해지고 올해도 꺼내놓네 오월의 무사 인형.[139]

누운 상태로 오늘밤 바라보는 산 위의 별들 전선(戰線)의 내 아들아 사명을 다 하거라.

엄마 여기서 한 달 만의 소식을 감사하게도 잘 받았단다 이제 장마는 다 걷혔다.

⏺ 사이토 도미에(齋藤富枝)

십만 명이나 되는 영령들 앞에 한 점의 후회 없는 삶 떠올리며 한결같이 산다네.

어수선하고 다급한 세계정세 품에 안고서 우리가 가야 할 길 오로지 하나로다.

도도하게도 울림소리 크구나 환히 빛나는 태양 아래 빛나는 생명이 있는 거리.

⏺ 무라카미 아키코(村上章子)

얕은 봄

여름의 얕은 바닷가에서 게를 잡는 아이 있네 바다는 저 멀리로 물이 다 빠져 있다.

얕은 봄이라 물가에 생겨 있는 얇은 얼음을 새하얀 왜버선의 끝으로 눌러 깬다.

손바닥 위에 올려둔 얼음조각 금방 녹더니 호수에 고인 물처럼 되어 넘쳐흐르네.

조화마저도 분명히 향기 나듯 느껴진 봄비 침상에서 나와서 봄비를 바라본다.

빌딩의 창은 모두 활짝 열리고 봄이 되었다 젊은 신입 사원들 목소리 다 들리네.

아주 새파란 모형의 비행기는 날아오르고 장마가 잠깐 개인 사이 호텔의 광장.

⏺ 이와타니 미쓰코(岩谷光子)

퇴계원에서 놀며

넓디 너르게 이어진 푸른 논을 파도치도록 차창에서 불어온 바람 시원하구나.

---

139) 사내 아이가 잘 자라기를 기원하는 5월 단오(端午)에 장식하는 갑옷과 투구를 갖춘 무
     사 모습의 인형.

산 우거지고 매미가 틀어박혀 우는 소나무 숲 가운데 새하얀 텐트 쳐져 있구나.

튀는 물보라 일으키며 오로지 물놀이에만 열중하는 아이들 보니 마음 즐겁네.

붉은 색비름 가운데 피어 있는 노랑 달리아 한 그루 섞여 있고 여름햇살 밝구나.

꽃잎 위 구슬 모양이 된 이슬에 끊임도 없이 머리를 바닥에 숙인 개양귀비꽃.

⊕ 간바라 마사코(神原政子)

웃음 머금고 있기야 했지만은 더 나이 드는 아버지 마주보고 마음은 쓸쓸하다.

자꾸만 나이 들고 약해지시는 아버지에게 대답이라고 드린 말씀 너무 차가워.

강요하는 건 아니라고 호쾌히 웃는 아버지, 아버지가 계셔서 나는 편안한데.

사무 보느라 피로한 눈동자를 들어서 창밖 옥색 하늘 구름의 움직임을 보노라.

누런 먼지 속 오지에 서서 싸운 공로 얼마나 큰지 알 만하다 이것만이 그 표지. (금치(金鵄) 훈장140)을 받은 사람에게)

⊕ 다카하시 하쓰에(高橋初惠)

푸른 잎 사이 불어오는 바람에 아카시아의 꽃향기가 서글픈 생각 위로하려네.

아름다우며 젊은 엄마로구나 나의 친구는 내 등에 업힌 아이 어르며 보고 있네.

시원스러운 심정이 드는구나 푸른 잎 도로 내가 지나가는데 뻐꾸기가 운다네.

잠들고 싶어 마음은 초조한데 오히려 눈이 선하여 잠이 깨니 괴로움 더해가네.

창밖의 경치 눈물에 젖어 뿌예 보이는구나 이제 막 만났다가 헤어진 엄마 생각에.

---

140) 금치는 일본 신화에 등장하는 전승의 상징인 금빛 솔개. 1890년에 제정된 일본의 무공 훈장.

⊕ 고이데 도시코(小出利子)

늙은 아버지 드시기 좋아하는 시골식 만두 오늘도 만든다네 때마침 휴일이라.

닦으면 더욱 빛이 더해지니까 참 기쁘구나 냄비의 밑바닥을 열심히 닦으면서.

오래간만에 가슴 아픈 친구에게 편지를 쓰네 밤 늦었으니 벌써 잠자리 들었겠지.

⊕ 도쿠다 사치(德田沙知)

산의 나무들 새싹을 틔울 무렵 되었으니 오늘도 짬을 봐서 산천어 낚시 가리.

이제 드디어 꽃이 피기 시작해 높은 봉우리 철쭉 핀 오월인데 바람 아직도 차네.

발걸음 멈춰 계곡의 물에 손을 담가 보노니 물 아래의 얼음이 아직 녹지 않았네.

⊕ 후타세 다케시(二瀨武)

아주 위대한 개혁의 앞에서도 여지껏까지 인간은 개인감정에 얽매여 있었구나.

세계정세가 나날이 긴박함을 고해갈 때에 우리들은 졸업을 바로 앞에 맞았다.

무장을 하고 우리들 지나가면 마을 아이들 올려다보는구나 군가를 부르면서.

배 밑바닥에 가로선 접어보니 제한되었던 시야의 하늘이 더욱 높아 보인다.

위로를 하며 내가 건넨 말마저 뻔뻔하구나 너를 가운데 두고 부모님의 앞에서.

⊕ 와타나베 오사무(渡邊修)

황혼이 지는 고향 마을 들판에 서성이노라 아이들의 환성에 치솟는 기억 있네.

얕은 여울의 투명한 물속으로 맨발 담그고 물방울 튀기면서 어린애처럼 논다. (구로다(黑田), 이토(伊藤) 누나와)

조심성 많은 그대이기 때문에 슬프기만 한 결별의 정을 말로 하지 않고 웃는다.

그저 오로지 타향에서의 여행 익숙해지리 상심을 말로 않고 단카(短歌)만 짓고 있다.

⊕ 다카하시 미에코(高橋美惠子)

설핏 졸다가 문득 잠이 깼더니 베개 맡으로 밤기차의 소리를 흘려듣고 있구나.

모처럼 맞은 휴일은 즐겁구나 친구들하고 영화를 보겠다며 서둘러 시가지로.

⊕ 고에토 아키히로(越渡彰裕)

억수같은 비 무릅쓰고 다니며 육억 원이란 저축 목표로 하여 간이보험[141] 권하네.

계속 내리는 붉은 흙의 길이 난 부락에 와서 진창이 된 길 가기 어려워 내렸다네.

무성히 자란 물에 뜬 마름 근처 펄떡대면서 먹이를 먹어대는 붕어 소리 자꾸 나.

산들도 집도 순식간에 감추고 엄청난 호우 왔다 계곡 안에서 나는 길을 잃었네.

뱃사람들이 모닥불 피운 연기 해가 질 무렵 비가 멎은 하늘에 낮게 자욱이 끼네.

⊕ 미즈카미 료스케(水上良介)

벚꽃 필 무렵 흐린 하늘로부터 내린 봄비는 벚나무의 줄기를 적시며 내리누나.

거센 바람이 불어오는 때마다 우산 손잡이 꽉 붙드는 손에는 힘이 더욱 들어가.

남쪽을 향한 산의 표면 거칠고 많은 바위들 뿌리 쪽에 피어서 무더기 이룬 철쭉.

새롭게 깔린 다타미의 냄새가 기분 좋구나 방이 밝아지니까 마음도 맑아진다.

어두컴컴히 어둠이 다가오는 과수원에는 배꽃들만이 겨우 근근이 하얗구나.

목덜미 털을 잔뜩 곤두세우고 진지해져서 서로 노려보는 닭 그 눈빛 예리하다.

---

141) 간이생명보험의 줄임말로 보험료가 싸고 우체국에서 간단히 가입할 수 있었음.

⊕ 모리 노부오(森信夫)

여기에 산지 오래돼 익숙해져 어머니 이십 년 기나긴 날 마음 깨끗하게 계셨다.

이 세상살이 괴로운 일상생활 너 때문에 이렇게 버텼다고 추켜세운 현명함.

나이도 아직 열 살 어리다면은 너를 데리고 지나(支那)에는 가려고 했을 것이 나답다.

어머니는 호방하게 계세요 내 내성적임 그런 성격이라며 탓하지 마시고요.

여자로서는 아까운 그 기상이 점점 더하여 남자보다 더 하니 어떻게 지내시나.

산들산들 새하얗고 커다란 여름철 꽃의 그 시원한 모습과 닮게 나이드셨네.

⊕ 아사쿠라 구니오(朝倉國雄)

분석실

부옇게 탁한 용해물 그릇의 표정 — 무언가 격한 마음 눌러 숨기고 있구나.

작업장 창밖 넘은 하늘 아름다워서 오늘도 아무 말 않고 일하고 있다.

내 안에 너는 거짓말쟁이라고 말하는 놈이 있어 어찌 할 도리 없네.

완전히 다르게 변해버린 성격으로 물고 늘어지며 떠나지 않는 녀석!

⊕ 아카사카 미요시(赤坂美好)

일장기를 흔들고 흔들면서 우리 아이들 행진 시간에 늦지 않으려 간다. (한강 함락)

물을 뿌리면 옆구리를 모래에 문질러 대며 어항의 금붕어는 열심히 헤엄치네.

강원도 영월 탄광에 가다

끝도 안 나며 하얗게 굽이치는 버스의 길이 해가 저물 때까지 계속되는 여행이다.

올라가는 산 언덕길에서 만난 소 끌고 가는 아이 그 눈동자의 맑고 청신함이란.

몸보다 더 큰 짚더미에 묻혀서 붉은색 소가 짚더미 안에서 눈 가늘게 뜨고 있네.

⊕ 사사키 하쓰에(佐々木初惠)

장래의 나라 짊어지고 갈 남자 아이들 봄날 햇빛을 받으며 기운차게 노는구나.

돌아가신 오라버니가 그린 자화상이 액자에 담겨져서 나를 응시하네.

하루 동안의 근무도 다 끝나고 느긋하게도 글을 쓰는 마음 즐겁기도 하구나.

기분도 좋은 깨끗한 바람결을 뺨에 맡기며 감사히 내가 가진 행복 느껴보누나.

분노에 꽉 찬 마음을 끌어안고 도리도 없이 명상에 들어가는 이성의 연약함아.

삼가는 마음 기도를 바치면서 뒤돌아보니 저녁 해 커다랗게 저물어 가고 있네.

가는 길 위로 비치는 내 그림자 바라보면서 한 줄기 뻗은 길로 직장에 서둘러 가.

⊕ 노노무라 미쓰코(野々村美津子)

그대가 타신 차가 조용하게 홈을 나가네 발걸음 함께 하며 이별 아쉬워했네.

이십 년 동안 더불어 생활했던 우리 언니를 역의 플랫폼에서 지금 막 전송했네.

눈 온 뒤 개인 아침 햇살에 비쳐 금색으로 빛나는 산의 모습 눈부시게 예쁘고.

투명히 맑은 오월의 저 하늘을 가로지르듯 봉축비행을 하는 해군기 비상한다.

귀하신 분 차 기다리면서 있는 민초들은 푸른 벼 자란 논길 삼가며 서 있구나.

⊕ 데즈카 미쓰코(手塚美津子)

산에 피어 있는 진달래꽃을 꺾어 봄 일찌감치 팔려고 나왔구나 산속의 조선아이.

한 다발의 봉오리 진 진달래 돈 주고 사서 둥근 모양의 병에 올해도 꽂아두네.

비쳐 들어온 햇볕이 좋은 방에 옮겨다 두니 열흘 남짓 지나서 모두 피어버렸네.

◉ 나카지마 메구미(中島めぐみ)

역경에 처해 있다고는 하지만 그런 일에는 상관하지 않으며 굳세게 사신다네.

이 생각하고 저 생각하면서 밤과 낮으로 무의미하게 지낸 나 자신을 생각해.

늘그막하신 할머니를 뵈려는 날 기다리니 마음이 어수선해 오늘 하루 지쳤네.

◉ 시마키 후지코(島木フヂ子)

어느 쪽으로 저어나가는 걸까 해수 저 멀리 하얀 돛이 보이며 저녁놀 지는 바다.

잔잔히 잠든 한낮의 바다에는 솨아솨아 하며 해조가 흘러가는 소리만이 들린다.

기세 좋게도 당나귀 마차 달리면 포장도로에 서서 신기한 듯이 사람이 보고 있다.

절절하게는 몸으로 느껴져도 오라버니의 동의하기 어려운 그 말은 쓸쓸하네.

◉ 야마기 도미(山木登美)

소집되어 간 그대에게 못지않은 심정으로써 자식들 이끌겠다 굳게 맹세를 하네.

북지나 지방 병사를 생각하면 이까짓 비쯤 개의치 않는다며 분발해 기(旗) 흔든다.

나라 지키는 남자에게서 소식 온 날의 기쁨아 아이들 법석에도 오늘은 야단 안 쳐.

어색하지만 진심이 담겨 있는 글자이므로 크게 잘했다는 갑(甲) 주고 후회는 없네.

이해할 만큼 수긍시키고 나면 그걸로 됐다 하며 오래된 교사들 진지한 얼굴로 말해.

출정을 가신 아버지를 가졌으니 체구 작아도 부대장 노릇 하네 아이들 싸움에서.

아버지와 형 출정 보낸 아이를 뽑아 제각각 부대장으로 삼고 싸움을 진행한다.

◉ 후지키 아야코(藤木あや子)

품위도 있고 곱게 잘 차려입은 친구와 사뭇 대조되어 부러운 마음 드니 서글퍼.

흐릿하게도 꽃잎의 냄새 나는 바가지 꽃이 날이 저물어 피면 마음 애잔해지네.

그저 평범히 저물어 가는 날들 생각하는가 마음속에 아프게 울리는 뭔가 있어.

여유가 없는 나날의 근무 속에 어느 새인가 익숙해져 가면서 무언가 적적하네.

⊕ 요네야마 시즈에(米山靜枝)

멀리서부터 한밤의 고요함을 깨고 흔들며 개의 짖는 소리가 점점 가까워진다.

거수경례를 아주 잘하는 자세 용감하구나 전쟁터에서 지금 돌아온 오라버니.

총후(銃後)의 모두 마음 하나로 합해 기도를 하는 낮의 이 한 때 숙연하기도 하네.

⊕ 지스즈(千鈴)

비가 온 후의 햇살이 눈에 드는 지붕의 한 켠 바가지가 익었네 둔탁한 색이구나.

물 뜨는 사람 가벼운 신발소리 문득 잠을 깨 유리문을 당기니 선선한 아침이네.

산골짜기의 인적 드물어진 문 통과해 가니 다시 한바탕 매미 울음소리 들리네.

⊕ 후지 가오루(ふじかをる)

무심하기도 한 농담을 나누며 서로 웃어대는 사람들 마음에는 수긍하기 어렵네.

지금 갓 나온 달걀을 집어드니 어렴풋하게 따뜻한 기운 있어 귀엽기도 하구나.

⊕ 기노 고지(木野紅兒)

청명하게도 여름의 저 하늘에 높이 솟아 있는 충령탑(忠靈塔)에서 아침 종소리 울려.

(펑톈(奉天)에서)

날이 개이기 시작한 광장 숲에 쉬고 있으면 충령탑 위에 있는 한 무더기의 구름.

시원한 바람 마치를 달리게 해 펑톈(奉天) 뒷골목 거리를 가노라니 마음도 즐겁구나.

⊕ 나카무라 기요조(中村喜代三)

사흘 정도를 계속 내리는 비에 푸른 이끼의 색도 선명하구나 마당은 선선하고.

장마 개이고 거리를 오고가는 사람들의 발걸음이 가볍고 밝게 느껴지는구나.

⊕ 다케하라 소지(竹原草二)

여행객들은 모두 숙연한 모습 통로를 열고 하얀 유골들은 배로 옮겨졌구나.

어디에선가 병사들의 유골은 돌아옵니다 전우의 품에 안겨 봄의 바다 건너서.

⊕ 미요시 다키코(三好瀧子)

피어 향긋한 벚꽃 날리는 속을 걸어서 오는 하얀 옷의 용사를 삼가는 마음에 보네.

거침없이 물보라 일으키며 낙하하는 계곡 신비로워 한동안 넋 놓고 쳐다보네. (삼방

(三防)[142]에서)

산 중턱에서 고사리 캐고 있는 사람 보면서 작년의 기억들을 그리워하고 있네.

⊕ 시라코 다케오(白子武夫)

여름 초입의 한낮의 동산에는 온실에 있던 열대식물 꺼내 밖으로 나와 있네.

초록색 잎에 반쯤은 숨겨져서 옅은 붉은 색 딸기들이 크게도 익기 시작했구나. (창경원)

---

142) 지금의 함경남도 안변군 마상산(麻桑山)에 있는 높이 12미터의 폭포.

⊕ 가와카미 마사오(川上正夫)

직업을 바꾼 만주개척단의 그 용맹한 모습 씩씩하게 괭이를 메고 보조 맞춘다.

직업을 바꾼 만주개척단들의 처자식들은 왕도낙토(王道樂土) 꿈꾸며 부지런히 갔노라.

⊕ 야마토 유키코(大和雪子)

벚꽃들이 어지럽게 피어 있는 오늘 이 날에 용사들의 혼령들 영구히 모셔지네.

먼지가 많은 부두의 근처에도 파릇파릇하게 오월의 햇살 아래 어린잎들 자란다.

⊕ 사이간지 후미코(西願寺文子)

내가 읊는 이 단카 부끄럽지만 한두 수라도 싸우는 그대에게 적어서 드립니다.

희미한 달빛 너무 사랑스러워 오늘밤에도 마당에 나와서 서성이고 있구나.

⊕ 나카노 도시코(中野トシ子)

비가 개이니 아침 저잣거리를 소리 높여서 대나무 장대[143] 장수는 외치며 가는구나.

눈을 감으면 파도 소란스러운 소리 가깝다 조개를 파는 사람 흩어져 있는 바다. (월미도)

⊕ 시마키 후지코(島木フジ子)

흐릿한 햇빛 비치는가 보면은 안개 섞인 비 몰래 내려서 마치 장마가 온 듯하다.

⊕ 기쿠치 하루노(菊地春野)

아카시아의 잎사귀 부딪치는 소리도 상큼해 새하얀 그 꽃들에 여름이 시작됐네.

---

143) 대나무로 만든 긴 막대로 빨래를 말리는 용도로 주로 사용.

⊕ 이토 도시로(伊藤東市郎)

숨이 끊어진 아이에게 말 걸며 얼굴 만지고 나도 모르게 흐른 눈물 살짝 훔친다.

⊕ 미나미 모토미쓰(南基光)

아침의 해는 와우산(臥牛山)[144] 꼭대기를 떠나가면서 아지랑이 잇따라 개여 깨끗해지네.

⊕ 한봉현(韓鳳鉉)

보리 이삭에 파도가 치듯 일어 끝도 없이 이어지는 들판에 여름 가까워졌네.

⊕ 이마이 시로(今井四郎)

굵직하게도 처마를 두드리던 소나기 활짝 개이고 밝은 하늘에 커다란 무지개 섰다.

⊕ 도미타 도라오(富田寅雄)

하루 동안에 해야 할 것은 모두 다 마친 다음 편안한 마음으로 밤 빗소리 듣는다.

외치는 음성 산뜻한 피리 소리 신호로 하여 커다란 화물선이 지금 안벽(岸壁)에 닿네.

⊕ 시모무라 미노루(下村實)

슬픔은 더욱 늘어만 갈 뿐이다 조용하면서 갈대의 파문들이 퍼져가는 것처럼.

⊕ 사토 하지메(佐藤肇)

갑종 합격[145]의 희망은 마침내는 사라졌지만 그대의 마음은 참으로 갸륵하다.

---

144) 소가 누운 모양의 산이라는 의미로 서울 마포와 부산 해운대에 이러한 산명이 있었음.
145) 20세 이상의 징병검사, 17세 이상의 지원병 검사에서 신체 건강한 자에게 주어진 1급 합격.

⊕ 나카무라 고세이(中村孤星)

어두운 저녁 어렴풋이 장미꽃 하얗게 피어 희미하게 흔들려 향기를 발산한다.

하늘 높이서 지저귀는 종달새 소리에 걸음 멈추고 잠시 듣네 보리밭의 길에서.

편집 후기

미치히사 료(道久良)

중대한 시국에 비추어보아 조선 내의 시가잡지 통합에 대해서는 작년 가을 이래 유지들 사이에서 이따금 협의 중이었던 바, 올해 6월 총독부 당국으로부터 현재 발행하는 잡지를 일단 폐간하고 강력하고 지도성 있으며, 더구나 조선을 대표할 수 있는 잡지로 통합하라는 희망이 있었다. 그래서 국민총력 조선연맹 문화부의 지도를 얻어 7월말에는 잡지발행의 모체로서 '국민시가연맹(國民詩歌聯盟)'을 결성, 9월부터 보는 바와 같은 창간호를 발행할 수 있는 단계가 되었다.

본지는 조선에서 유일한 시가잡지로서 발행이 허용되고 있으며 그 점에서는 책임도 또한 극히 크다는 점을 우리들은 자각하고 있다. 그렇기 때문에 본지 발행의 목적은 "고도국방국가체제 완수에 이바지하기 위해 국민 총력의 추진을 지향하는 건전한 국민시가의 수립에 힘쓴다"는 점을 분명히 해 두었다. 그러나 본 호에는 이런 의미가 충분히 철저하지 않은 듯 하며, 이 목적에 반하는 듯한 작품을 보내신 분도 있었지만 제1호이기 때문에 가능한 한 채록하였다.

그렇지만 이제부터는 건전한 대륙문화건설을 위해 건설적인 작품을 보내줄 것을 희망한다. 이점에서 본지는 현상유지적인 일반 가단과 시단에 얽매이지 않고 독자적인 길을 나갈 예정이다.

본지는 일면 종합잡지의 형태를 취함과 더불어 일면 회원잡지의 형태를 취하지 않으면 안 되는 입장에 있다. 이는 주로 이 지역 재주의 초심자 지도를 위해서이자 총력연맹 문화부의 희망에 따른 것이다. 조선 재주의 분들로서 이제부터 시와 단카를 시작하려고 생각하는 분들은 될 수 있는 한 본지에 참가를 희망한다.

현재 본지의 편집발행을 주로 돕고 있는 간사의 대부분은 군대생활의 경험을 가지고 있다. 그 중에서 3명은 북지(北支)의 전야(戰野)로부터 막 돌아왔으며, 1명은 현재 응소(應召)중이다. 현재 우리들은 총후(銃後) 국민으로서 공정무사, 대륙문화건설을 위해 매진할 결심이다.

본 호는 용지 배급이 다소 늦게 오기 때문에 발행도 예정보다 조금 늦어질지도 모르지만, 제2호의 원고는 본 호가 도착하는 대로 바로 송부 부탁드린다. 본지의 발행소는 '국민시가연맹'과 더불어 사정에 의해 아래의 장소로 이전했다. 주의해 주기를 바란다.

『국민시가』 투고규정

一. '국민시가연맹' 회원은 누구든 본지에 투고할 수 있다.

一. '국민시가연맹' 회원이 되려고 하는 자는 회비 2개월 치 이상을 첨부하여
'국민시가발행소'로 신청하기 바란다.

보통회원 월 60전 매월 단카 10수 또는 시 10행 이내를 기고할 수 있다.

특별회원 월 1엔 위의 제한 없음.

회비의 송금은 계좌로 '경성 523번 국민시가발행소'로 납입하기 바란다.

一. 원고는 매월 5일 도착을 마감하여 다음 달 호에 발표한다.

一. 원고는 국판(菊版, 본지와 대략 동형) 원고용지를 사용하여 세로쓰기로 헨
타이가나(變體仮名)146)를 사용하지 않도록 주의하기 바란다.

정가 금 60전 송료 3전

1941년 8월 25일 인쇄 납본

1941년 9월 1일 발행

편집겸 발행인 미치히사 료

경성부 광희정 1-182

인쇄인 신영구

경성부 종로 3-156

인쇄소 광성인쇄소

경성부 종로 3-156

발행소 국민시가발행소

경성부 광희정 1-182

우편대체 경성 523번

---

146) 통용되는 히라가나(平仮名)의 글자체와는 다른 형태의 것을 말함. 현재 일반적으로 사
용되는 글자체는 1900년 소학교령(小學校令) 시행규칙에서 정한 것.

◉회원 이외의 일반 독자의 투고에는 반드시 이 용지를 사용할 것. 본명, 주소 무기명인 것은 채택하지 않음.

주소씨명

성명

와카문학총서 제1편

가집 『연륜(年輪)』 다니 가오루(谷馨)[147] 저
구보타 우쓰보(窪田空穗)[148] 씨 서문
구보타 우쓰보 계통의 신진작가로서 정진이 두드러진 저자의 처녀가집

　가집 『연륜』에 넘쳐흐르는 것은 청춘이 다 곱씹을 수 없는 격렬한 삶의 애절함이다. 더구나 작자는 애절함에 살며 그것을 먹고 먹으면서도 살이 올라 오로지 자기를 높여왔다. 『연륜』을 읽는 사람들은 그러한 첨예한 주관력이 점차 적확한 입체적 표현을 체득하여 애절한 인생의 진실상에 육박해가는 모습을 보고 느끼는 바가 없지 않을 것이다. 강호의 제현들에게 바라건대 이 한 권이 새겨 나가는 절절한 인간생활의 연륜을 일별하시기를.

와카문학사 동인 삼가 드림

단카 수 534수
장정 저자가 직접 장정함

　　표지 시나노(信濃) 산 손으로 직접 뜬 일본 종이
　　면지 에치젠(越前) 산 흰 도리노코(鳥の子)[149] 종이
　　상자 히고(肥後) 산 얇은 청색이 가미된 종이
　　본문 에치젠 산 센카(仙花)지[150]

　정가 2엔 80전 등기 송료 24전
　발태 도쿄시 고이시카와구(小石川區) 다카다토요카와초(高田豊川町)47 와카문학사
　　　우편대체 도쿄 95086번

---

147) 다니 가오루(谷馨, 1906~1970). 가인, 일본문학자. 와세다(早稻田) 대학 국문학과 졸업. 1930년 이후 다쿠쇼쿠 대학, 와세다 대학 강사 역임. 1939년 『와카문학(和歌文學)』을 창간. 와카 창작과 연구를 겸함.
148) 구보타 우쓰보(窪田空穗, 1877~1967). 가인, 일본문학자. 도쿄 전문학교(지금의 와세다 대학) 졸업 후 이 대학 강사, 교수 역임. 소설도 있으며 가인으로서는 『묘조(明星)』의 중심적 존재였음.
149) 털동자 꽃나무와 닥나무 껍질의 섬유로 만든 질 좋은 종이.
150) 일본 종이의 하나로 닥나무 껍질로 뜬 두껍고 튼튼한 종이.

털실, 모직

스테이플파이버 종류라면

어떤 것이든

· 비비지 않고
빨 수 있어서 바탕천이 줄어들지 않아요

시세이도 센탁쿠스

특허 신세제

이 비교할 수 없는 세정 효과를 시험해 보세요!

1. 10분간 담가두는 것만으로 때가 사라진다
2. 바탕천이 줄거나 상하지 않으며 퇴색되지도 않는다
3. 흰 천을 황변하지 않게 한다
4. 건조가 빠르고 신제품처럼 되돌린다
5. 경수, 온수, 해수로도 세탁할 수 있다

용도 털실, 모직물, 털 메리야스, 사지, 모슬린, 모포, 부인·
어린이복, 인견 양모 제품, 스테이플 파이버 및 이들 혼방제품

여름을 타지 않도록 … 할리바

지용성 비타민 보급이 중요

그러려면… : …할리바를 지속적으로 사용하여 충분한 지용성 비타민을 보급하고 피부나 호흡기 점막의 방벽을 강화하여 세균에 지지 않는 강한 저항력을 갖추고… : …가을부터 겨울에 걸쳐 감기, 기타 병을 앓지 않도록… : …조심하는 것이 가장 중요합니다.

기름덩어리 당의정

할리바는 지용성 비타민의 농후한 팥알 크기의 당의정으로 어른 하루 두 알, 소아 하루 한두 알로 충분하며, 냄새가 나지 않고 위장에도 무리가 없는 여름의 보건제입니다.

백 정…이원 오십전
오백정…십원 오십전

『국민시가』 1941년 9월 창간호 해제

(1)

일본어 문학잡지 『국민시가(國民詩歌)』는 조선총독부의 잡지 통폐합 정책에 따라서 기존의 모든 잡지를 폐간하고 식민지 조선에서 유일하게 간행된 시가(詩歌)잡지이다. 『국민시가(國民詩歌)』는 「편집후기」란에 잡지 창간 유래에 대해 기술하고 있듯이 1941년 6월 잡지 통합에 관한 조선총독부의 요망이 있었고, 그래서 국민총력 조선연맹 문화부의 지도를 받아 동년 7월말에 잡지발행의 모체로서 '국민시가연맹(國民詩歌聯盟)'을 결성하고, 한반도에서 오랫동안 단카 문단에 관여하고 있었던 미치히사 료(道久良)가 편집인 겸 발행자로서 동년 9월에 창간호를 간행하게 되었다. 이후에도 지속적으로 국민총력 조선연맹의 정책적 지도를 받고 있었던 것은 미치히사 료의 글을 통해 확인할 수 있다.

중일전쟁 이후 한반도에서는 1938년 한글교육 폐지를 요체로 하는 조선교육령의 발포, 1939년 창씨개명 조치, 1940년 『동아일보』, 『조선일보』 등 한글신문의 폐지, 1942년 조선어학회 해산 등 민족의식 말살을 주요 내용으로 하는 이른바 황민화정책이 추진되었다. 이러한 조치들로 인해 『문장』, 『인문평론』, 『신세기』 등 한글 문예잡지들이 폐간되고 『인문평론』의 후속 잡지로 『국민문학(國民文學)』(1941.11-1945.2)이 간행되었다. 이러한 사실을 통해 알 수 있듯이, 당시 식민지 조선 내 재조일본인 문단이나 조선인 문단을 막론한 이러한 조치들은 문학단체와 잡지의 통합을 통해 전시총동원체제에 걸맞은 어용적인 국책문학화를 조직하기 위함이었다. 이는 이 잡지의 발행기관인 '국민시가연맹'이 1943년 결성된 '조선문인보국회(朝鮮文人報國會)'의 전신에 해당하는 5개 단체인 조선문인협회(朝鮮

文人協會), 국민시가연맹, 조선하이쿠작가협회(朝鮮俳句作家協會), 조선센류협회(朝鮮川柳協會), 조선가인협회(朝鮮歌人協會) 중 하나이고, 창간호에서 이 잡지의 간행 목적을 "고도국방국가체제 완수에 이바지하기 위해 국민 총력의 추진을 지향하는 건전한 국민시가의 수립에 힘쓴다"고 선언한 부분을 보더라도 충분히 그러한 사정을 이해할 수 있다.

(2)

『국민시가』 창간호의 체재는 4편의 평론과 15명의 단카 작품, 그리고 11편의 시 작품, 22명의 단카작품, 14편의 시 작품, 두 개의 잡기(雜記) 기사, 55명의 단카 작품, 편집후기 등으로 구성되어 있다. 전체적으로 평론과 단카 작품, 시 작품 등을 골고루 배치하고 있지만 창간호의 경우 가인(歌人)인 미치히사 료가 편집인과 발행자를 겸하고 있었던 것이나 평론의 내용이 주로 단카를 중심으로 하고 있었다는 사실을 보면 '국민시가연맹'은 당시 한반도의 단카 문단이 주도하고 있었다고 해도 과언이 아니다. 『국민시가』 창간호의 특색을 열거하면 다음과 같다.

첫째, 평론란은 모두 『국민시가』의 창간 목적인 전시총동원체제에 순응하는 국책문학 구축이라는 역할에 충실한 내용으로 구성되어 있다. 특히 창간호 첫 번째 평론이 「조선에 있어서 문화의 바람직한 상태」라는 제목을 내걸고 있는데, 이 평론에서는 일본 '국민문화'의 내용과 방향을 분명히 제시하면서 한반도의 '조선문화'도 '황국신민으로서의 자각'을 가지고 '일본문화의 일부분을 이루고 있어야' 함을 강조하고 있다. 이러한 자각 위에서 '조선문화'는 '일본의 국민문화건설에 그 일원으로서 참가'해야 하며 '조선문화'가 이러한 내선일체에 기반한 일본 '국민문화'의 일익을 담당할 것을 촉구하고 있다. 전체적으로는 '일본적 세계관'(「일본적 세계관과 그 전개」)을 강조하거나 '만세일계(萬世一系)'라는 일본의 국체(國體), 그리고 팔굉일우(八紘一宇) 사상을 중심으로 '국민의 정신문화를 일층 고양하고 통일 강화'(「정신문화의 문제」)하고자 하는 의도성을 가지고 있었다. 이러한 토대 위에서 식민지 조선의 경우에도 '내선일체'를 통해 '팔굉일우'라는 대정신을 이상'으로 하는 일본의 국가 질서에 참여하여 '일본문화의 일환'으로서 조선의 '국민시, 국민문학'의 탄생을 촉구하고 있다.

둘째, 앞에서도 지적했듯이 『국민시가』는 시가 잡지였음에도 불구하고 창간 당시의 평론에는 가론(歌論)이 중심적 역할을 하고 있다. 이는 「단카(短歌)의 역사주의와 전통」, 「정신문화의 문제」 등의 평론에서 그러한 취지를 엿볼 수 있는데, 여기에서는 이 당시 일본 시가문학의 전통과 역사를 1,300년 전에 등장한 대가집(大歌集) 『만요슈(万葉集)』의 존재를 통해, 『만요슈』의 생명력과 일본문화의 원동력 및 예술성을 예찬하며, 전통의 혼과 일본적 정신으로 돌아갈 것을 역설하고 있다.

셋째, 『국민시가』 창간호의 단카와 시들은 위와 같은 창간 취지에 입각하여 전쟁의식을 고취하거나 만세일계의 국체로서 천황을 찬미하거나 후방에서 이러한 전쟁수행을 지원하기 위한 역할을 고취하는 시가들이 주조를 이루고 있다. 그렇다고 해서 창간호의 단카와 시들이 모두 이러한 국책을 선전하고 국민의식을 고양하는 내용으로 이루어져 있는 것은 아니다. 오히려 이러한 방향에서 일탈하여 개인의 정감이나 일상적인 삶을 서정적으로 노래한 시가도 다수 눈에 띄고 있다. 이는 「편집후기」에서 창간호이기 때문에 간행목적의 의미가 충분히 철저하지 못하여 이 목적에 반하는 듯한 작품을 보낸 경우도 채록하였다는 기술을 통해서도 알 수 있다.

넷째, '국민시가연맹'은 '조선문인보국회'로 계승된 5개의 문학단체 중하나였지만 이 단체를 주도한 것은 재조일본인 문학자였다. 특히 시가작품 중 단카의 경우에는 조선인 작가로서 한봉현(韓鳳鉉)이라는 가인 1명만

이 확인 가능하다. 물론 이미 창씨개명이 이루어진 시기였기 때문에 다소 불명확한 점은 있지만 일본 전통시가인 단카의 경우에는 조선인 작가의 작품 활동이 그다지 활발하지 않았음을 알 수 있다. 이에 비해 시의 경우에는 가야마 미쓰로(香山光郎), 즉 이광수가 국책시를 2편이나 발표하고 있으며 이 작품들은 역자들이 편(編)한『韓半島·中國 滿洲地域 刊行 日本 傳統詩歌 資料集』(전45권, 도서출판 이회, 2013.3.)을 통해 처음으로 발굴된 작품이라 할 수 있다. 이 잡지에는 호를 거듭하면서 다수의 조선인 작가들이 작품을 발표하고 있다.

(3)

창간호 발행 당시,『국민시가』의 편집 겸 발행인은 미치히사 료였으며, 여러 편집간사를 두고 잡지의 편집 및 간행작업을 함께 하였다. 이 잡지에는 '국민시가연맹'의 회원이면 누구나 투고할 수 있으며, 회원은 보통회원(월 60전)과 특별회원(월 1엔)을 두고 있는데, 보통회원의 경우 단카 열 수나 시 열 줄의 기고를, 특별회원의 경우는 제한 없이 투고할 수 있도록 하고 있다. 그리고 판매 금액은 보통회원의 월회비와 같은 60전이며, 간기(刊記)에 따르면 경성 광희정의 '국민시가발행소'에서 이 문학잡지를 발행하였다.

— 정병호

인명 찾아보기

항목 뒤에 ①, ②, ③, ④, ⑤, ⑥, ⑦은 각각
① 『국민시가』 1941년 9월호(창간호), ② 1941년 10월호, ③ 1941년 12월호,
④ 1942년 3월 특집호 『국민시가집』, ⑤ 1942년 8월호, ⑥ 1942년 11월호,
⑦ 연구서 ≪문학잡지 『國民詩歌』와 한반도의 일본어 시가문학≫을 지칭한다.

ㄱ

가나오카 마사쓰구(金岡政次) ④-20

가나자와 기텐(金澤貴天) ⑤-114

가네무라 류사이(金村龍濟, 김용제) ④-
58, ⑦-16, ⑦-129, ⑦-155, ⑦-187

가네미쓰 나오에(金光直枝) ⑤-128

가모노 마부치(賀茂眞淵) ③-26, ⑤-27,
⑥-14, ⑥-16

가모노 조메이(鴨長明) ②-41, ②-48

가미야 다케코(神谷竹子) ①-105

가미오 가즈하루(神尾弌春) ⑦-55

가야노 마사코(茅野雅子) ⑥-34

가야마 미쓰로(香山光郎, 이광수) ①-
81~82, ①-154, ②-58, ②-74~75, ②-96,
②-185, ③-95, ③-102, ③-174, ④-60, ④-
127, ⑦-16, ⑦-72, ⑦-76~77, ⑦-127, ⑦-
129, ⑦-132, ⑦-155, ⑦-187

가야모토 가메지로(榧本龜次郎) ①-106,
⑦-117

가와구치 기요시(川口淸) ①-110, ②-
119, ③-89, ③-103, ④-61, ⑥-104, ⑦-
132~133, ⑦-140, ⑦-146, ⑦-188

가와니시 슈조(川西秀造) ④-20

가와니시 신타로(河西新太郎) ③-101,
③-173

가와다 준(川田順) ⑥-33, ⑦-64

가와바타 슈조(川端周三) ⑥-83, ⑦-129

가와카미 데쓰타로(河上徹太郎) ③-64

가와카미 마사오(川上正夫) ①-140, ⑦-
175

가와카미 요시타케(川上慶武) ④-20

가이인 사부로(海印三郎) ①-59, ②-62,
②-127

가지야마 쓰카사(梶山司) ④-19

가지타 겐게쓰(加地多弦月) ②-172, ③-
106, ⑦-147

가키노모토노 히토마로(柿本人麻呂) ①-
85, ②-46, ③-19, ③-21, ③-30, ⑥-72

가타야마 도시히코(片山敏彦) ⑤-95

가타야마 마코토(片山誠) ①-98, ②-110,
③-111, ③-164, ③-175, ④-19, ⑥-143,
⑦-175

가토 가쓰미치(加藤雄務) ④-20

가토 후미오(加藤文雄) ④-19, ⑦-175

간바라 마사코(神原政子) ①-132, ②-139,
　②-154, ③-121, ③-129, ④-20, ⑤-137

강문희(姜文熙) ⑤-90, ⑤-151, ⑦-129

고다마 다미코(兒玉民子) ①-130, ②-137,
　②-154, ③-122, ④-22

고다마 다쿠로(兒玉卓郎) ①-127, ②-134,
　②-160, ③-104, ⑦-132~133, ⑦-175

고다이고(後醍醐) 천황 ②-80, ②-108, ③-
　40, ⑥-37

고도 미요코(五島美代子) ⑤-24

고바야시 게이코(小林惠子) ②-112, ③-
　77, ③-112

고바야시 린조(小林林藏) ①-103, ③-76

고바야시 본코쓰(小林凡骨) ①-101, ③-
　75

고바야시 요시타카(小林義高) ④-23, ⑤-
　34, ⑥-55, ⑦-175

고바야시 호료쿠(小林抱綠) ④-72

고야마 데루코(小山照子) ⑤-112

고야마 이와오(高山岩男) ③-53, ⑥-19

고에토 아키히로(越渡彰裕) ①-134, ②-
　141, ②-147, ③-115, ③-128, ④-22, ⑥-
　128, ⑦-175

고우콘 준코(鄕右近順子) ⑤-145, ⑥-50

고이데 도시코(小出利子) ①-133, ②-139,
　②-156, ③-123, ③-131, ⑦-176

고이즈미 도조(小泉苳三) ②-63, ⑥-34,
　⑥-37, ⑦-41~43, ⑦-54, ⑦-60

고토 마사타카(後藤政孝) ①-98, ⑦-176

고토바(後鳥羽) 천황 ②-44

곤도 스미코(近藤すみ子) ⑤-114, ⑦-176

교고쿠 다메카네(京極爲兼) ②-47~48,
　③-33~34, ③-36, ③-41, ③-43~44, ③-
　174

구니키다 돗포(國木田獨步) ⑦-16

구라하치 시게루(倉八茂) ③-133, ④-22,
　⑤-30, ⑤-117

구로키 고가라오(黑木小柄男) ②-155,
　③-122, ③-135, ④-22

구루스 사부로(來栖三郎) ⑤-138

구보타 요시오(久保田義夫) ①-100, ②-
　40, ②-109, ②-185, ③-75, ③-111, ⑦-88,
　⑦-113

구보타 우쓰보(窪田空穗) ①-86, ①-147,
　⑤-23

구사노 신페이(草野心平) ⑤-70

구사미쓰 노부시게(草光信成) ③-167

구스노키 마사시게(楠木正成) ④-114,
　⑥-37

구스다 도시로(楠田敏郎) ⑥-35

구와키 겐요쿠(桑木嚴翼) ②-30

구자길(具滋吉) ⑥-97, ⑦-129, ⑦-146

구즈메 시게루(葛目茂) ①-98, ④-21

굴원(屈原) ①-73~74

기노 고지(木野紅兒) ①-138

기무라 데쓰오(木村徹夫) ③-144, ④-68,
　⑦-132, ⑦-188

기미시마 요시(君島夜詩) ⑥-37

기시 미쓰타카(岸光孝) ④-21, ⑤-30, ⑤-
　137, ⑦-176

기요에 미즈히로(淸江癸浩) ②-149, ③-

117, ③-132, ④-21

기우치 세이이치로(木內精一郞) ①-129, ②-136

기쿄 센슈(桔梗川修) ③-151

기쿠치 하루노(菊地春野) ①-140, ②-156, ③-123, ③-138, ④-20, ⑤-110, ⑤-127

기타가와 기미오(北川公雄) ④-63, ⑥-143, ⑦-132, ⑦-134

기타가와 사진(北川左人) ⑦-91

기타무라 요시에(北村葦江) ⑤-82, ⑤-151, ⑦-146

기타하라 하쿠슈(北原白秋) ⑤-23, ⑦-60

김경린(金璟麟) ⑦-129, ⑦-149, ⑦-160

김경희(金景熹) ⑤-52, ⑤-151, ⑥-88, ⑥-143, ⑦-129, ⑦-146~147, ⑦-149, ⑦-160

김기수(金圻洙) ⑥-110, ⑦-129, ⑦-146

김북원(金北原) ④-65, ⑦-129, ⑦-188

김상수(金象壽) ⑥-106, ⑦-129, ⑦-146

김인애(金仁愛) ②-151, ②-186, ③-118, ③-134, ③-174, ④-21, ⑤-126, ⑥-137, ⑦-95, ⑦-128

김종한(金鐘漢) ⑦-72, ⑦-127, ⑦-160

김환린(金環麟) ④-67

ㄴ

나고시 나카지로(名越那珂次郞) ⑦-46, ⑦-57

나니와다 하루오(難波田春夫) ⑥-15

나쓰메 소세키(夏目漱石) ②-65, ⑦-16

나카노 도시코(中野俊子) ①-140, ③-138, ④-31, ⑤-110, ⑤-141, ⑦-176

나카노 에이이치(中野英一) ①-101, ⑦-176

나카라이 도스이(半井桃水) ⑦-16

나카무라 고세이(中村孤星) ①-142

나카무라 기요조(中村喜代三) ①-139, ②-155, ②-167, ③-105, ③-123, ③-137, ⑦-132

나카무라 기치지(中村吉治) ②-27

나카오 기요시(中尾淸) ③-155, ④-92, ⑥-143, ⑦-132, ⑦-188

나카이 가쓰히코(中井克比古) ⑥-35

나카지마 겐키치(中島堅吉) ⑥-31

나카지마 마사코(中島雅子) ①-129, ②-136, ②-148, ③-116, ③-130, ④-30, ⑤-109, ⑤-122, ⑥-132

나카지마 메구미(中島めぐみ) ①-137, ②-144

나카지마 아쓰시(中島敦) ⑦-16

나카지마 아이로(中島哀浪) ⑥-35

난바 센타로(難波專太郞) ⑦-56

남철우(南哲祐) ⑤-112, ⑥-138, ⑦-95, ⑦-128, ⑦-176

노가미 도시오(野上敏雄) ⑥-134

노구치 요네지로(野口米次郞) ⑦-57

노노무라 미쓰코(野々村美津子) ①-136, ②-143, ②-153, ③-121, ③-131, ④-32, ⑤-108, ⑥-132

노무라 기치사부로(野村吉三郞) ④-90

노무라 이쿠야(野村稢也) ①-98, ②-110,

③-111

노베하라 게이조(延原慶三) ⑥-113

노즈 다쓰로(野津辰郎) ①-100, ②-109, ③-78, ③-111, ④-31, ⑤-131, ⑦-113, ⑦-177

노즈에 하지메(野末一) ②-147, ③-115, ④-31, ⑥-133, ⑦-177

누카타노 오키미(額田王) ①-63, ②-34, ③-109, ⑦-105

니노미야 고마오(二宮高麗夫) ④-94

니시다 기타로(西田幾多郎) ②-30, ③-47, ③-54, ③-59~60

니시무라 마사유키(西村正雪) ①-103, ③-164, ⑤-18, ⑤-149, ⑦-177

니시타니 게이지(西谷啓治) ③-53

니조 다메요(二條爲世) ③-33~34, ③-36, ③-39~40, ③-44, ③-47, ③-174

ㄷ

다나베 쓰토무(田邊務) ④-28, ⑦-177

다나카 다이치(田中太市) ④-28, ⑦-177

다나카 미오코(田中美緒子) ①-115, ②-163, ③-104, ③-148, ⑦-146

다나카 유키코(田中由紀子) ①-113, ⑦-146

다나카 하쓰오(田中初夫) ①-13, ①-78, ②-13, ②-97, ②-106, ②-184, ③-13, ③-82, ③-102, ③-125, ③-152~153, ③-160, ③-172, ④-85, ⑤-38, ⑤-151, ⑦-78, ⑦-83~84, ⑦-86, ⑦-96, ⑦-129, ⑦-132, ⑦-

142, ⑦-162, ⑦-190

다니 가나에(谷鼎) ⑥-31

다니 가오루(谷馨) ①-87, ①-147

다니구치 가이란(谷口廻瀾) ③-167

다니구치 가즈토(谷口二人) ①-120, ②-158, ③-104, ③-149, ④-87, ⑦-132, ⑦-140, ⑦-146

다니자키 준이치로(谷崎潤一郎) ⑦-16

다니카와 데쓰조(谷川徹三) ③-51

다부치 기요코(田淵きよ子) ④-28, ⑦-177

다사카 가즈오(田坂數夫) ②-174, ③-106

다이쇼(大正) 천황 ⑥-42

다카기 이치노스케(高木一之助) ⑦-48

다카미 다케오(高見烈夫) ①-128, ②-135, ②-147, ③-115

다카시마 도시오(高島敏雄) ④-83, ⑦-191

다카야스 야스코(高安やす子) ⑥-34

다카하마 교시(高濱虚子) ⑦-16

다카하시 노보루(高橋登) ②-153, ③-120, ⑦-177

다카하시 미에코(高橋美惠子) ①-134, ②-141, ④-28, ⑤-124, ⑦-178

다카하시 하루에(高橋春江) ④-28, ⑤-125

다카하시 하쓰에(高橋初惠) ①-132, ②-139, ②-154, ③-121, ③-130, ④-27, ⑤-35, ⑤-117, ⑤-138, ⑦-178

다카하시 히로에(高橋廣江) ②-32

다케다 야스시(武田康) ⑤-113

다케하라 소지(竹原草二) ①-139

다테야마 가즈코(館山一子) ⑤-23

다테오카 유타카(館岡豊) ④-28

다하라 사부로(田原三郎) ②-116, ③-103

데라다 미쓰하루(寺田光春) ②-76, ⑥-
58, ③-107, ④-29

데라모토 기이치(寺元喜一) ④-90, ⑦-
129, ⑦-132

데즈카 미쓰코(手塚美津子) ①-136, ②-
144

덴무(天武) 천황 ①-63, ①-86, ②-34, ③-
21

도다 모스이(戶田茂睡) ③-39

도도로키 다이치(轟太市) ⑤-31, ⑥-51,
⑦-178

도도로키 다케시(轟嶽) ③-73, ④-30

도마쓰 신이치(土松新逸) ①-99, ⑦-178

도미타 도라오(富田寅雄) ①-141, ②-157

도요야마 도시코(豊山敏子) ③-134, ④-
30

도요카와 기요아키(豊川淸明) ⑥-134,
⑥-138

도이 요시오(土井義夫) ④-30

도쿠나가 데루오(德永輝夫) ⑤-64, ⑤-
150, ⑥-27, ⑥-150

도쿠노 쓰루코(德野鶴子) ⑦-63

도쿠다 가오루(德田馨) ⑥-89

도쿠다 사치(德田沙知) ①-133, ②-140

도키 요시마로(土岐善麿) ⑥-36

딜타이(Wilhelm Dilthey) ①-91

ㄹ

라이 산요(賴山陽) ③-140, ⑦-162

라이 슌스이(賴春水) ③-141

로버트 번스(Robert Burns) ①-123

ㅁ

마사오카 시키(正岡子規) ②-21, ②-46,
③-21, ③-116, ⑤-14, ⑤-17, ⑤-149, ⑥-
41, ⑥-127, ⑦-73

마스다 에이이치(增田榮一) ①-109, ②-
120, ③-103, ③-146, ④-106, ⑦-150, ⑦-
192

마스야마 산가이(增山三亥) ⑥-35

마쓰다 가쿠오(松田學鷗) ⑦-48

마쓰무라 고이치(松村紘一, 주요한) ⑦-
16, ⑦-76~77, ⑦-127, ⑦-155, ⑦-160

마쓰오 바쇼(松尾芭蕉) ①-50, ⑤-67

마에카와 사다오(前川佐美雄) ①-45, ②-
77, ③-57, ③-74, ③-107, ③-173, ④-34,
⑦-88, ⑦-178

마에카와 사미오(前川勘夫) ⑤-23

마에카와 유리코(前川百合子) ⑤-109,
⑤-123

마키 히로시(牧洋, 이석훈) ⑦-76

마키다 운쇼(蒔田雲所) ①-78~79

메이지(明治) 천황 ②-32, ②-37, ③-15

모노노베노 고마로(物部古麿) ⑥-73

모리 가쓰마사(森勝正) ⑤-109, ⑤-122,
⑥-131

모리 노부오(森信夫) ①-135, ②-142, ②-155, ③-122, ③-127

모리모토 지키치(森本治吉) ①-94, ③-32, ⑥-17

모리자키 사네토시(森崎實壽) ⑦-62

모리타 사다오(森田貞雄) ④-38

모리타 요시카즈(森田良一) ①-75, ②-115, ③-99, ③-103, ⑦-132, ⑦-192

모모세 지히로(百瀨千尋) ⑦-37, ⑦-41~43, ⑦-54, ⑦-60~61, ⑦-75~77

모모타 소지(百田宗治) ③-167, ⑤-41, ⑤-151, ⑦-192

모토오리 노리나가(本居宣長) ⑤-16, ⑤-27, ⑤-149, ⑥-16

무라카미 아키코(村上章子) ①-131, ②-138, ②-169, ③-105, ③-131, ⑤-110, ⑥-133, ⑦-147

무라타 하루미(村田春海) ③-26

무라타니 히로시(村谷寬) ③-135, ④-37, ⑤-111

미나모토노 도시요리(源俊賴) ②-44~45

미나미 모토미쓰(南基光) ①-141, ⑦-123

미나미(美奈美) ⑥-135

미나미무라 게이조(南村桂三) ①-102, ②-114, ③-77, ③-113, ④-37, ⑥-55

미나요시 미에코(皆吉美惠子) ①-130, ②-137, ②-150, ③-118, ③-131, ④-37, ⑥-131

미시마 리우(美島梨雨) ①-58, ②-62, ②-105, ②-127, ③-164, ④-35, ⑥-31, ⑥-143, ⑥-150, ⑦-48, ⑦-179

미쓰루 지즈코(三鶴千鶴子) ①-105, ②-113, ③-77, ③-113, ④-37, ⑥-53

미쓰이 요시코(光井芳子) ④-36, ⑤-105, ⑤-125, ⑥-130

미쓰자키 겐교(光崎檢校) ①-78~80, ⑦-162

미야자와 겐지(宮澤賢治) ③-56

미야케 미유키(三宅みゆき) ④-37

미요시 다키코(三好瀧子) ①-139, ⑤-127

미즈카미 료스케(水上良介) ①-134, ②-141~142, ②-152, ③-120, ③-137, ④-34, ⑦-179

미즈카미 요시마사(水上良升) ⑤-139

미즈타니 스미코(水谷澄子) ④-35, ⑦-179

미즈타니 준코(水谷潤子) ④-34, ⑤-133

미치히사 도모코(道久友子) ④-36, ⑤-117, ⑤-134, ⑤-139, ⑦-179

미치히사 료(道久良) ①-28, ①-63, ①-143, ①-145, ①-151~152, ①-154, ②-60~61, ②-64, ②-68, ②-108, ②-132, ②-134, ②-176, ②-178, ②-183~184, ②-186~187, ③-64, ③-72, ③-109~110, ③-164, ③-166, ③-171, ③-174~175, ④-36, ④-121, ⑤-132, ⑤-141, ⑥-48, ⑥-143, ⑦-45, ⑦-50~51, ⑦-57~58, ⑦-65~66, ⑦-68, ⑦-74, ⑦-76~77, ⑦-80, ⑦-88, ⑦-104, ⑦-143, ⑦-158, ⑦-160, ⑦-163, ⑦-179

미키 기요시(三木淸) ②-48, ③-54

미키 요시코(三木允子) ①-104, ②-111,

③-112, ④-35, ⑤-133, ⑦-180
미토 미쓰쿠니(水戸光圀)　⑥-13

ㅂ

박병진(朴炳珍)　④-104, ⑦-132
박용구(朴容九)　⑥-59, ⑥-151

ㅅ

사네카타 세이이치(實方誠一)　①-112,
　②-159, ③-104, ④-75, ⑤-95, ⑤-150, ⑦-
　132
사사키 가즈코(佐々木かず子)　②-111, ③-
　112, ④-24, ⑦-180
사사키 노부쓰나(佐々木信綱)　②-32, ③-
　34, ⑤-23~24, ⑥-38
사사키 하쓰에(佐々木初惠)　①-136, ②-
　143, ③-135, ④-24, ⑤-125
사이구사 히로토(三枝博音)　①-50
사이메이(齊明) 천황　①-63, ⑦-105~106,
　⑦-118
사이키 간지(佐井木勘治)　②-118, ③-103,
　③-140, ④-73, ⑦-132, ⑦-147, ⑦-162
사이토 기요에(齋藤清衛)　③-35~36
사이토 도미에(齋藤富枝)　①-131, ②-138,
　②-150, ③-117, ④-23, ⑤-106, ⑤-123,
　⑤-129
사이토 류(齋藤瀏)　⑤-24, ⑥-31
사이토 모키치(齋藤茂吉)　②-20~21, ③-
　21, ③-24, ③-32, ⑤-118, ⑥-34, ⑥-45,

⑥-107, ⑦-46, ⑦-162
사이토 쇼(齋藤晌)　②-24, ③-32
사이토 후미(齋藤史)　⑤-24
사이토 히데오(齋藤日出雄)　④-23
사카모토 시게하루(坂本重晴)　①-62, ②-
　109, ②-131, ③-73, ③-111, ④-24, ⑤-32,
　⑥-50, ⑦-180
사카모토 에쓰로(坂本越郎)　⑥-82
사카이 마사미(境正美)　③-138, ④-19, ⑤-
　128
사카타 도쿠오(坂田德男)　③-32
사타 이네코(佐多稻子)　⑦-16
사토 기요시(佐藤淸)　⑦-84, ⑦-124, ⑦-
　127, ⑦-149, ⑦-194
사토 다모쓰(佐藤保)　④-24, ⑦-180
사토 사타로(佐藤佐太郎)　⑥-126
사토 시게하루(佐藤繁治)　④-25, ⑦-180
사토 하지메(佐藤肇)　①-141
샤켄(砂虔)　①-103
세이간지 노부코(西願寺信子)　⑤-112
세이간지 후미코(西願寺文子)　⑤-112,
　⑤-127
세키네 기미코(關根喜美子)　④-27
세토 요시오(瀬戸由雄)　①-62, ①-83, ②-
　100, ②-108, ②-131, ③-75, ③-79, ③-
　111, ④-27, ⑤-118, ⑤-131, ⑥-54, ⑥-
　115, ⑦-180
소네 요시타다(曾根好忠)　②-43
쇼무(聖武) 천황　①-61, ①-87
쇼와(昭和) 천황　①-61
스기모토 다케오(杉本長夫)　①-77, ④-

82, ⑦-77, ⑦-129, ⑦-144~145, ⑦-150, ⑦-192

스기무라 고조(杉村廣藏) ③-61

스기야마 헤이이치(杉山平一) ③-167

스기하라 다쓰루(杉原田鶴) ⑤-124

스기하라 다즈(杉原田鶴, 田鶴子) ③-133, ④-26, ⑤-107, ⑦-120, ⑦-181

스나다 호스이(砂田甫水) ④-27

스에다 아키라(末田晃) ①-39, ①-57, ①-125, ②-19, ②-61, ②-81, ②-125, ②-184~185, ③-18, ③-81, ③-98, ③-110, ③-173, ④-26, ⑤-14, ⑤-26, ⑤-37, ⑤-115, ⑤-130, ⑤-135, ⑤-142, ⑤-144, ⑤-149

스이코(推古) 천황 ①-46, ①-95

스이타 후미오(吹田文夫) ②-173, ③-106, ⑦-146

스즈키 시게타카(鈴木成高) ③-53

스즈키 히사코(鈴木久子) ④-26, ⑦-181

시나 도루(椎名徹) ①-116, ②-123, ③-104, ⑦-146

시노하라 지시마(篠原千洲) ⑥-45

시라코 다케오(白子武夫) ①-139, ②-157, ③-139, ④-26

시로야마 마사키(城山昌樹) ①-114, ②-102, ②-122, ③-104, ③-142, ③-174, ④-81, ⑤-67, ⑤-78, ⑤-150, ⑥-69, ⑥-94, ⑥-151, ⑦-129, ⑦-133, ⑦-142, ⑦-145~147, ⑦-150, ⑦-160, ⑦-194

시로이와 사치코(白岩幸子) ⑥-135

시마이 후미(島居ふみ) ①-72, ②-90, ③-

102, ④-79, ⑦-144, ⑦-146, ⑦-150

시마자키 도손(島崎藤村) ⑥-75

시마키 후지코(島木フジ子) ①-137, ①-140, ②-144, ③-138, ④-25

시모무라 미노루(下村實) ①-141

시모와키 미쓰오(下脇光夫) ②-146

시바타 도시에(柴田敏江) ⑤-107

시바타 지타코(柴田智多子) ①-70, ②-92, ③-84, ③-98, ③-102, ④-77, ⑤-75, ⑦-132, ⑦-138~139

시바타 호쓰구(芝田穗次) ⑤-84

시이키 미요코(椎木美代子) ④-25, ⑤-136, ⑦-181

신동철(申東哲) ④-80, ⑦-129, ⑦-132

쓰네오카 가즈유키(常岡一幸) ①-58, ②-62, ②-80, ②-126, ③-80, ③-109, ④-29, ⑤-119, ⑤-129, ⑥-143, ⑦-182

쓰다 소우키치(津田左右吉) ①-95

쓰시마 간지(對馬完治) ⑥-35

쓰치다 교손(土田杏村) ③-47

쓰치야 분메이(土屋文明) ⑥-37

쓰키가타 도시(月形登志) ⑤-121

ㅇ

아라이 미쿠니(新井美邑) ④-14, ⑥-136, ⑦-182

아라이 사다오(新井貞雄) ⑤-121

아라이 시로(新井志郎) ⑥-128

아라키 준(新樹純) ②-155, ③-123

아마가사키 유타카(尼ヶ崎豊) ①-69, ①-

122, ②-60, ②-82, ③-93, ③-98, ③-101, ④-41, ⑤-43, ⑤-58, ⑤-149, ⑥-21, ⑥-76, ⑥-80, ⑥-85, ⑥-143, ⑥-149, ⑥-150, ⑦-82, ⑦-128~129, ⑦-132, ⑦-142, ⑦-160, ⑦-194

아마쿠 다쿠오(天久卓夫) ②-36, ②-79, ②-185, ③-109, ④-14, ⑤-119, ⑤-134, ⑤-136, ⑥-143, ⑦-182

아베 고가이(安部孤涯) ③-136

아베 이치로(安部一郎) ①-73, ②-88, ③-87, ③-99, ③-101, ④-43, ⑤-86, ⑤-151, ⑥-107, ⑦-128~133, ⑦-140, ⑦-162, ⑦-194

아사모토 분쇼(朝本文商) ④-45, ⑤-83, ⑦-129, ⑦-132, ⑦-146

아사쿠라 구니오(朝倉國雄) ①-135, ②-142

아오키 미쓰루(靑木中) ①-108, ②-124, ③-104, ⑦-132~133, ⑦-150

아카미네 가스이(赤峰華水) ④-14, ⑦-183

아카사카 미요시(赤坂美好) ①-135, ②-143, ③-134, ④-14, ⑤-136

아쿠타가와 류노스케(芥川龍之介) ⑦-16

안도 기요코(安藤淸子) ②-157

안도 히코사부로(安藤彦三郎) ③-69

야기시타 히로시(柳下博) ⑦-59

야나기 겐지로(柳虔次郎) ④-110, ⑤-81, ⑥-111, ⑦-129, ⑦-146

야마기 도미(山木登美) ①-137, ②-145

야마노우에노 오쿠라(山上憶良) ①-83, ①-86~87, ①-94~95, ⑦-48

야마다 사가(山田嵯峨) ⑥-25

야마다 아미오(山田網夫) ④-108, ⑦-132

야마모토 도미(山本登美) ②-149, ③-117, ⑦-183

야마모토 스미코(山本壽美子) ⑤-50, ⑦-147

야마무라 리쓰지(山村律次) ③-127, ④-39

야마베노 아카히토(山部赤人) ③-30

야마시타 사토시(山下智) ①-60, ②-77, ②-129~130, ③-72, ③-107~108, ③-173, ④-38, ⑤-30, ⑤-116, ⑥-57, ⑥-119, ⑦-183

야마시타 시게지(山下菁路) ①-58, ④-38

야마우치 다이지로(山內隊二郎) ⑤-113

야마자키 미쓰토시(山崎光利) ①-61, ②-109, ②-130, ③-111, ④-38

야마토 유키코(大和雪子) ①-140

야모토 가즈코(矢元和子) ⑤-106

야스모토 하야오(安本亜男) ⑤-114

야스무라 겐교(安村檢校) ①-79~80

야쓰하시 겐교(八橋檢校) ①-78~79

야와타 기요시(八幡淸) ①-100

양명문(楊明文) ④-116, ⑦-129, ⑦-149, ⑦-194

에나미 데쓰지(江波悊治) ①-117, ②-121, ③-103, ③-147, ⑦-147

에자키 아키히토(江崎章人) ①-111, ④-55, ⑦-132

에토 다모쓰(江藤保) ④-18

에하라 시게오(江原茂雄) ②-170, ③-105, ③-150, ④-57, ⑦-132, ⑦-146

오가와 다로(小川太郎) ④-18, ⑤-32, ⑥-52, ⑥-136, ⑦-183

오규 소라이(荻生徂徠) ⑥-16

오노 가쓰오(小野勝雄) ③-49, ③-173

오노 고지(小野紅兒) ②-152, ③-120, ③-128, ④-18, ⑤-122

오노노 오유(小野老) ①-93

오노에 사이슈(尾上柴舟) ⑦-41~42, ⑦-55, ⑦-69

오다기리 도시코(小田切敏子) ④-18

오다카 도모오(尾高朝雄) ⑦-84

오다케 스스무(大竹進) ⑥-31

오모다카 히사타카(澤瀉久孝) ⑦-65

오바야시 준이치(大林淳一) ④-18

오시마 오사무(大島修) ⑥-96, ⑥-151

오에 스에오(大江季雄) ④-25

오이 마치비토(大井街人) ①-99

오정민(吳禎民) ⑥-137

오카 구사노스케(丘草之助) ⑦-61

오카시마 사토코(岡嶋郷子) ⑦-54

오카야마 이와오(岡山巖) ②-49

오카자키 요시에(岡崎義惠) ⑥-115

오타 마사조(太田雅三) ①-128, ②-135, ②-152, ③-119, ③-127

오토모노 다비토(大伴旅人) ①-89

와쓰지 데쓰로(和辻哲郎) ③-50

와카바야시 하루코(若林春子) ⑤-111, ⑥-130

와카야마 보쿠스이(若山牧水) ②-66, ⑦-55

와카야마토베노 미마로(若倭部身麻呂) ⑥-73

와타나베 기요후사(渡邊淸房) ⑦-55

와타나베 다모쓰(渡部保) ②-76, ③-80, ③-107, ④-40, ⑤-135, ⑥-56

와타나베 도라오(渡邊寅雄) ④-40

와타나베 오사무(渡邊修) ①-133, ②-140, ②-152, ③-119, ⑦-98, ⑦-183

와타나베 요헤이(渡邊陽平) ①-57, ②-61, ②-125, ③-79, ③-114, ③-173, ④-40, ⑤-139

와타나베 준조(渡辺順三) ②-49

요네야마 시즈에(米山靜枝) ①-138, ②-154, ②-164, ③-105, ③-121, ③-135, ④-40, ⑤-88, ⑤-125, ⑦-146

요사노 뎃칸(與謝野鐵幹) ⑥-40, ⑥-42, ⑥-44

요사노 아키코(與謝野晶子) ⑥-40, ⑥-42

요시다 겐이치(吉田玄一) ①-104

요시다 다케요(吉田竹代) ②-113, ③-113

요시다 미노루(吉田實) ④-114, ⑦-195

요시다 쓰네오(吉田常夫) ⑦-195

요시자와 겐키치(芳澤謙吉) ②-148

요시모토 히사오(吉本久男) ①-127, ②-135, ②-146, ③-114, ③-128, ④-39

요시하라 세이지(吉原政治) ①-102, ②-113, ③-78, ③-113, ③-164, ④-39, ⑦-183

요코나미 긴로(橫波銀郎) ④-39, ⑤-134,

⑥-54, ⑦-184

요코야마 마사하루(横山正治) ⑥-119

요코우치 가즈호(横内一穂) ④-111

우노다 스이코(宇野田翠子) ④-18, ⑦-184

우시지마 요시토모(牛島義友) ⑥-115

우에노 가즈히로(上野和博) ⑤-114

우에노 도시아키(上野壽明) ⑤-126

우에다 다다오(上田忠男) ①-65, ②-59, ②-94, ②-106, ③-98, ③-102, ③-154, ④-53, ⑥-143, ⑦-132, ⑦-135, ⑦-195

우에하라 간쇼로(上原勘松郎) ④-17

우치다 야스호(内田保穂) ④-17, ⑦-184

우치지마 다다카쓰(内島忠勝) ⑤-113

우하라 히쓰진(宇原畢任) ②-150, ③-118, ③-134, ④-17, ⑤-126

유아사 가쓰에(湯淺克衛) ⑦-16

유키 소메이(結城素明) ⑥-45

유키모토 지닌(行元自忍) ③-55

유하국(柳河國) ④-118, ⑦-129

윤군선(尹君善) ⑥-76, ⑥-79, ⑥-98, ⑥-151, ⑦-129, ⑦-147, ⑦-195

이나다 지카쓰(稲田千勝) ①-103, ②-114, ③-78, ③-113, ③-164, ④-15, ⑥-143, ⑦-184

이누마 마사아키(飯沼正明) ④-22

이마가와 다쿠조(今川卓三) ①-67, ②-60, ②-84~85, ③-97, ③-101, ③-173, ④-49, ⑤-76, ⑥-114, ⑦-128

이마가와 료슌(今川了俊) ②-47

이마마쓰리베노 요소후(今奉部與曾布)

이마부 류이치(今府劉一, 今府雅秋) ①-58, ②-62, ②-79, ②-127, ③-81, ③-109, ④-15, ⑤-115, ⑤-121, ⑤-135~136, ⑥-40, ⑦-48, ⑦-98

이마이 시로(今井四郎) ①-141

이무라 가즈오(井村一夫) ③-75, ④-15, ⑥-52, ⑦-184

이소베 모모조(磯部百三) ⑦-64~65

이와부치 도요코(岩淵豊子) ①-105, ②-112, ③-112, ④-17, ⑤-34, ⑤-134, ⑦-185

이와세 가즈오(岩瀬一男) ④-51, ⑥-143, ⑦-136, ⑦-195

이와쓰보 유즈루(岩坪讓) ⑤-118

이와쓰보 이와오(岩坪巖) ①-59, ②-63, ②-76, ②-128, ③-74, ③-107, ④-16, ⑤-135, ⑤-137, ⑥-48, ⑦-100, ⑦-185

이와키 기누코(岩木絹子) ⑤-108, ⑥-129

이와키 도시오(岩城敏夫) ④-16

이와타 샤쿠슈(岩田錫周) ②-155, ②-175, ③-106, ③-122, ⑦-129

이와타니 미쓰코(岩谷光子) ①-131, ②-138, ②-149, ③-116, ③-129, ④-16, ⑤-107, ⑤-124, ⑥-129, ⑦-185

이즈미 가쓰야(和泉勝也) ④-47

이춘인(李春人, 이강수) ②-117, ②-186, ③-103, ⑥-92, ⑦-129, ⑦-146

이치노세 미요코(一瀨零余子) ④-14

이치야마 모리오(市山盛雄) ⑦-44~45, ⑦-53~58, ⑦-61, ⑦-63, ⑦-69

이카다이 가이치(筏井嘉一) ⑤-23

이케다 시즈카(池田靜) ①-130, ②-137, ②-150, ③-118

이케다 하지메(池田甫) ①-118, ②-166, ③-105, ④-46, ⑦-140, ⑦-146

이케하라 에이다이(池原榮大) ②-165, ③-105

이타가키 사쓰키(板垣五月) ②-151, ③-119

이토 다즈(伊藤田鶴) ①-62, ②-78, ②-130, ③-76, ③-108, ④-15, ⑤-33, ⑥-53, ⑦-185

이토 도시로(伊藤東市郎) ①-141

이토 사치오(伊藤左千夫) ②-21, ③-21, ③-116, ⑥-40~41, ⑥-150, ⑦-92

이토 세이치(伊藤整一) ⑤-31

임호권(林虎權) ⑥-100, ⑦-129, ⑦-147, ⑦-149, ⑦-196

ㅈ

조우식(趙宇植) ④-88, ⑤-53, ⑤-72, ⑤-95, ⑤-150~151, ⑥-76, ⑥-78, ⑥-87, ⑥-143, ⑥-151, ⑦-129, ⑦-136, ⑦-146, ⑦-160, ⑦-196

주영섭(朱永涉) ⑤-47, ⑤-151, ⑥-76, ⑥-81, ⑥-91, ⑥-143, ⑥-151, ⑦-129, ⑦-146~147, ⑦-160, ⑦-196

지구마 나가히코(千熊長彦) ⑤-38

지스즈(千鈴) ①-138, ②-156

지지마쓰 야타로(千治松彌太郎) ④-31

지토(持統) 천황 ③-21, ⑥-107

진무(神武) 천황 ①-46, ②-78, ④-23~24, ④-39, ④-51, ④-90~91, ⑥-50, ⑦-107, ⑦-136

진 유키오(陳幸男) ④-29, ⑦-185

ㅊ

최봉람(崔峯嵐) ⑤-113, ⑦-95, ⑦-128

최재서(崔載瑞) ④-58, ⑦-29, ⑦-72, ⑦-76, ⑦-79, ⑦-94, ⑦-124, ⑦-149, ⑦-163

ㅎ

하기와라 사쿠타로(萩原朔太郎) ①-122, ⑦-192

하나조노(花園) 천황 ③-40

하나토 아키라(花戶章) ③-137

하마다 미노루(濱田實) ⑤-115, ⑥-143

하세가와 뇨제칸(長谷川如是閑) ①-95, ③-19, ③-52, ③-58

하야시 후미코(林芙美子) ⑥-70, ⑥-72

하인리히 하이네(Heinrich Heine) ①-123, ⑥-75

한봉현(韓鳳鉉) ①-141, ①-153, ⑦-95, ⑦-128, ⑦-185

호리 아키라(堀全) ①-127, ②-78, ②-134, ③-77, ③-108, ④-33, ⑤-131, ⑤-138, ⑦-107, ⑦-185

호리우치 하루유키(堀內晴幸) ①-129, ②-136, ②-146, ③-114, ③-128, ⑤-108

호소이 교타이(細井魚袋) ⑦-44~45, ⑦-53, ⑦-55, ⑦-59

홍성호(洪星湖) ④-70, ⑦-129, ⑦-137

후나토 주사부로(船渡忠三郎) ③-139

후노 겐지(布野謙爾) ③-167

후시미(伏見) 천황 ③-39~41

후지 가오루(ふじかをる) ①-138, ②-151, ③-119, ③-129, ④-32, ⑤-123

후지모토 고지(藤本虹兒) ①-121, ②-153, ③-120, ③-137, ④-33, ⑦-140

후지모토 아야코(藤本あや子) ②-148, ③-116

후지미야 세이소(藤宮聖祚) ⑤-114

후지와라 마사요시(藤原正義) ①-60, ②-49, ②-77, ②-129, ②-185, ③-33, ③-72, ③-108, ③-174, ④-33, ⑦-186

후지와라노 다메이에(藤原爲家) ②-46, ③-34, ③-43

후지와라노 데이카(藤原定家) ②-21, ②-41, ②-46, ③-18, ③-23, ③-25, ③-33~38, ③-45

후지와라노 모토토시(藤原基俊) ②-44

후지와라노 슌제이 ②-41, ②-44~45, ③-36

후지카와 요시코(藤川美子) ③-76, ④-33, ⑤-35, ⑤-138, ⑥-53, ⑥-122

후지카와 주지(藤川忠治) ⑥-36

후지키 아야코(藤木あや子) ①-137, ③-130, ④-33

후지타 기미에(藤田君枝) ⑤-49, ⑤-151, ⑦-146

후쿠이 규조(福井久藏) ①-94, ③-35

후쿠하라 조쇼(普久原朝松) ②-156

후타세 다케시(二瀨武) ①-133, ②-140

휴가 이치로(日向一郎) ⑤-116

히노 마키(火野まき) ②-154, ③-122, ③-133

히노 아시헤이(火野葦平) ⑥-32

히다카 가즈오(日高一雄) ①-63, ②-56, ②-80, ②-132, ②-185, ③-74, ③-109, ③-164, ④-32, ⑤-29, ⑥-49, ⑥-143, ⑦-186

히라노 로단(平野ろだん) ②-168, ③-105, ④-97

히라누마 마사에(平沼政惠) ⑤-127

히라누마 분포(平沼文甫, 윤두헌) ②-171, ③-105, ④-99, ⑥-62, ⑥-151, ⑦-76~77, ⑦-129, ⑦-132, ⑦-146, ⑦-197

히라누마 호슈(平沼奉周, 윤봉주) ④-101, ⑦-129, ⑦-149, ⑦-197

히라쓰카 미쓰코(平塚美津子) ④-29

히로무라 에이이치(廣村英一) ①-119, ②-162, ③-104, ③-145, ④-103, ⑦-146

히로세 다케오(廣瀨武夫) ⑥-45

히로세 쓰즈쿠(廣瀨續) ③-158

히비노 미치오(日比野道男) ⑥-34

히사마쓰 센이치(久松潛一) ③-35

히카와 리후쿠(陽川利福) ④-95, ⑦-132, ⑦-197

히카와 세이코(陽川聖子) ③-132, ④-32

사항 찾아보기

항목 뒤에 ①, ②, ③, ④, ⑤, ⑥, ⑦은 각각
① 『국민시가』 1941년 9월호(창간호), ② 1941년 10월호, ③ 1941년 12월호,
④ 1942년 3월 특집호 『국민시가집』, ⑤ 1942년 8월호, ⑥ 1942년 11월호,
⑦ 연구서 ≪문학잡지 『國民詩歌』와 한반도의 일본어 시가문학≫을 지칭한다.

ㄱ

가단(歌壇) ①-143, ②-44, ②-47, ②-49, ②-
50, ②-68~71, ②-186, ③-34, ③-36, ③-
41~42, ③-69~71, ③-174, ⑤-20, ⑤-
23~24, ⑤-28, ⑥-41, ⑥-45, ⑥-120, ⑥-
149, ⑦-31~40, ⑦-44~46, ⑦-48, ⑦-
50~51, ⑦-53~56, ⑦-58~63, ⑦-
65~67, ⑦-73, ⑦-75~83, ⑦-89~91, ⑦-
118, ⑦-148, ⑦-154, ⑦-156, ⑦-161, ⑦-
163

가론(歌論) ①-153, ②-21, ②-41, ③-34, ③-
36~37, ③-40, ③-44, 『③-46~48, ③-
173~174, ⑤-149, ⑥-47, ⑦-45, ⑦-47,
⑦-49, ⑦-82, ⑦-87~88, ⑦-114, ⑦-141,
⑦-155

『가림(歌林)』 ⑦-25, ⑦-48~49, ⑦-69, ⑦-
74

가마쿠라(鎌倉) ②-44, ②-46~48, ②-80,
③-37, ③-40~41, ③-43, ⑥-37, ⑥-
41~42, ⑦-158

가지하라 후토시(梶原太) ②-111, ③-79,
③-111, ④-19, ⑦-120

『가집 낙랑(歌集樂浪)』 ⑦-63

『가집 성전(歌集聖戰)』 ⑦-67~68

『가집 조선(歌集朝鮮)』 ⑦-65, ⑦-68, ⑦-
91, ⑦-180

『게이후(輕風)』 ⑥-126

『겐지모노가타리(源氏物語)』 ①-49

『경무휘보(警務彙報)』 ⑦-18

『경성일보(京城日報)』 ⑦-19, ⑦-27, ⑦-
40, ⑦-75~76

『경인(耕人)』 ⑦-21, ⑦-24, ⑦-26

「경일가단(京日歌壇)」 ⑦-40

「경일류단(京日柳壇)」 ⑦-40

「경일하이단(京日俳壇)」 ⑦-40

『계림센류(ケイリン川柳)』 ⑦-25

『고려야(高麗野)』 ⑦-57

『고슈이와카슈(後拾遺和歌集)』 ②-43

『고지키(古事記)』 ①-46, ①-54, ⑤-26~
27, ⑤-149, ⑥-14~16

『고킨슈(古今集)』 ②-19, ②-42~43, ③-
18, ③-30, ③-37~38, ③-42

괌(Guam) ④-25, ④-40, ④-57, ⑤-139, ⑦-

133

『광인이 될 준비(狂人になる仕度)』 ⑥-72

『교쿠요와카슈(玉葉和歌集)』 ②-46~48, ③-40

『국민문학(國民文學)』 ①-151, ②-183, ③-171, ⑥-96, ⑦-16, ⑦-19, ⑦-28, ⑦-37~38, ⑦-72, ⑦-79, ⑦-84, ⑦-86, ⑦-124, ⑦-149, ⑦-154, ⑦-156, ⑦-163

국민시가연맹(國民詩歌聯盟) ①-124, ①-143~145, ①-151~154, ②-68, ②-176, ②-178, ②-183~184, ②-186~187, ③-164, ③-166, ③-171~172, ③-175, ④-99, ④-119, ④-121, ④-125, ④-127, ⑦-27, ⑦-29, ⑦-38~39, ⑦-44, ⑦-50, ⑦-68, ⑦-71, ⑦-73~75, ⑦-77, ⑦-79, ⑦-89, ⑦-102, ⑦-104, ⑦-130, ⑦-141, ⑦-154, ⑦-161

『국민시가집(國民詩歌集)』 ④-99, ④-125, ⑦-38, ⑦-72, ⑦-75, ⑦-102, ⑦-113, ⑦-130, ⑦-132~134, ⑦-136, ⑦-144, ⑦-150, ⑦-156~157

『국민시인(國民詩人)』 ⑦-32

국민총력연맹(國民總力聯盟) ②-106, ⑥-39

국민총력조선연맹문화부(國民總力朝鮮聯盟文化部) ②-105, ④-119, ④-125, ⑦-50, ⑦-74, ⑦-84, ⑦-96

국학(國學) ③-35, ③-40, ⑤-16, ⑤-27, ⑤-149, ⑥-16, ⑥-150

『금융조합(金融組合)』 ⑦-18

기미가요(君が代) ⑥-58

『긴다이슈카(近代秀歌)』 ③-45

『긴요와카슈(金葉和歌集)』 ②-43~45, ②-47

ㄴ

『낙타(駱駝)』 ⑦-26, ⑦-194

남아(南阿) ⑤-112

남양(南洋) ②-38, ⑥-81, ⑦-131, ⑦-133

『너와 나(君と僕)』 ③-152, ③-160

네기시 단카회(根岸短歌會) ⑥-41

『노모리노카가미(野守鏡)』 ③-37~39, ③-42~43, ③-47

『녹기(綠旗)』 ⑦-16, ⑦-19, ⑦-28, ⑦-38

뉴스영화 ②-65, ③-146, ⑤-36, ⑥-49, ⑦-102

니치렌(日蓮) ②-80, ③-55, ③-110, ⑥-37

『니혼쇼키(日本書紀)』 ①-54, ④-23~24, ⑥-14~15

ㄷ

다사도(多獅島) ⑤-105

다이카(大化)개신 ②-34

『단카 유달(短歌儒達)』 ⑦-62

『단카신문(短歌新聞)』 ③-69

대동아공영권(大東亞共榮圈) ②-57, ②-185, ③-174, ④-126, ④-127, ⑦-34, ⑦-106~107, ⑦-135, ⑦-137~138, ⑦-142, ⑦-148, ⑦-196

대본영(大本營) ④-38, ④-53, ⑤-26

대일본가인회(大日本歌人會) ②-68~69, ②-186, ⑦-79

『대일본사(大日本史)』 ⑥-13

대정익찬회(大政翼贊會) ①-21~22, ④-125, ⑦-85

더치 하버(Dutch Harbor) ⑤-113

도도이쓰(都々逸) ⑦-30

동아경기대회(東亞競技大會) ⑥-57

『동아일보(東亞日報)』 ①-57, ①-151, ②-183, ③-171

등화관제(燈火管制) ①-101, ②-111, ③-96, ③-132, ⑥-89

ㄹ

로컬 컬러(local color) ⑦-26, ⑦-30, ⑦-64, ⑦-67, ⑦-90~91, ⑦-154

ㅁ

마다가스카르(Madagascar) ⑤-29, ⑤-150

마쓰시마(松島) ⑤-67~68

『만요슈(萬葉集)』 ①-33, ①-35, ①-39~40, ①-42~44, ①-59, ①-63, ①-83, ①-85~86, ①-89, ①-91, ①-95, ①-153, ②-19~22, ②-25, ②-29~31, ②-33, ②-35, ②-46~47, ②-60, ②-79, ②-102~103, ②-185, ③-18~20, ③-23~24, ③-27~30, ③-32, ③-34, ③-44~45, ③-47, ③-109, ③-116, ③-174, ④-16, ④-25, ⑤-25, ⑤-27~28, ⑤-45, ⑤-131, ⑤-149, ⑥-14, ⑥-16~18, ⑥-31, ⑥-41, ⑥-67, ⑥-73, ⑥-117, ⑥-119, ⑥-150, ⑦-31, ⑦-46~48, ⑦-81~82, ⑦-86~88, ⑦-91, ⑦-96~100, ⑦-105, ⑦-107, ⑦-109, ⑦-118, ⑦-141, ⑦-156

만주(滿洲) ①-61, ①-73~74, ①-102, ①-128, ①-140, ②-74, ②-103, ②-109, ②-124, ②-129~130, ②-166, ③-75, ③-152, ④-27, ④-33, ④-65, ⑤-131, ⑥-45, ⑦-16~17, ⑦-55, ⑦-97, ⑦-99, ⑦-131~132

「만한 곳곳(滿韓ところどころ)」 ⑦-16

『만한의 실업(滿韓之實業)』 ⑦-18

말레이(Malay) ④-15, ④-18~19, ④-20, ④-25~27, ④-32, ④-40, ④-60, ④-70, ④-104, ④-126, ⑤-25, ⑤-130, ⑤-139, ⑦-101~102, ⑦-132, ⑦-150

『메야나기(芽やなぎ)』 ⑦-25

모모타로(桃太郎) ③-49~50, ④-95

묘조파(明星派) ⑥-40

『문교의 조선(文敎の朝鮮)』 ⑦-18

『문예춘추(文藝春秋)』 ⑥-32

미국 ①-15, ②-76, ②-108, ④-16, ④-22~24, ④-26, ④-31, ④-34, ④-57, ④-60, ④-68, ④-75, ④-87, ④-91, ④-95, ④-126, ⑤-31~32, ⑤-36, ⑤-65, ⑤-112~113, ⑤-130, ⑤-132, ⑤-138, ⑥-35, ⑦-101, ⑦-103

미드웨이 ⑤-32, ⑤-150, ⑦-103

미쓰오(下脇光夫) ③-73, ③-114, ④-25,

⑤-22, ⑤-36, ⑤-134~135, ⑤-149, ⑥-50, ⑥-143

『미즈가메(水甕)』 ②-49, ⑦-40, ⑦-42, ⑦-44

『미즈키누타(水砧)』 ⑦-25, ⑦-29, ⑦-78~79

미토학(水戶學) ⑥-13, ⑥-150

ㅂ

『바쿠주가이겐(馭戎槪言)』 ⑥-16

발리해전 ⑤-113

백제(百濟) ①-57, ①-62~64, ①-82, ①-106~107, ②-58, ②-61, ②-111, ②-131~③-133, ⑤-38~39, ⑤-151, ⑦-34, ⑦-105~106, ⑦-120~122, ⑦-124, ⑦-155

백표(白票) 사건 ③-61

『버드나무(ポトナム)』 ⑦-25, ⑦-41~44, ⑦-51, ⑦-53, ⑦-58, ⑦-60, ⑦-62, ⑦-75, ⑦-77

버마 ④-26, ⑤-130, ⑥-51

「벳키(別記)」 ⑥-14

보르네오(Borneo) ④-18, ④-70

『보리꽃(麥の花)』 ⑦-56

부소산(扶蘇山) ③-132

부여신궁(扶餘神宮) ①-57, ②-61, ②-111, ⑦-118~119, ⑦-155

빈궁문답가 ①-87, ①-95

ㅅ

사비(さび) ①-51, ①-53

사소설 ①-36

사쿠라다 문(櫻田門) ⑤-33

사키모리(防人) ②-79, ⑥-17, ⑥-20, ⑦-55, ⑦-97~98

『산천집(山泉集)』 ⑦-59, ⑦-61, ⑦-65

『산포도(山葡萄)』 ⑦-25

산호해 해전 ⑤-31, ⑤-34

상고(尙古)주의 ②-41

『샤케이슈(莎鷄集)』 ⑦-54

성전(聖戰) ①-19, ①-56, ②-38, ②-185, ④-15, ④-25, ④-32, ④-36, ④-39, ④-64, ④-100, ⑦-50, ⑦-52, ⑦-131

『센류기누타(川柳砧)』 ⑦-25

『센류삼매(川柳三昧)』 ⑦-25

『센류쓰즈미(川柳鼓)』 ⑦-25

『송도원(松濤園)』 ⑦-55, ⑦-56

스핏파이어(spitfire) ⑤-109

『승리의 역사(勝利の歷史)』 ①-30

승리의 역사 ①-30

시단(詩壇) ①-143, ②-60, ②-104, ②-186, ③-97, ③-102, ③-152, ③-174, ⑤-59, ⑥-69, ⑥-81, ⑥-149, ⑦-24, ⑦-26, ⑦-29, ⑦-31~34, ⑦-78, ⑦-81, ⑦-83, ⑦-127, ⑦-129, ⑦-141, ⑦-148, ⑦-160~162

시드니(Sydney) ⑤-29, ⑤-32, ⑤-34, ⑤-150, ⑦-103

『시라기누 가집 제삼(新羅野歌集 第三)』 ⑦-61

『시라기누(新羅野)』 ⑦-25, ⑦-46~48, ⑦-51, ⑦-61~62

시즈메 돌(鎭懷石) 노래 ①-96

시론(詩論) ⑤-149, ⑥-78~79, ⑦-34, ⑦-87, ⑦-93, ⑦-130, ⑦-140~142, ⑦-147~148, ⑦-156

신병(神兵) ④-81, ⑤-30, ⑤-112, ⑥-35

신징(新京) ①-60, ②-77, ②-88, ②-129, ③-72, ⑥-55, ⑥-57, ⑦-131

『신코킨슈(新古今集)』 ③-18, ③-25~26, ③-28, ③-30, ③-36, ③-38, ③-47, ⑦-165

싱가포르(Singapore) ②-109, ④-15, ④-17~23, ④-26~27, ④-30, ④-33, ④-37~39, ④-55, ④-57, ④-67, ④-70, ④-85, ④-90, ④-92, ④-94~95, ④-101, ④-109, ④-112

ㅇ

『아라라기(アララギ)』 ⑥-17, ⑥-41, ⑥-127, ⑦-62

아스카(飛鳥) ①-95, ①-107, ②-34, ③-80, ⑦-119

아와레(あはれ) ①-53

아와지(淡路) ③-151

『아침(朝)』 ⑦-25, ⑦-50~51, ⑦-89, ⑦-180

『아카시아(アカシヤ)』 ⑦-26

알류샨 ⑤-32, ⑤-37, ⑤-150, ⑥-49

『애국 백인일수 전석(愛國百人一首全釋)』 ⑥-149, ⑦-157~158

애국 백인일수(愛國百人一首) ⑦-157~158

애국시가의 문제(愛國詩歌の問題) ⑥-13, ⑥-28, ⑥-149, ⑦-113, ⑦-147~148, ⑦-158

야마토(大和) ①-61, ①-86, ①-97, ②-78, ②-160, ③-22, ③-79, ⑤-30, ⑤-31, ⑦-107

야마토정신(大和魂) ④-21, ⑤-137

야스쿠니 신사(靖國神社) ①-127, ③-81

야스쿠니(靖國) ①-127, ③-81, ④-23, ④-114~115

『옅은 그림자(淡き影)』 ⑦-53, ⑦-69

오카모토노미야(岡本宮) ①-107

『오쿠노호소미치(おくのほそ道)』 ⑤-67

오토모노 야카모치(大伴家持) ⑤-45

『와카쇼(和歌抄)』 ③-42, ③-45

『와카히덴쇼(和歌秘傳抄)』 ③-39, ③-43

위문품 ①-70~71, ③-74, ⑤-106, ⑦-110, ⑦-139

이세(伊勢) ③-24, ⑦-119

인도 ①-45, ①-47, ①-53, ①-56, ④-34, ⑥-51

인도네시아 ③-133, ④-22, ④-24, ④-106, ④-126, ⑤-30, ⑥-136

일군만민(一君萬民) ⑤-137

『일본가학사(日本歌學史)』 ③-35

일본문학보국회(日本文學報國會) ⑤-62, ⑦-157

『일본문학평론사(日本文學評論史)』 ③-35

『일본외사(日本外史)』 ③-140

『일본의 사상문화(日本の思想文化)』
　①-50

ㅈ

『잣(松の實)』 ⑦-64

장가(長歌) ⑥-40

『장승(張生)』 ⑦-25, ⑦-74, ⑦-91

『조선 가집 서편 맑은 하늘(朝鮮歌集序
　篇 澄める空)』 ⑦-57, ⑦-68

조선 가화회(朝鮮歌話會) ⑦-62

『조선 및 만주(朝鮮及滿洲)』 ⑦-16, ⑦-
　18

『조선(朝鮮)』 ⑦-16, ⑦-18, ⑦-20, ⑦-24

『조선(지방)행정(朝鮮(地方)行政)』 ⑦-18

조선가인협회(朝鮮歌人協會) ①-152, ②-
　184, ③-172, ⑦-27, ⑦-62, ⑦-77

『조선공론(朝鮮公論)』 ⑦-16, ⑦-18

조선문인보국회(朝鮮文人報國會) ①-151,
　①-153, ②-183, ②-186, ③-171, ④-88,
　⑥-62, ⑦-27~28, ⑦-33, ⑦-75~77, ⑦-
　154, ⑦-180, ⑦-187~188, ⑦-190~191,
　⑦-197

조선문인협회(朝鮮文人協會) ①-151, ②-
　183, ③-171, ④-60, ⑦-27~28, ⑦-36, ⑦-
　194

조선색(朝鮮色) ⑦-26, ⑦-62, ⑦-64~65,
　⑦-67, ⑦-90~91, ⑦-154

조선센류협회(朝鮮川柳協會) ①-152, ②-
　184, ③-172, ⑦-27

『조선시가집(朝鮮詩歌集)』 ⑥-149, ⑦-
　34, ⑦-92, ⑦-153, ⑦-157~159, ⑦-
　161~162

조선신단카협회(朝鮮新短歌協會) ⑦-48~
　50, ⑦-74

『조선신보(朝鮮新報)』 ⑦-19

조선음악가협회(朝鮮音樂家協會) ⑥-59
　~60

『조선의 실업(朝鮮之實業)』 ⑦-18, ⑦-73

『조선일보(朝鮮日報)』 ①-151, ②-183,
　③-171

조선총독부(朝鮮總督府) ①-106, ①-151,
　②-183, ③-171, ⑥-59, ⑦-18, ⑦-43, ⑦-
　55, ⑦-64, ⑦-191

『조선평론(朝鮮評論)』 ⑦-18

『조선풍토가집(朝鮮風土歌集)』 ⑦-30,
　⑦-63~64, ⑦-91

『조선하이쿠선집(朝鮮俳句選集)』 ⑦-91

『조선하이쿠일만집(朝鮮俳句一万集)』
　⑦-30

조선하이쿠작가협회(朝鮮俳句作家協會)
　⑦-78

조호르(Johore) ④-15, ④-18~19, ④-23,
　④-70

『종려나무(棕)』 ⑦-54

『종로풍경(鐘路風景)』 ⑦-60

지나(支那)사변 ①-13, ①-130, ②-13

『지나의 현실과 일본(支那の現實と日本)』
　③-61

진시(錦西) ⑥-54

『진인(眞人)』 ⑦-23, ⑦-24~25, ⑦-42~

46, ⑦-49~51, ⑦-53, ⑦-58~59, ⑦-62, ⑦-77, ⑦-89, ⑦-180

진주만(眞珠灣) ④-16~17, ④-22, ④-31, ④-33~34, ④-36, ④-40, ④-68, ④-126, ⑤-25, ⑤-105, ⑤-124, ⑤-139, ⑥-57, ⑥-119, ⑦-101~102, ⑦-133

징병제(徵兵制) ⑤-34, ⑤-105, ⑥-48, ⑥-136, ⑦-108, ⑦-159

ㅊ

『1934년판 조선 가집(昭和九年版 朝鮮 歌集)』 ⑦-52, ⑦-61~62

천손강림(天孫降臨) ⑥-83, ⑦-137

천황 ①-61~63, ①-82, ①-107, ①-127, ①-153, ②-19, ②-32, ②-34, ②-37, ②-58, ②-77~79, ②-103, ②-108, ②-130, ②-155, ②-159, ②-186, ③-15, ③-18, ③-21, ③-40, ③-52, ③-86, ③-130, ④-16, ④-21, ④-24~29, ④-32, ④-37~39, ④-90~91, ⑤-30, ⑤-35, ⑤-38, ⑤-40, ⑤-45~46, ⑤-105~107, ⑤-114, ⑤-131, ⑤-133, ⑤-150, ⑥-13~15, ⑥-20, ⑥-31~32, ⑥-34~38, ⑥-42~43, ⑥-45, ⑥-48, ⑥-50~51, ⑥-54, ⑥-58, ⑥-74, ⑥-107~108, ⑥-128~129, ⑥-134, ⑦-71, ⑦-104, ⑦-107, ⑦-119, ⑦-123, ⑦-159, ⑦-163

청진(淸津) ③-74, ⑥-132~133

총후(銃後) ①-29, ①-138, ①-144, ②-145, ②-154, ③-64, ③-74, ⑦-138

「추풍의 곡(秋風の曲)」 ①-78, ⑦-162

친일문학(親日文學) ⑦-15

『친일문학론(親日文學論)』 ⑦-27, ⑦-38, ⑦-93, ⑦-133, ⑦-149~150

칠생보국(七生報國) ④-114, ⑥-37

ㅋ

코르시카(Corsica) ③-131

코타바루(Kota Bharu) ④-20, ④-33

ㅌ

태평양전쟁 ②-76, ③-53~54, ④-29, ④-38, ④-73, ④-90, ④-99, ④-114, ④-126, ⑤-25~26, ⑤-32, ⑤-138, ⑤-149, ⑤-152, ⑥-34, ⑥-37, ⑦-67, ⑦-71, ⑦-102, ⑦-104, ⑦-106~107, ⑦-131, ⑦-133, ⑦-150

ㅍ

팔굉일우(八紘一宇) ①-19~20, ①-37~38, ①-153, ③-55, ③-174, ④-72, ⑦-135

『풀열매(草の實)』 ⑦-25

『풍토(風土)』 ③-50

프롤레타리아 문학 ①-36

필리핀(Philippines) ④-14, ④-25, ④-60, ④-126, ⑤-25, ⑤-57, ⑥-32

ㅎ

『하가쿠레(葉隱)』　⑤-26, ⑤-149

하와이(Hawaii)　④-16, ④-18, ④-25, ④-31, ④-33~34, ④-39~40, ④-60, ④-68, ④-126, ⑤-32, ⑤-139, ⑦-132~133

『한국교통회지(韓國交通會誌)』　⑦-17, ⑦-73

『한반도(韓半島)』　⑦-17, ⑦-73

『한향(韓鄕)』　⑦-58~59, ⑦-69

『현대조선단카집(現代朝鮮短歌集)』　⑦-38, ⑦-65

호놀룰루(Honolulu)　④-31, ④-39, ④-68

『호토토기스(ホトトギス)』　⑦-73

황국신민(皇國臣民)　①-21, ①-23~26, ①-152, ②-17, ②-184, ③-174, ⑤-129, ⑤-131, ⑥-33, ⑥-39, ⑥-141, ⑦-85, ⑦-96, ⑦-111, ⑦-135~136, ⑦-138

황군(皇軍)　①-63, ①-98, ②-80, ②-108~109, ②-149, ③-52, ③-110, ③-160, ④-18~19, ④-23~24, ④-26~27, ④-29, ④-31, ④-34, ④-39~40, ④-77, ④-85, ④-90, ④-95, ④-99, ④-108, ⑤-38, ⑤-113, ⑤-133~134, ⑤-139~140, ⑤-151, ⑥-35, ⑥-108, ⑦-66, ⑦-101, ⑦-102, ⑦-106~108, ⑦-139, ⑦-155

흑선(黑船)　⑥-35

흥아(興亞)　⑥-27, ⑥-33, ⑥-150

『히노데(日の出)』　⑤-101

히라타 세이추(平田成柱)　⑤-114

『히사기(久木)』　⑦-25, ⑦-46~47, ⑦-51, ⑦-57, ⑦-59, ⑦-62, ⑦-65

[영인] 國民詩歌 九月號(創刊號)

여기서부터는 影印本을 인쇄한 부분으로 맨 뒷 페이지부터 보십시오.

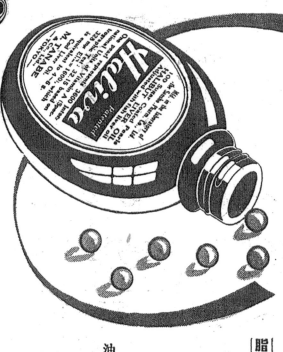

夏負けせぬよう…

脂溶性ビタミン補給が大切

それには……ハリバを連用して充分な脂溶性ビタミンを補給し皮膚や呼吸器粘膜の防禦を強化して黴菌に負けぬ強い抵抗力をつけ……秋から冬にかけて、かぜその他の病氣に患らぬよう…心かけることが最も大切です。

油塊の糖衣粒

ハリバは脂溶性ビタミンの濃厚な小豆大の糖衣粒て、大人一日二粒、小兒一日一―二粒で足り、臭くなく胃腸にモタレず夏の保健劑です

百　粒…二圓五十錢
五百粒…十四圓五十錢

歌集

窪田空穂氏序

年輪 谷　馨著

窪田空穂系の新進作家として精進めざましき若者
の處女歌集

歌集「年輪」に漲るものは、青春の身を惱みやめ
ぬ激しい生の悩なさである。しかも作者は、切な
さに生きてそれを食ひ、食ひつつも太り、ひたむ
きに己を高め來つた。「年輪」を讀む人々は、さ
うした尖鋭な主想力が、次第に的確な立體的表現
を體得して、切ない人生の眞實相に迫りゆく姿を
見て感なきを得ぬであらう。江湖の諸賢、願はく
は此の一卷の刻み進む切々たる人間生活の年輪に
一瞥をたまへ。

和歌文學社同人　敬白

歌數　　　五百三拾四首

裝幀　　　著者自裝

表紙（信濃産手漉和紙）
見返（越前産白鳥の子紙）
箱（肥後産薄青和紙）
本文（越前産仙花紙）

定價　貳圓八拾錢
書留送料　二十四錢

發兌

和歌文學社

東京市小石川區高田豐川町四七
振替東京九五〇八七番

和歌文學叢書　第一篇

【國民詩歌投稿者用紙】

住所氏名

姓名

◉會員以外の一般詩歌の投稿には必ずこの用紙を用ひること。本名、住所無記入のものは探らず。

編輯後記

道　久　良

重大なる時局にかんがみ、鮮内に於ける詩歌雑誌の統合については昨秋來有志の間でよりより協議中なりしところ、本年六月總督府當局より現在發行せる雑誌を一應解消し、強力にして指導性あり、且つ朝鮮を代表し得る雑誌に統合せよとの希望ありしを以て、國民總力朝鮮聯盟文化部の御指導を得て、七月末には雑誌發行の母體としての『國民詩歌聯盟』を結成、九月より機關の創刊號を發行し得るはこびとなへた。

本誌は朝鮮に於ける唯一の詩歌雑誌として發行を許されてゐるのであつて、その點に於ては實に責任も、また極めて大きいことを我々は自覺してゐる。

爲本誌發行の目的は『高度國防國家體制完遂に資する爲國民總力の推進する健全なる國民詩歌の樹立に努む』といふことを旗幟を鮮明にしてゐた。しかし本題にはこの意味が充分に徹底してゐなかつたらしく、この目的に反する樣な作品をよせられた方もあつたが第一號であるから、出來得る限り探録した。

しかしながら、これからは健全なる大陸文化建設の爲に、建設的な作品をよせられむことを希望するこの點に於て本誌は現状維持的な一般歌増や詩増にとらはれることなく獨自の道を進む豫定である。

本誌は一面綜合雑誌の形態をとると共に、一面會員雑誌の形態をもとらねばならぬ立場にある。これは主としてこの地在住の初心者の指導の爲であつて、總力聯盟文化部の希望によるのである。朝鮮在住の方々でこれから詩や短歌をはじめ樣と思ふ方々はなるべく本誌に參加を希望する。

現在本誌の編輯發行を主として世話してゐる幹事の大部分は軍隊生活の經驗をもつてゐる。その中三名は北支の戰野より歸つたばかりであり一名は現に應召中である。現在我々は銃後の國民として、公正無私、大陸文化建設の爲に邁進する決心である。

本號付用紙の配給が稍おくれて來ることになつたため發行も豫定より少しくおくれるかも知れないが第二號の原稿は本號判發次第直ちに御送付願ひたい。本誌の發行所は『國民詩歌聯盟』と共に都合により下記の處に移轉した。御注意を願ひたい。

『國民詩歌』投稿規定

一、『國民詩歌聯盟』會員は何人にても本誌に投稿するを得。

一、『國民詩歌聯盟』會員たらむとするものは會費三個月以上を添へ『國民詩歌發行所』宛申込まれたし。

一、特別會員月六十錢
　　普通會員月一圓
　　右の制限無し。
　　會費の送金は振替にて『京城五三二番國民詩歌發行所』宛拂込まれたし。

一、原稿は每月短歌十首又は詩十行以內を寄稿するを得。

一、原稿は每月五日到着までを〆切り、翌月號に發表す。

一、原稿は菊版（本誌と略同型）原稿用紙を使用し楷書にて愼愼假名を使用せる標注意せられたし。

㊞

定價金六十錢　送料 三 錢

昭和十六年八月二十五日　印刷納本
昭和十六年九月　一日　發　行

編輯兼發行人　　京城府光熙町一ノ一八二
　　　　　　　　道　久　良

印　刷　人　　　京城府瑞麟町二ノ五六
　　　　　　　　申　永　求

印　刷　所　　　京城府瑞麟町二ノ五六
　　　　　　　　光　昌　印　刷　所

發　行　所　　　京城府黃金町三ノ一五六
　　　　　　　　國民詩歌發行所

　　　　　　　　京城府光熙町一ノ一八二
　　　　　　　　振替京城 五二三番

アカシヤの葉ずれの音もさはやけく眞白き花に夏立ち初めぬ

○

こと切れし吾子にいひつゝ頬なでて不覺の涙そとふきにけり

○

朝の日は臥牛山頂はなれつゝ靄つぎつぎに晴れて清しき

○

麥の穗に波打ちたちてかぎりなくつゞく野原に夏近づけり

○

太々と軒を叩きし驟雨はれ明るき空に大き虹立ちぬ

○

一日のなすべきは皆なし終えて安き心に夜の雨をきく

さけぶ聲合圖の笛の音冴えて大き貨物船今岸壁につく

○

悲しみは増すばかりなりしづかにも蘆の波紋のひろごりのごと

○

甲種合格の希望は遂に消えたれご君の心のいぢらしきかな

○

夕暗に仄かにばらの花白くかすかに搖れて香り放ちぬ

空高くさへづる雲雀佇みてしばしきき入る麥畑の路

菊地春野

伊藤東市郎

南基光

韓鳳鉉

今井四郎

富田寅雄

下村實

佐藤肇

中村孤星

—(9 5)—

朝鮮に於ける文化の在り方

田中初夫

1

時局下に於ける文化が如何にあるべきか、といふことは既に言ひ古されたかの様に見えるのである。事實、文化新體制といふことが合言葉の様に用ひられ、文化領域に於て舊來の文化とは異つた性質の文化が建設され、又組織がつけられなければならないといふことは、誰もが一應は考へたことである。然し、事はさう易々とは出來ないのであつて、殊に異質の文化が突然出現するといふ様なことはあり得ないといふことだと言つてよろしく、又組織にしても、社會の狀態と即應して考へられてゆかなければならず、一應は新體制といふ言葉を用ひてみるものゝ、その實體を如何に説明するかといふことはなかなか出來難いことであり、よしんば、それが可能であつても、その通りに實踐してゆかなければならぬといふ段になつて、理論と現實との色々の制約を考へない譯にはゆかないのである。

處で、支那事變の遂行によつて要請されるに至つた、我國の政治經濟社會文化百般にわたつての戰時體制の確立はその要否の論議の時代を越えて、既に如何なる形にもせよ、それを實踐せねばならぬ處に立ち到つてゐるのである。我國に於ける現時の文化が、如何にあらねばならぬといふことは、否應なしに決定されてゐるのである。さうして、その線に沿つて、實踐的活動を開始し、又は開始しなければならぬ狀態に立ち到つてゐるのである。この現實は、我々文化關係人の、一切つきりと呑み込んで置かなければならない處なのである。所謂自由人であり、又かつての自由主

―(7)―

義思想の温床に育つて來たところの知識人文化人といふものは、色々の立場からそれぞれの批評を行ふことが得意なのであるが、この我國の文化の庶幾してゐる點を忘れては、それはもはや無用の批評とならざるを得ないのである。

從來、文化といふものは、自由主義的な見地から考へられて來てゐたのである。文化の爲の文化といふ言葉が屢々用ひられたのである。文化はそれ自體一つの價値であつて、その追求は即ち文化の生産であり、文化の理想實現であつたのである。そして、その追求の方面は世界的であつたのである。文化價値は全人類を覆ふてその上位なる神の顯現であつたのである。かうした文化の考方は、國家を超えて更に大いなる一つの世界が希求せられたときに現れて來るのである。

前世界大戰に於て世界の諸強國は、資本主義制覇の完成を目指して戰後の強國は血みどろな鬪爭を續けた。この精神は超國家的な汎世界的な文化價値の追求實現を、その文化面に於ける目的とした
のである。この時代の文化は、文化の爲の文化といふ美名の下に國家を超え、民族を超えて論ぜられ、追求せられたのである。

世界文化といふ言葉が好んで用ひられたのであるが、世界文化の發展に資するといふことが、當時の文化の目的であつたのである。この觀念に從へば、文化は世界共通のものである。すべての世界を通じて、共に享受し得るものこそ眞の文化であつて、世界人にして初めて文化人といひ得ることが出來、文化に關與し、文化の創造に携ることが出來たのである。

かうした世界文化の所産の一つたる國際聯盟が破綻に臨んだ頃から、文化の考方にも一つの轉機が來たのである。今までの考方への對蹠的な考方として、民族文化、國民文化といふ考方が起りはじめたのである。ドイツがユダヤ人を追放してアァリヤン民族の血の純潔の中にドイツ文化を建設しようとし、イタリアはローマ帝國の再現を目指してイタリャ國民文化の建設に邁進しようとしたのである。これらの國は、嘗ては世界文化建設に努力した國であつた。

然し、前世界大戰の結果は、世界文化をして、英米文化といふ名に置き換えることが可能の如き狀勢となつてしまつてゐたのである。この強壓に抗して、自己を擁護する爲には、新しい文化の理論が必要である。さうして、ドイツの

―（ 8 ）―

民族文化、イタリアの國民文化の運動は開始された。世界から民族國民へと、全體から個へと文化はその歩みを變換しようとしたのである。

極東に於て、日本はドイツよりも早く國際聯盟の規範を脱した。滿洲國の建設となり、今次支那事變の發展と共に、東亞共榮圈建設の目的は確立されるに至つた。これは英米諸國等舊秩序尊重の立場に對して、新秩序要求の發展であり、新しき世界理念の下に、國家の存立を考へることになつたのである。かうした東亞主義の自覺、東亞共榮圈指導者としての日本の自覺は、今まての英米流の世界主義より必然的に、日本國家それ自體へと轉換せざるを得ないのである。日本の國家主義はかくして自由主義に代つて、その指導的位置に据つた。文化は國家を超越した世界文化ではなくなつたのである。先づ、我々の祖國、日本自體の文化でなくてはならないのである。かうして、國民文化の理念が、新しく問題として登場したのである。これは、日本の歷史的必然である。

我々は、この歷史的必然を先づはつきりと頭に入れてかゝらなければならない。さうでない限り、我々の何處かに殘る自由主義の殘滓は、日本國民文化建設の道を阻むことになるであらう。文化の二つの性格、世界と國家との二つの道は、今次の世界戰爭によつて、戰ふ二つの國家群によつて明瞭に分離截別されたのである。さうして、日本は、英米流の世界文化に對立して、獨自の國民文化建設に邁進する側に立つてゐるのである。

2

文化といふ言葉は通常 Kultur といふ言葉について用ひられてゐるが Kultur といふ言葉は、營むといふ意味のラテン語より來たもので、その原義は耕作、栽培といふ樣なことを意味するといふことである。これは、その根本に於て文化が土地と關係をもつてゐることを語るものであつて、土地から遊離した文化といふものは、文化の本來的なものでないといふことが考へられるのである。土地の上に耕作され、耕作によつて生活は營まれてゐるのである。この生活を營むものは、世界人ではなくて、その土地と共にある二つの民族の一人であり、國民の一人であるのである。

國家はその成立の要素として、主權と、土地と、國民を要するといはれてゐる。然りとすれば、文化は土地を仲介と

して、國家の文化であり、國民の文化であらねばならないのである。それが、文化の本來の姿であらう。今次世界大

戰では、波蘭の如き土地を持たぬ國家が英米側によつて支持されてゐるといふが如き現象も無いではないが、それは

不自然であつて、國土なき國家といふものは幽靈の樣なものに過ぎないのである。和蘭文化ももはや歴史的考古學的

存在に過ぎないものであつて、現實的には存在しないのである。

日本文化は、日本帝國の嚴たる存在の上に創造されてゐるのである。日本の國土の上に生活を營む日本人の中に、

日本文化は嚴として存在してゐる。日本といふ國家を離れては存在しないのである。日本文化は過去の

存在ではない。考古的存在ではない。現に生々として發展しつゝある文化なのである。ここに日本文化の生命がある

。日本文化は世界文化である以前に、先づ國民文化でなくてはならないのである。日本文化が最高度の文化であり得

たとき、それは世界の文化に影響を與へるであらう。世界文化の容貌を呈するであらう。然し、それは國土から遊離

したものであつては無意味なのである。否、むしろ逆に、國土に基底を置くが故に世界文化たるものの意義を果し得

るのである。これは逆説ではない。

ドイツは民族文化といふ線を歩んでゐる。民族的全體主義に立つ國家觀を持つてゐるドイツは、國土と共に民族的

國家といふ形態をとつてゐる。これはドイツの國內事情が然らしめたものであらう。國家を持たぬユダヤ人を追放し

アーリヤ人のドイツ國家を建設するといふことは、文化面に於ては汎世界的なユダヤ文化を追放し、ドイツ人による

ドイツ文化を建設することである。ユダヤ人の傳統がドイツ國民文化の形成に有害であつたから、ドイツに於ては國

家運動の最初に民族醇化の方法をとらざるを得なかつたのである。この點はイタリーに於ては事情を異にした樣であ

る。それはユダヤ人問題がドイツ程に深刻でなかつた點もあらうし、組合國家としての國家強調精神の上に成立した

イタリーとしては民族問題を論ずる必要は餘り無いのであらう。ドイツはかうして民族文化の點を強く現し、イタリ

―(10)―

ーとその外貌を異にするかに見えるけれども、自己の國家を中心とし、汎世界的なものと對立してゐる點に於て共通してゐるのである。

我國に於ては、種々の事情がドイツやイタリーと異になつてゐる。然し、現代に於ける國家の方向は、ドイツやイタリーと同樣な全體主義的傾向を強く現してゐるのであつて、文化の面に於ても、兩國とほゞ共通した國家主義的な線に於て、國民文化の建設を意圖してゐるのである。ドイツやイタリーが國家の政策の上に強力な文化施設を試みてゐるのに對して、我國では未だそれに及ほぬものがあるにしろ、國民の間に於ける意圖はほゞ一定してゐるといつて差支ないのである。少くとも、英米流の汎世界的な、自由主義的文化はこの戰爭に於て排除せられねばならない運命にある。さうして、日本の國家存立の目的に妥當した文化の建設が、鋭く之に對立しなければならない狀態にあるのである。國家的に言へば、之は日本文化の建設である。之を內面から言へば國民文化の建設である。同じ國民文化といつても、我國の國民文化はドイツやイタリーの場合とは、日本の今日の國家事情が兩國と異る點に於て、また異らなければならないのである。

戰爭が政治を決定し、文化を決定する。これは、今日の戰爭の常識である。政治のために戰爭が行はれてゐるのではない。逆に、政治が戰爭に奉仕する。文化も同樣である。自由主義思想の流行した時代には、戰爭に對する文化の優越性を主張することが出來た。文化は世界性を持つと考へられてゐたからであつた。然し、今はさうではないのである。文化は文化自體の領域を持つてゐることに變りはない。然し、文化は國土の上に成り立つのである。その國土は戰爭によつて歸屬を異にするのである。國土を失つた文化は無意味なのである。國土は戰爭によつて護られねばならぬ。文化は戰爭に協力して、自らを護らねばならなくなつてゐるのである。この現代戰の性格と、現代の文化の性格とは緊密に相結び付いて、國家目的を遂行してゐるのである。

3

—(11)—

支那事變が支那征服ではないといふことは既に政府當局が何度も聲明し、戰爭の展開は如實に之を實證してゐるのである。世界史的な觀點からいへば、英米等資本主義諸國との鬪爭であり、思想史的に言へば、自由主義共産主義との鬪爭である。前者は、ドイツやイタリーと結ぶ全體主義樞軸の形成となり、世界新秩序の實現を自覺し、後者は國粹主義的な精神の活動となつてゐるのである。現實の事象としてこのことは八紘一宇といふ言葉によつて表現せられる發展的な日本精神となり、東亞共榮圏建設といふ具象的な目的に向つて働いてゐるのである。現在に於て、東亞共榮圏建設といふことは、最高の國策である。この國策に向つて、政治も經濟も文化も進まなければならないのである。これを現實に決定してくれるものは戰爭以外にはない。これが今日の狀勢である。この戰爭、これを我々は聖戰と呼んでゐるが、聖戰の意味はそこにあるのである。この聖戰を完遂する爲に、文化はその體制を整へねばならないのである。日本に於ては、ドイツやイタリー流のユダヤ人追放問題は存在しないのである。又日本はイタリーの樣な組合主義國家ではないのである。從つてドイツやイタリー流の文化の形態とは異つた意味に於て文化は成立しなければならない。

日本文化は、悠久二千六百年の歴史を有する我が日本の國體から導かれねばならない。これは日本文化の、他の如何なる國民文化にも增して國民的なる意義を有する點である。若し優秀性を論ずるならば、先づ第一に舉げられるべき點はこの點にあるのである。この國體よりして、日本に於ける文化の性格が決定されるのである。比類なき國體よりして、日本の國民文化は日本の國家理想の表現そのものを指すことになる。肇國の精神は日本文化の精神なのである。

八紘一宇の國家精神は文化本位の精神的な、倫理的な性格をなすのである。これは國民の立場からいへば、臣民の道の實踐そのものになるのである。この國體本位の精神的な、倫理的な性格は、日本に於ける國民文化の特徵であるのである。我が國に於ける國民文化の特徵であるのである。我が臣民道の實踐たる國史の證である。我が國に入り來つたものは總べて、我が國民として之を化し去らしめるのである。我が國に入り來つたものは總べて、我が國民として之を化し去らしめる所によれば我が國ではあらゆる民族、人種をして、我が國民として之を化し去らしめるのである。この大いなる包容同化は、日本の國民文化をして廣大無邊なる幅を持たせるものとしてゐるのである。この血の純潔の爲にある人種を追放するといふ樣なことはないのである。我が國に入り來つたものは總べて、我が國民として之を化し去らしめる所によれば我が國ではあらゆる民族、人種をして、我が國民として之を化し去らしめるのである。

―(12)―

點は日本文化が、國民文化としての性格を持つて、同時に、世界性を持ち得る一つの根據である。

かういふ意味に於て、日本の文化は、日本國民といふ一つの地域的民族文化とも考へられると同時に、實は、さうした民族といふ狹い範疇を超えて、より廣大なるものに發展してゐるのである。處で、實際に於て、日本文化は、英米文化の樣に、或はドイツ文化の樣に、現實の地域的影響を他に世界的に多く與へてゐるとは考へられない。同じ國民文化の立場にあるドイツの奧へてゐる世界的な影響に較べれば、日本文化の影響はなほ微々たるものに過ぎないのである。我々は我々の過去の歷史が、この主張を明確に根據づけてゐることを知つてゐるのである。日本の文化は世界のあらゆる文化を過去に於て誂取し、そしてそれを日本の國體に適合する樣に處理し、自家藥籠中のものとして之を用ひ來つた。これが日本文化である。然もそれは八紘一字の我が國家發展の原理に則して、着々と國外に向つて光被しつゝあるのである。特にそれが明かなのは、こゝ僅かに數十年の間に多いのであるが、それは遅れて世界史上に登場したといふことゝ、今日の世界の狀勢が然らしめたのであつて、明治中期以降に於ける驚異的に急速なる光被は單に偶然な事象ではなく、日本文化の必然の顯現なのである。

日本文化は、國民文化である。日本國民の立場に於ける文化であつて、超國家的な世界文化ではない。然し、上述し來つた樣に、それは世界文化の性格を具へてゐるのである。この大きな日本文化の性格は正しく理解されることを要するのである。

こゝに於て、私は半島に於ける日本文化の在り方について考へるべき段階に到達したと思ふのである。半島に於ける文化は上述した日本文化の一部分をなしてゐるといふことであつて、これ以外の在り方は正しい在り方ではない。朝鮮に於て考へられる根本的な點は、國民文化半島文化は日本文化であることの自覺が第一に要請されるのである。としての日本文化に朝鮮といふ地域的特性が如何なる點に於て連接するかといふことである。この答は簡單である。

4

それは、總督府に於て極力努力してゐる皇國臣民運動の成果に連接するのである。皇國臣民としての自覺は、日本國民であることの自覺である。この自覺の上にはじめて日本の國民文化は建設される。この自覺なくしては建設されないのである。内鮮一體は、朝鮮人が皇國臣民となり切ることを以て實現するのである。半島が我が帝國の版圖となつて三十有餘年。この間總督府政治は内鮮一體の理想境を目指して着々と努力して來てゐるのである。政治のあらゆる部面にわたつて、これは次第に實現しつゝある。これを國民としての立場から言ふならば、朝鮮人の皇國臣民化の實現に努力して來てゐるといへるのである。このことが、政治的に可能であると思はれることは、古代の歴史事實が之を語つてゐるのであるが、古代の歴史を離れても、現實の世界狀勢は、朝鮮をしてこの線外に外れしめることは出來ないのである。半島に於ては、皇國臣民たるの自覺の上に立つて、日本の國民文化建設にその一員として參加するのである。このことは、極めて自明の樣に思はれるのである。然し、問題はしかく簡單ではないのである。

内地の大政翼贊會では、全國をいくつかの地方文化ブロックに區分して、地方文化の振興を計らうとしてゐるのであるが、朝鮮はこの地方文化ブロックの一つと考へてよいかどうかといふことである。大政翼贊會の文化部が、擧げてゐる地方文化振興の指導目標は次の如くである。

『第一には、あくまでも鄕土の傳統と地方の特殊性とを尊重し、地方地方がその特質を最大限に發揮しつゝ、常に國家全體として新に創造發展することを目標とし、中央文化の單なる地方再分布に終らしめざること、

第二には、從來の個人主義的文化を止揚し、地方農村の特徵たる社會的集團關係の緊密性を益々維持增進せしめ鄕土愛と公共精神とを高揚しつゝ、集團主義文化の發揚をはかり、以て我が家族國家の基底單位たる地域的生活協同體を確立すること、

第三には、文化および産業、政治行政その他の地域的偏在を是正し、中央文化の健全なる發達と地方文化の充實をはかり、「兩者の正しき交流によつて、各地域每に均衡ある文化の發展を期すること。』

—(14)—

これが、その指導方針であるが、この指導方針に含まれる地方文化の概念は朝鮮の地域には妥當しないのである。

これは、内地に於ける、各地方地域の文化であつて東京中心の中央文化と相對的に考へられなくてはならぬものなのである。若し、この考を妥當せしめようとするならば、朝鮮の皇國臣民化が、單に形式の上のみでなく、その精神的内容に於ても、完全に遂行せられた曉をまつてでなければならないのである。今は皇國臣民運動が進展しつゝある途次なのであつて、この運動が不必要になつた曉に於てのみ、始めて言ひ得ることなのである。この様な意味に於ける地方文化といふのは、朝鮮に於ては、京城中心の文化に對する地方文化としてのみ存在するのであつて、半島に於ける文化全體は、内地の地方文化とはその事情を異にするのである。この點を誤解しない様にしなくてはならぬ。かくの如き誤解は各處に在り兼ねないのである。

半島には古來、日本文化とは異る朝鮮の傳統文化があつたのである。これは朝鮮人の間に、その生活と共に一つの傳統と特殊性を持つてゐるのであるが、これは何處までも朝鮮文化であつて、日本文化ではないのである。文化は人間の價値活動の過程である。この人間は一つの生活群の中に在る。朝鮮文化は朝鮮の傳統的な生活群の中に行はれる朝鮮人の價値附與として顯現してゐるのであつて、日本文化内に於ける地方文化として考へらるべき同種同質の文化とは異るのである。それは朝鮮語で語られ、構成せられ、傳播される文化なのである。然し、日本文化はさうではないのである。日本文化は、日本人によつて國語を用ひて概念を構成する文化なのである。これが日本文化である。

郷土の傳統を尊重するといふことは、日本に於ては日本文化の一翼としてのみ意味があるのである。朝鮮文化を如何に尊重してもそれは日本文化とはなり得ないのである。朝鮮人は現在確かに日本人である。日本人としての朝鮮人が、その立場を離れて單なる朝鮮傳統としてその文化を主張してもそれは日本文化とはなり得ないのである。國家全體として合體してゆく爲には、朝鮮文化そのまゝでは無意味なのであつて、それが、日本文化の中に生れた場合に於てのみ成立やアメリカ人など、他の國家國民に對して區別して言ふ政治的な立場からである。

—(15)—

つのである。

5

牽島に於ける文化が、日本帝國の文化である限り、それは日本の國民として創造される文化でなくてはならなのである。皇國臣民の意識を伴はない文化は日本文化ではないのである。從つて、地方文化ともなり得ないのである。文化は歴史的に考へるときに、それは傳統の上に多く存立するのであるが、傳統といふものは一つの事象について人間の把握の上に傳へられてゆくものである。人間の把握に貫かれる限り、それは人間の生活の自然的前會的制約の下に置かれるものであることに違ひはないのである。朝鮮文化はさうした傳統の中に今日まで傳へられて來てゐるのである。今日、この牽島には、この樣な朝鮮文化と、今建設しつつある新しい日本の國民文化とが併在してゐるのである。

大部分の朝鮮人の生活は、この傳統的な文化の環境の中に置かれてゐるのである。

それは、慶州の美術品を遺した。それは支那の宋代の雅樂を傳へた。それは朝鮮語を諺文によつて寫すことを敎へた。等々の幾多の文化が今日に遺り、さうして、それは日常生活の中に再び把握せられて傳へられてゐるのである。

これは朝鮮文化の傳統である。この傳統は朝鮮の風土に負ふ處が少くないのである。朝鮮人は、牽島の風土の中に生活して來たのである。この風土、即ち自然に對して與へた價値附與が文化なのである。從つて、牽島の風土と朝鮮文化とは切つても切れない關係があるのである。

今、新たに、皇國臣民の自覺の下に、新しい日本の國民としての文化を築くことは、この朝鮮文化を否定することでもなければ、またそのまゝ鵜呑みにして引繼ぐことでもないのである。朝鮮の傳統は、日本の傳統ではないのである。然し牽島の風土が與へる人間生活への諸條件と、その條件より制約される文化の諸相は、牽島に於ける日本文化に對しても亦等しく働きかけ、又現れて來ることであらう。こゝに新しい傳統が發生するである。この意味に於て、新しいの朝鮮文化の中に共通し、その中から取上げられるものと同一のものがあるであらう。かうした意味に於て、新しい

—(16)—

日本文化の中に取上げられ、置き直された傳統が、始めて、日本文化の中に於ける朝鮮の傳統尊重として意義を持つのである。朝鮮文化の傳統は、この樣にして始めて生きてくるのである。例へば、皇國臣民としての、日本的な自覺の下に取上げられ、始めて、朝鮮に於ける鄕土舞踊として意味を成すのである。それが、皇國臣民としての、日本的な自覺の下に取上げられて、始めて、朝鮮に於ける鄕土舞踊として意味を成すのである。若し、さうでなければ、それは支那舞踊や印度舞踊が、日本文化に對して持つ意味と何等變りはないのである。かうした段階を經て、半島の文化は始めて、日本に於ける地方的特殊性を持つのである。

今日の我々が考へる半島の文化は、舊來の朝鮮文化を、傳統尊重の名によつて單に復興することではない。それは日本の國民文化として新しく構成し直されることを意味するのである。例へ、如何に深い傳統であらうとも、この目的に反するものは、躊躇なく破棄されなくてはならないのである。さうした民族的な古傳統に執着してゐる限り、半島の文化は決して進步的なものとなり得ないであらう。もう少し具體的に、さうして幾分誇大して言ふならば、朝鮮の過去の傳統文化は一應博物館に蒐錄すべきである。さうして、檢討を加へ、再び受け繼がるべき部分を取出して、半島に於ける新しい文化建設に用ふべきである。これに役立たないものは、いつまでも博物館に陳列して置けばよろしいのである。例をとつていふならば、文學の精神は人間の普遍的に所有する精神である。この文學の精神、文學活動を博物館に陳列する必要はない。早く取り出して、作品活動を行はさせるべきである。然し、そこに問題がある。

何を書くかといふことである。第一に書かるべき素材が考へられなければならない。これは、皇國臣民としての自覺に立つて選ぶならば、自ら明らかとなるであらう。單なる懷古的な考古的材料は無意味なのである。又、不必要な民族的刺戟に無駄なのである。次に、文學の內容である。素材に與へられる作者の觀照の世界の國家性である。これが、朝鮮語は日本國內に存在する言語の一つではあらうけれども、日本語ではないのである。最後に、用語の問題である。これが、朝鮮語は日本國內に存在する言語の一つではあらうけれども、日本語ではないのである。日本語といふのは、國語を指していふのである。又、朝鮮語は日本の方言ではないのである。朝鮮語は國語とは異つた系列に屬する言語であつて、方言關係にあるのではないのである。從つて、日本文化として立つためには、國語で書かれ

—（１７）—

なくてはならないのである。これが本来である。我が國はスイスの如き國家とは違ふのである。國家の言語として多種類の言語の政治上の同時的存在を許容してはゐないのである。朝鮮語の使用は、國語に習熟してゐない人々への便宜に過ぎないのであつて、公式の言語は朝鮮に於ても國語なのである。現在の大人達には不自由であるかも知れないがこの不便は忍ばねばならないのであつて、國家としては當然のことなのである。朝鮮語の使用は一つの傳統なのである。

然しこの傳統は、早く國語使用に置き換へらるべきなのである。

また、朝鮮の工藝には驚嘆すべく美しいものがある。この工藝の美意識と技術とは保存され又發達されなくてはならない。然し、それが、朝鮮の在來の生活に役立つたのと同じ意味で用ひられるのでは無意味な傳統を繰返すに過ぎないのである。その傳統の技術が、皇國臣民としての生活の樣式の中に役立つ樣な工藝品製作に役立つて來なければならないのである。かういふ樣に用ひられて、始めて、朝鮮の傳統が、新しい生命を得るのである。この生命を得ることが、朝鮮の傳統の尊重であり、内地の地方文化と異るところの、朝鮮に於ける國民文化の創造なのである。半島に於ける國民文化の特殊性といふものは、朝鮮のこの傳統を、新しい日本文化の中に生かして來ることに見出されるのであつて、古い傳統をそのまゝで取上げることは、異質の文化ではあり得ても、日本國民文化を構成するに役立つ、地方的特殊性をなすには役立たぬのである。半島の國民文化は、内地の地方文化たるべき、その一歩手前の文化建設工作が、現下の問題なのである。朝鮮には嚴密な意味で言つて、日本文化はその萠芽しか存在しないのである。これを如何に育てゝゆくかといふことが、目下の問題なのである。一部の人が考へてゐる樣な、在來の朝鮮文化を尊重することが、半島の今日の文化を建設する所以であるといふ考へは反省されなくてはならないのである。東亞共榮圈の指導者として、日本國民は世界史的な變動に挺身してゐるのであるが、これは文化面に於ても同樣であつて、日本文化は東亞共榮圈に於ける指導的位置にある。さうして半島の文化は、この日本文化の一翼として立ち上らなくてはならないのである。これは半島文化の必然的な使命である。一日も早く内鮮一體を完成し國民文化を建設しなければならないのである。これが、半島に於ける文化の在り方であると、私は信じてゐるのである。

（筆者は國民總力朝鮮聯盟文化部參事）

—(18)—

精神文化の問題

道 久 良

高度國防國家體制といふことがさけばれる。現下の變轉極りなき世界情勢のもとに於て、國家の安全と發展を期する爲に、その重要なること、今更再言を要しない。しかしながら、個々の部面に於て、それはいかなることを指してゐるのか、さういふことになると、案外廣く認識せられてはゐない樣でもある。特に文化的方面に於て、その感を深くするのである。

今次の歐洲大戰の事實に徵し、戰爭に於ける科學の重要性といふことが、大衆の間に大きくクローズアップせられたことは、それが國民各人の生活にまで浸潤してゐるとは思はれないけれども、一つの傾向としては確によろこぶべき現象である。この際、この問題について事新しく論ずる必要もないと思ふので、ここでは主として、精神文化の問題について考へて見たいと思ふ。しかしながら、文化の領域に於ける精神文化と科學文化の關係は、實に車の兩輪の如く、この二つが並進するところに、ほんたうに優秀なる文化は建設せられるのであつて、切りはなして考へることは絕對に出來ないものである。今日、この重大なる世界情勢のもとに於て、眞に强力にして、不敗の文化を建設する爲に、我々は心を新にして、この兩者の並進に、ほんたうの努力をはらはねばならない。

世の一部の人達は、精神文化は直接國防に關係が無いと考へてゐる樣に見える。精神文化的な仕事や行動といふものが、戰爭に對して、直接はなぐしい結果を見せない爲に、さう思はれるのも無理はないのであるが、それは極め

—(19)—

て表面的な見方であつて、少しく具體的な事實について、その内容をさぐつて見れば、その誤れることは自ら明かになるのである。

何も古い歴史的事實にまでさかのぼる必要はない。前世界大戰に於て、獨逸が戰略的にはかへつて優勢を示しなが
ら、敗北せざるを得ざりしは、國民の思想的混亂に最大の原因があつたのであつて、獨逸精神を基調とせる國民の精
神文化の統一純化に不充分なる點があつた故だといふことは、一般に指摘されてゐる事柄であるが、この事實をあと
からふりかへつて見ると、前世界大戰の前、半世紀の獨逸帝國の歴史に徴すれば、當時に於ける獨逸帝國の精神文化
といふものが絶對的に安全なる域にまで達してゐなかつたであらうといふことは充分に想像出來るのである。然るに
當時に於ける戰爭の概念といふものは、一國の狹義の軍事的戰力の優劣を以て、戰爭の勝負は決せられるものだと信
じられてゐたのであつて、前世界大戰に於ける獨逸の敗戰は、その概念の常に正しからざることを明かに示してくれ
た。即ち將來の戰爭の勝敗は、表面的なる兵力比較による概然性によつて豫想することの危險を我々の前に示してく
れたのである。

今日に於ては、一國の戰力をその樣な計算に於て考へる樣とする人は一人もゐないけれども、しかしながら、この思
想は、なほ今日に於ても、その殘滓をとどめてゐないと斷言することは出來ないのである。即ち、銃後の生產力との
總和に於て、戰力比較の基礎を求め樣とするのが、極最近までの通勢となつてゐたけれども、考へ樣によつては、こ
の考へかたは、前世界大戰當時に於ける戰力比較の範圍を幾分擴大したに過ぎないのであつて、今次の世界大戰は、
おそらくまた、この考へかたの脆弱さを結果に於て示すことになるであらうと私は信じてゐる。

今我々が戰つてゐる支那事變のはじまる前、若しわが國が戰はざるを得ない立場に立つた場合はたして今日の青年
は、それに耐へ得るかといふことが一部の人々の間に於て問題にされてゐた。即ち、歐米文化と赤色思想の洗禮を極
度に受けたる青年達が、過去の日本人のもつてゐた本質をけがされずにゐるかどうかといふことが問題になつてゐた

—（ 20 ）—

のである。然るに一度戦つて見ると、それらの総てが杞憂であつたことは、實に日本の日本たる特性を如實に示した

ものと云へるであらう。それは何であるか。二千六百年の傳統をもつ日本の精神文化の強固さを事實を以て示したこ

とである。しかしながら若しこの事變が大正から昭和初頭の情勢下に於て二十年後、或は三十年後に起つたと假定す

れば、今日までの如き成果を收め得たかどうかといふことについて、或は斷言出來なかつたかも知れない。この點に

於て、今次の事變は、實に日本にとつては適當なる時に起つてくれたことに對して感謝していいかも知れない。

　ここで思ひ起すことであるが、今日のこの重大なる世界情勢のもとに於て、各國とも國民精神の強化といふことに

は、ほんたうに力を入れてゐるといふ事實が種々の方面に於てうかがはれるのである。今次大戦に於ける獨逸西部戦

線の勝利を取り扱つた映畫『勝利の歴史』を見た時、直ちに感じたことであるが、あの映畫の最も重要な點は、科學

の勝利を宣傳する爲に作つた映畫といふよりも、かへつて、國民に對して精神の勝利といふことをほんたうに知らし

める爲に作つたものではないかといふことであつた。おそらく獨逸參謀本部の意圖したあの映畫の最大の眼目はそこ

にあつたのであらう。あの映畫は國内的にも國外的にも、一種の宣傳映畫であることに間違ひはないが、その中に、

過去半世紀の歴史的事實を通し今次の大戦に至つて現れた獨逸民族の偉大なる精神力と、それによつて與へられた勝

利をあらゆる部面に於て現はすことに努めてゐるといふことは驚異に値する。それは編輯の巧さといふ樣なこと以上

に、前大戦の敗戦の理由を最も深く知つてゐるものの作つたあの映畫の最大の强みであり、獨逸國民に大いなる教訓

をあたへたであらうと同樣に、我々にもまた大いなる教訓を與へてくれるものである。即ち、今日までの映畫に於て

精神の勝利といふことが、國家的スケールに於て現はされた最初のものであり、これを通して最近代戦の一面の特徴

を新しき視野に於て示してゐるものであるからである。

　これはたゞ最近見た獨逸映畫について感じたことの一例に過ぎないけれども、國民精神の統一强化のために一國の

精神文化といふものが、極めて眞劍に考へられる樣になりつつあることは、今次の大戦を契機として現れて來た極め

—(21)—

て顯著なる事實であつて、今次の大戰は終局に於て、國民精神文化の強固さが、その勝敗を決する鍵となるのではな

いかときへ考へられる樣になつて來たのである。即ち、一國の最頂點に於ける戰力を考へる上に、その國民のもつ精

神文化の強固さが、最近までの寵兒であつた國家經濟力と肩をならべ、更にその原動力として、あらゆる人々の計算

の基礎となる日は、既に到來してゐると私は思ふのである。

世界の情勢が正にこの樣な方面に進みつつある際、日本國民だけが三千年の傳統のみをたのみとして、この方面の

強化をおろそかにする樣なことがあれば、東亞の盟主として、世界新秩序の建設に邁進しなければならない我が國の

實力は、低下してしまふのである。この點に於て、科學文化の普及發達をはかると共に、國民の精神文化を一層高め

統一強化するといふこと、今日の如く必要な時はないと思ふ。

我が國の精神文化は常に肇國の理想を理想とし、それを追求する復古の精神を基として、今日に及んで來た。それ

はいかなる時代に於ても、我が日本文化の底を流れて來た最も大いなる特徵である。即ち、萬世一系の我が國體の絶

對性を中心とし、それを包んで今日に及んだのが即ち日本の文化であつた。そのよそほひには變化もあり消長もあつ

て、或る時は中心のまゝ現はし、また或る時は、それをあらはに現はし得ざる時もあつたけれども、しかし、いかな

る時に於ても中心は中心に於て嚴然と輝いてゐた。そして一度國家的の重大事が起れば、それは顯なる光をはなつて

國家の意志を統一する力を備へてゐた。わが歷史に現れた其の例は、今更私が擧げるまでもなく人々の知れるところ

である。これがわが國體の萬邦に比類の無い點であり、三千年の傳統をもつて一貫した日本精神文化の本流でもある

人々は一口に三千年の傳統といふけれども、これほど強靱なる文化といふものは何處にも例が無いのである。あま

りにも健全なるが爲に、かへつて人々はその健全さに氣付かないのである。此の如き健全さといふものは、日本文化

に獨自の健全さであると思ふ。今日各方面に於て、健全といふことが云はれてゐるけれども、眞の健全さといふもの

は、わが國體と、それをつつんで我々に及んで來た日本の文化の中に見られるのである。我々はわが國體とわが文化

の中に流れて來た健全さを、新しき目をもつて見なほさねばならない。

健全の健といふことは、强さを意味してゐると共に、それに關聯して旺なることをも意味してゐる。先づ强さといふことについて考へて見るに、わが三千年の傳統がもつ健全さといふものは、言葉をかへつて云へば强さを意味してゐるのであつて、人類史上空前の强さであり、また、日本獨自の强さといふことも出來るのである。我々はおのづからにしてうけたるこの强さを失つてはならない。失はないといふことは、この强さの意味をほんたうに知ることでもあるのである。然るに明治以降極度に歐米文化の洗禮を受けたるわれ〴〵は一方に於て優秀なる科學を輸入した反面、我々の祖先がもつてゐた强さは凡そ反對なるものをも多量に輸入してゐるのである。我々はこの際、もう一度、そ れをほんたうに反省して見る必要がある。次に健かさといふことであるが、これは旺なることを意味してゐる。旺といふことは自然の發露であり、自然の純粹なる意志であり、やはり一種の强さを現はしてゐるのである。おのづから であり、純粹であるといふことは絕對的なる力である。我々の祖先は此の如き健さをもつてゐた。即ち、今日の如く 優秀なる科學をもたなかつたわが上代人は、ひたふるなる精神によつて、おのづからなる健かさを示してゐるのであ る。情熱をもつた誠實である。わが萬葉の歌の多くが、純粹にして力あり、しかも健康であるのは、その寫であると 私は思ふ。しかしながら、今日の我々は、その上に、更に優秀なる科學を取り入れねばならない。科學は純粹であり 自然であり、それ故にこそ正しいのである。現代の健かさといふものは、實に科學的なるものを、より高度に取り入 れるといふ點に現代的なる發展が見られねばならぬと思ふ。その點に於て、今日の精神文化の問題に於ては、科學的 なる要素は絕對に必要であり、科學的なる要素を附加するといふ。然るに今日の日本に於ては、更にそれを超えて發展 しなければならない現代日本の精神文化の問題は橫はつてゐると思ふ。三千年の傳統の上に、指導的なる立場 にある人々にできへ、割合にこの問題をおろそかにしてゐるといふことは、大いに反省せられねばならないことである。 文學を主とした雜誌であるから、その方面に於けるこの問題を少しくしらべて見ることにするが、抒情の問題にし

ても、明治・大正の日本の文學といふものは、一種の過渡期の文學であつて、ほんたうの日本的自覺のもとに生れた作品といふものは割合に少いのである。然るに、無自覺なるこれらの作品が、現代日本を代表する文學の特徴であるかの如く、大多数の人々に信じられ、しかも、無批判のまゝ今日の若き子女達に敎へられてゐるといふことは、この重大なる時代に對應する、現代日本の精神文化の建設の上に、相當障害さなつてゐると私は思ふのである。然るに、それが極めて當然のことの如く思はれてゐるといふことは、案外現代日本文化の大勢を正直に語つてゐる事實であつて、現下の日本文化の水準が、なほほんたうの自覺に達してゐない證左でもある。これは、事變下といへども、なほ日本國民があまりにも惠まれ過ぎてゐるのにも原因があるのであつて、困窮を知らない國民の大平さが然らしめてゐるのであらう。しかしながら、それだから無自覺でゐてもいゝといふわけは少しも無いのである。現下の日本の直面せる客觀的情勢を、もう少し深く認識すれば、そんなことでいけないことは今更私が語るまでもないことである。ここでも我々日本國民は、客觀的な目を、もう少し廣く周圍にむける必要がある。その時、我々の抒情は新しき視野に於て、變らねばならぬと思ふのである。科學的の生活と思惟を背景とした健全なる今日の我々の抒情が生れねばならぬと思ふのである。中世以降、過去日本文學がもつてゐた感傷を乗り越えて、健全にして、眞に國民的なる抒情が生れねばならぬと私は思ふのである。かくして生れ出づる抒情は、純粹にしてひたふるなるの點に於て、わが上代人のもつてゐた抒情に通じ、科學的なる生活を背景としてゐる點に於て、現代的なる秩序を内包すべきものである。此の如き抒情の上に生れ出づる我々の詩や歌や小説といふものは、比類の無い強靭さに於て、次代の建設に參與するに足る力が與へられると思ふのである。これは今日まで通俗的に考へられてゐた文學の範疇を乗り越えることであり、新しき精神文化の糧としての價値を伴ふことにもなるのである。

優れたる藝術は時代を超越するといふことがよく云はれる。しかしながら眞に時代を背景させずして、時代を超越し得た藝術が何處にあるか。萬葉は萬葉の時代を背景として、はじめて今日に生きてゐるのである。新しき建設の胎動する時代の藝術といふものは、多くの場合、その時代を背景とし、底力のある作品を残してゐるのである。今日は

—(24)—

正に日本にとつては、その様な時代であると私は思ふのであるが、今日に於て、ほんたうの詩や歌や小説が生れなけ

れば、將來にそれを待つといふ様なことは不可能なことでないかと思ふ。或る人々は、今日は事變下であつて、ほん

たうの藝術などの生れる時ではないと云ふ。これは建設的なるこの事變の認識を有せず、また藝術をいかにも超越的

なるものの様に考へたがる末期的乃至頽廢期の考へかたをそのまゝ受けついでゐる人々の考へかたであつて、今日及

將來の日本は、この様な藝術家を必要としない時になつてゐると私は思ふ。

われわれはこの事變下に於て、飛躍する日本の精神文化の糧となる様な生きた作品を生まねばならない、それは、

作家としてこの時代に生くるものに與へれた特權であると共に、新しき日本文化の建設に參與する榮譽ある仕事でも

あるのである。その爲には、內地に於ても朝鮮に於ても、藝術家はこの時代の認識を深くして、ほんたうに飛躍せね

ばならない。この飛躍のもとに於て、眞の國民藝術としての詩歌が生れ、小說が生れ、演劇が生れるのである。

最近健全なる娛樂といふことが云はれる。この言葉を今日の多くの作家達はあまり好んでゐない様であるが、將來

の國民藝術といふものは、作家にとつては全身的なる仕事の成果であると共に、民衆に對しては健全なる娛樂の域に

於て廣く接し得る様なものでなければならぬと思ふ。その娛樂性の中に、國民の精神文化育成の糧があるとすれば、

それこそほんたうに國民藝術といふにふさはしい作品と云ふべきである。この様な意味に於て、今日までの文學に於

ける文藝性といふことも、新しき意味に於て見なほされねばならない時になつてゐる。然るに今日なほ舊態依然たる

文藝性の範疇の中にもがいてゐるのが、現在の日本文學の大勢であつて、最近の私小說の氾濫や、なほそれにくつつ

いてゐなければならない批評家の退嬰さといふものは、もう少し嚴正に批判しなほされなければならないと思ふ。

ここで朝鮮の文學といふことについて、少しく述べて見たいと思ふのであるが、私がこれまで逃べた最近までの日

本文學についての缺陷は、移して朝鮮に於ける文學の缺陷とすることが出來ると思ふ。朝鮮に於ては、その上これま

では、民族性といふことが附加せられて考へられて來た。文學に於ける民族性とは、其の土地の風土と人間から、お

―(25)―

のづからにじみ出るべきものであつて、朝鮮に於ける最近までの、いはゆる民族的傾向の作品の如きは、たゞ目的を目的とした類の作品であつてかつてのプロレタリア文學のそれと同樣に、純粹なる價値を伴つた作品といふことは出來ないと思ふ。そして朝鮮に於ては、この風土と人間にほんたうに根をおろした獨自の文學作品といふものは、私の寡聞の故かも知れないけれども、極めて少數の作家の一部の作品を除いては、今日までほとんど生れてゐない樣であつて、この五十年來日本内地の文學が殘した業蹟に比べて見ても、なほ比ぶべくもないと思ふのである。この十數年來、朝鮮の若き人々が好んで用ゐた佛蘭西風なスタイルをもつた作品の如きは、それはたゞスタイルを生のまゝこの地に移したに過ぎないものであつて、末期的にして脆弱、末梢的なる感情を主とし、精神的背景をほとんどもつてゐないこの樣な作品は、朝鮮の土を圃場とした作品といふことは出來ないのである。朝鮮の土には、もう少し東洋的な眞に朝鮮の土から生れ出でた文學が生れなければならないと私は思ふのである。

この爲には、不動の決意が必要である。今日までの大部分の作家の樣に逃げることばかりを考へてゐては、ほんたうに建設的な郷土的な作品など生れはしないと思ふ。今、朝鮮は朝鮮の現實に立脚して、ほんたうに新なる基礎の上に立ち上つたのである。朝鮮にさつても、祖國日本にさつても、割期的なるこの大いなる時代を轉機として、文學の方面に於ても、この時代にふさはしき建設的なる文學が生れねばならない。新しき精神のもとに、眞にこの土に根をおろした態度の作家の生れ出づべき時である。新しき朝鮮の精神文化は、先づこの樣な人達によつて、日本文化の一環として開拓せらるべきものだと私は考へてゐる。

日本精神文化の基礎をなすものは、前にも云つた樣に、肇國の理想を理想とすることであつて、それは最も古く、しかも最も新しき言葉として八絃一宇をもつて云ひあらはされてゐる。この言葉が示す樣に、日本文化に於ては、民族性などといふものは三千年の歷史に於て、何處にも強調されてはゐないのである。最近民族といふことが云はれる樣になつたのは、西歐文化輸入の副產物であつて、日本に關する限り、深い根據をもつてゐるものではないのである。然るに獨逸においては最近民族性といふことを極度に強調してゐる。獨朝鮮に於ても事實はおそらく同樣であらう。

逸に於て、民族性を強調しなければならぬといふことは、かへつて、そこに獨逸文化の最大の弱點をはらんでゐるからであつて、日本に於てもそれを眞似ねばならぬといふ理由は何處にもないのである。即ち獨逸に於ては前大戰の結果に徴しても、國家の最も重大なる時に於て、反國家的な行動をあへてするユダヤ人とその文化とを濃厚に含んで來た國家であるからであつて、眞の國防國家建設の爲には、民族の純粹を維持するといふことが絶對に必要になつて來るのである。日本に於ては獨逸に於けるが如く、ユダヤ人はゐないのであつて、民族といふことを口を大にしてさけぶ必要もないのである。即ち、日本に於ては、肇國の精神に照らして見ても、また、最近の日韓合併の御聖旨に照らして見ても、萬民總て陛下の赤子であつて、獨逸に於けるが如く、ユダヤ的夾雜物の混入する餘地は何處にもないのである。それ故、民族性とか民族の純粹を強調する西歐的な考へかたを日本にもつて來る必要も少しもないのである。

それが日本文化の一つの特徴であるとも云へる。たゞ朝鮮に於て、一部の人達の間にかつて行はれた民族運動などといふものは、日本人にしてほんたうに日本文化を理解せず、西歐的なものゝ考へかたに迷はされてゐたためであつて、（内地に於てもこの時期にはこれに類する例が多かつた）現に朝鮮に於て、ほんたうに完成の域に達し樣としてゐる内鮮一體といふことは、民族を超越して、八紘一宇の大精神を理想させる國初以來の日本の國家秩序の中に、事實上一體として朝鮮の人達の加はつたことを意味するのである。我々はそこに、民族を超越した、もつと壯麗なる秩序のあることを知らねばならない。こゝに、眞に東洋的なる自覺に立つた朝鮮文化があるのである。この際、日本文化建設の一環として、ほんたうの自覺の上に生れた建設的なる詩や小說を書けばいゝのである、ほんたうの自覺の上に生れた朝鮮の土より生れ出づる朝鮮の文化を建設する爲に我々は奮起しなければならぬと思ふ。このことは、我々の前に明かに展開しつゝある東亞新秩序建設の礎石ともなるのである。

文學に志すものは、この自覺をもつて、建設的なる一篇の詩は、百萬千萬の人の心をゆするこにもなるのである。日本文化の一環としての力强き朝鮮の文化建設の爲に、また、東亞文化復興の爲に、朝鮮の人達の間に、雄大なる眞の國民詩、國民文學の生れることを、心から私は待望するものである。

以上

短歌の歴史主義と傳統

末　田　　晃

ひとつの文學なり藝術といふものが、發生した時代性を、亦は時代的現實を超えて、ある永遠なものを指示してゐるところがなければ、それは本當の意味の文學でもないといふことは、眞に偉大なる作品に於いて言はれることでなければならない。然して、それは何時どのやうな時代から顧みられても、充分それに價するだけの存在理由を持つてゐるべきである、

たとへば、短歌に於ける『萬葉集』の存在が、いつの時代に於いても、眞實の文學の誕生としての優れた作品として取りあげられることは、この有力なる證左としてみてよいのではなからうか。もつとも『萬葉集』の存在に對しては、種々の文化的意義の角度から問題視されることも、一つの大きい事實であらう。殊に、けふの動搖の時代、激突の時代にあつて、日本的精神顯現としての母胎的存在として『萬葉の魂への復歸』等が論議されてゐることは周知のことである。が、こゝに注意すべきことは、われわれが『萬葉に還れ』といふことに對して、現時のやうな複雑なる生活的心理に支配されてゐるものが、原始的なる單純なる感情にその憇ひを求めることは決して出來るものではない

我々はひたすらに前進すべきであるといふものゝ愚かな存在である。

萬葉集の作品は、ある意味に於いて確かに單純であり（それによつてこそ純粹であるのだが）多種なる藝術的色彩を缺くものがあるのは、ひとつの世界觀として認めてもよいことであらう。これは萬葉集を敬信するわれわれの感情

—(28)—

には、いさゝかの動搖もないことではあるが、『萬葉集』を餘りに分解的に學的對照としてのみにこねりまはしたものゝ不明の結果として當然の論議が生んだものであつた。亦、所謂無數の知識─それも文字に媒介せられたる─が塵埃のやうに曇つたところの態度によつて、優れたかくれた光にふれやうとすることは、すでに出發點にあつて眞違つてゐたわけである。こゝにも文學的歷史主義者（歷史主義は後述する）の誤謬のみちがあつたのである。更に、前述したところの萬葉に還るといふことが不可能事のやうにおもふものに到つては、飛躍前進せんとする大切なる態勢にあつては、盲目的な言動が如何に危險であるかといふ事實を知らないものである。然して一つの民族的生命が內面的に躍進せんとするに當つて必然的過程として『傳統への復歸』であることを辨へないものであらう。われわれが新しく蘇へることの念情を燃やすことは、すくなくとも自然的原始狀態の段階に後退することが、絕體に必要でなければならない。日本精神、日本的性格等に對する關心が高まるといふことは、常にわれわれを導いて誤らない民族の本能的要求にもとづいたものでなければならない。この意味に於いても『萬葉の魂に還る』ことは、それが崇高であり、優れた文學的展開の源流を通じて表現され培養された生活を有するところの民族に限つてゐる。この自覺的努力が拂はれることによつて。眞の自己を把握し、自己の內部をふかく流れてゐる歷史的生命を見出すといふことは、何も現代文化機構內に、われわれを上代人の生活に還元することを意味するものではないことは明かなことでなければならない。かかる意味に於てのみに『萬葉へ還れ』といふ叫びは首肯されるのであるが、更に『萬葉集』の作品が、時代を超えたところの永遠的の生命を有してゐることは亦、眞に優れた藝術として生きてゐるといふ重大なることも忘却してはいけない。これは文化的狹義のものではなくして、藝術作品としての直接的問題である。

われわれが、けふの大きい歷史的現實のうへに立つて、それは言はれるところの世界史の轉換が加速度に日に日に急潮のながれと共に走馬燈のやうに目まぐるしく移りかはつてゆく時に於いて、混沌たる現代日本社會生活により高く生きることの指導原理たらしめる一つの契機として、上代人の純粹なる思想生活の全姿態の把握にその端緒を見出

さんとする意圖のもとに、古代への復歸が叫ばれることも重要なる意義を有つことは眞違ひないことであらう。然してこの信念の向ふところのものは、世界が新しい秩序を求める時代を切實に要求してゐる時代に轉換せんとしてゐるからである。しかも新しい秩序を來すためには舊いものが破れて何か新しい形が造られてゆかねばならない。即ち創造のみちである。この創造的進展といふことは、われわれが上代への復歸的念情によつて育成されることはすでに述べたところであるが、われわれ日本精神の發現的の根本的なるものは、内面的なるもののおのづからなる明らかなる表現であり、外面的なるものの隱微なる内面化に寄與するものに他ならない。そのための創造のみちに、大きい苦惱があるのでなければ、何のためのものかわけがわからないものがあらう。

このためには、凡ゆる問題が横たはつてゐるであらう。亦かかる要求にともなつて、これまで閑却されがちであつた技術とか實踐とか、あるひはまた構想といふことが種々の方面から文化的にとつて重要なる意義をもたらしてくることは明かである。ところで、この近代的技術とか、新しい形式が生れるとか或は大いなる構想の働きといふものはもとより文化の全面をつつんで世界の新しい秩序に寄與するための創造へのみちに奉仕するものでなければならないのは勿論ではあるが、それより前にあつて、われわれ自からの足場を固める必要がありはしないか。かかる意味に於ける現象に對しては餘りに逃れ過ぎる程説論したのではあるが、この容易なる事理を強ひて忘却せんとするものが案外に多いことを認めないわけにはゆかないのである。

徒らに文化の表面的な變轉の目まぐるしさに眩惑されんとするものの姿を注意する必要がある。われわれの秩序といふものは、その段階といふものは、人間が自らを主かすところの生かし方に對して、先づ傳統の魂に還ることをいふのである。かくてその表現の獨自性はどこまでもそれ自身民族の息吹きによつて啓示するものがなくてはならないのであるがしかし、かかることがまづ最も典型的にそれには種々の文化思想の創造への奉仕はあるのは前述したとほりであるが代表されてゐる領分といへば藝術のそれであり、所謂藝術的創造にこれを求めることが出來、また求めなくてはなら

—(30)—

248　국민시가 國民詩歌

ないのであらう。

『萬葉集』の存在は、實にかかる輝やかしいものであることをわれわれはひたすらなる歡びとするのである。單に古典的なる意義に於いて見られる上代人の美しさをわれわれに教へるにとどまるのであつたならば、『萬葉集』の存在は、普通の文學作品の場合と異なるところはない。『萬葉集』の作品が、われわれの創造へのみちに常に新しい一つの大きい契機によつて富まされてゐることを認めるものにとつてこそ、それが時代を超えたところの永遠性を有してゐると稱さるべきであらう。

現在にまでにあつてわれわれは幾多の萬葉にむかつて挺身的態度のもとに努めた業跡を知つてゐる。が、それがおほむね藝術の根底を貫ぬいてゐる信念が稀薄なやうな憾みがあつたのではないかとおもはれる。文化の形式的範疇にのみにとどまつてゐて、亦は文獻學的線にのみ走つてゐたことは、すくなくとも『萬葉集』の眞の體温にふれて滲透された業跡がすくなくはなかつたのではあるまいか。萬葉集の生命に對して、單なる歷史的展開の鐘を鳴らすのみであり、且つ該博なると言つては妥當ではないが、博學の資料の供給のみに於いて足れりとした感がある。この博學的巣にからまつてしまつては身動きがとれはないのは是非もないことではあるが、かかる如何なるものに對しても耳を塞ぐ結果、一種の無智に近い狀態を呈するる。かかる人々に對してまさしく『それらの人々の前に於ける萬葉集の波打つてゐる生命は一つの深淵が欠伸してゐる』やうなものである。

さて僕は、われわれが『萬葉集の魂への復歸』に於ける强い意力的なる事由を、種々の諸點から考慮してみたわけである。 然して最も大切であることは其の作品の永遠性を認識することであることを述べた。——藝術的立場に於いてのみ——われわれの創造へのみちの母胎的なものとして、また傳統の永遠的生命のながれの源としての新しい意義を明らかにしたわけである。 が、『萬葉集』の作品が全部充實したものと言へないことは餘りにわかりきつたことであ

る。亦、萬葉集の作品がいづれの時代に於いて輝かしい藝術としてとりあつかはれるに到つたかといふことを究明す
ることも、日本文學史の上に於いての大きい命題ではあるが、然しそれは決して『萬葉集』の生命を直接的に感じら
れるのではなく、從つてわれわれの魂にふれることではないのである。容易なる例をあげて言ふならば萬葉集の生命
は大いなる梵鐘のごときものであつて、それを淺くたゝけば淺くひゞき、それを深くたゝけば深くひゞいてくるので
ある。で、われわれはわれわれのこゝろの深さに應じてそのひびきをきゝ得るのである。われわれの生命が無限に深
くなることによつて、萬葉集の無限の深さといふものがわれわれの生命そのものに發現されてくるのである。安價な
る無智的態度によつて、萬葉集にむかつて何の熱情が湧くのであらうか。われわれ無駄に蓄積されたる知識が如何に
無用にして害毒であるかをおもふがよい。萬葉の生命にふれるといふことに、われわれは知識をもつてこれに希む必
要はないのである。

けふの時代にあつて、われわれは餘りにも外的なあらゆる障害を越えてゆくだけの眞の日本的精神に還ると共に、
その生命の原動力であるところの『萬葉集』を確かに把握し、如何にして生くべきかをふりかへらなければならない
そこに何がそもそも出發點であり何を目的とするものであるかと言へば、やはりこの人生の現實を措いて他にその出
發點もなければ發展のみちも目的もないのではあるが『萬葉集』を單なる記述的神話的なものとして取りあげる態度
を持續してゐては、決して現實を強く正しく生きてゆくことは出來ない。何故ならば、偉大なる作品や藝術家が眞に
人間らしく生き拔かうと努める人間の魂をいつまでも深く影響するものを有つてゐるのもそれは現實の努力に徹して
ゐるからである。で、偉大なる作品といふものは、いつでも常にわれわれの現實の努力に媒介となつてくれる存在
でなければならない。『萬葉集』の永遠性といふ意義が、實にこの嚴たる事實を表示してゐるのである。萬葉集は正
に現實に徹したところの藝術であり新鮮にしてつきざる生命の源である。

（未完）

日本的世界觀とその展開

前 川 勘 夫

日本文化の特質は、外國のものを取り入れてこれを攝取吸收する非常にゆたかな包擁力にあるといはれてゐる。これは實際そうであつて、我が國は古く印度及び支那の、近くは歐米の文物を取り入れ、これを悉く消化して己れの血となし、肉となしてゐるのである。こんなことは外國ではめづらしいことであつて、そんな場合外國では必ず反撃とか排斥とかが行はれる、或は征服してしまふか、何れかである。勿論我が國でも、外國のものが入る毎に排斥的な運動が無かつたとは云はれない。しかし大體に於てみな自家藥籠中のものとなして今日に及んでゐるのである。これはともかくも、他國のそれにみられぬ、日本文化の特質であり、大きな長所でもあるのである。

さて、しからばかゝる長所、特質は何處から生れて來たものであらうかといふに、それは日本人の心的素質に、ひろく外國のものをうけ入れるだけの素質があるからであらう。つまり日本人は生來、そんな風にすべてのものを消化し、うけ入れるだけのすぐれた能力とか素質とかいふものをもつてゐるのではあるまいか。しからば此の素質は具體的にいつてどんなものであらうか。普通それは全體的、性情的素質であるといはれてゐる。世上呼んでいふところの連續觀といふものである。

連續觀といふことはこれを平易にいへば、主體と客體、つくるものとつくられるものとの同根性といふことである

—（ 33 ）—

こゝで今くわしくこれについてのべることはゆるされぬが（註一）、その道の立場を取るものは普通古典の中持に古事記の創成期の神話とキリスト教の創成期のそれとを比較することによって説明するのである。即ち今最も概括的にその論旨をいふと、キリスト教では世界の外に神があり、これが天と地と人とを作つた、従つて神と天地人・造物並に被造物とは媒介されてゐない。しかるに日本の創造説はもと主體が客體をつくるのでなく、生むのである。生むといふことはしかしその背後にこれを包むところの大きな力を豫想せねばならぬ。この大いなる力によつて二つのものか生れて来るのである。従つて主體と客體、つくるものとつくられるものとは本來連續してゐる、といふのである。

これが連續觀説のもつとも一般的な骨子であるが、古事記の原典でいふならば、創造のありさまを『くらげなすたゞよへる時に葦牙の如くもえ出づるものに因つて』といふことで、従つて生むこと修理であつて、決して西歐式な生産ではないのである。あつさり云へば、キリスト教の考へ方は主體と客體、つくるものとつくられるものとを分つ、しかるに日本のそれは未分のものから二つのものが出て来たといふやうに考へるのである。西歐の世界觀では所謂能産的自然と所産的自然といふ別があり、どこまでも知的分析的である。しかるに日本に於てはかゝる別がなく、根本的には情的綜合的である。そして、かく主體と客體とが、同一の根源から出てゐる、従つて如何なるものも自己の根底にあつたものであり、知られざるはなかつたものであり、こゝにかの重層的な、すべてのものへの受容性とか外國文物への寬恊性とか理解力といつたものが考へられる、といふのが連續觀説の根本である。

註一　連續觀説の代表の一人として田中晃氏『日本的世界觀としての連續觀』をあげることが出来る。ついで乍ら氏の考へ方は仲々の美文の割りには未熟であり偏つてゐることは、以下私が詳細に批判のとほりである。就中發展とか伸展の傾向にある日本文化といふものを自に入れるとき、氏の考へ方はあまりに回顧的、保安的なのである。

さて、此の説明はまことに適切なものであつて、就中受納性のすぐれた日本文化の一面といふものをよく説明してくれるのである。多くの人々により殆んど無條件的に通用してゐる所以である。併し乍ら私はこれについて、ひとつの根本的な疑義を提出したいのである。斯くの如き素質のみにてこの現象が充分に説明されるか否かといふことであ

る。私が通説についてもつとも恐れるところは、所謂科學に對する受納性といふものが如何にして説明されるかといふことと、日本文化がもつものすごい發展力、建設的意思といふものをどうしてみちびき出すかといふことである。つまり合理的思惟と建設的意思についてである。私の考へ方では、この二つのものは凡ゆる眞の發展的な、すぐれた文化に固有のものであり、そして日本文化に於てそういふ契機があると考へてゐるのである、今かりに科學といふのは、實證科學は勿論、社會科學精神科學をも包含した廣義の合理的思惟といふと、これはヘーゲルなどが客觀的精神となしてゐるものでもいゝ、わかりやすいやうに、社會的なものをとつていふと、これは人間的なるものであれば客觀的精神と説明されるのであり、媒介性を要せぬ直接的精神とは縁なきものである。凡そ人間的なるものであれば連續觀から説明されるであらうが、しかし、連續しないものもあることを知らねばならぬのである。といつても、われわれは絶對的に連續しないものがあるといふのではないこと勿論である。しかも古來日本人は理知的なもの、客觀的なものを多分にうけ入れてゐたのである。佛教しかり、印度哲學しかり、儒教しかりである。とはいへ、これによつて骨拔きにされたのでは決してない。日本化されて本來の合理性を止揚されて情的になつた。勿論これらのものも一旦日本へ入つて來ると、日本人のとり入れ方がさうである。西矢張一つの思想として殘つたのである。殊に明治維新以來の、外國文化に對する日本の、歐のものをあれほど取入れて、これを自家藥籠中のものとなしたあの迫力と力强さ。御承知のとほり西歐の文物は合理的實證的である。してみればこれは單に情的にのみ説明しえぬ何ものかがあるのではあるまいか。これにはたくましい、しかもふかい知が考へられねばならぬであらう。又更に、ひとつの强い意志といふものも考へなければならない建設と構成は意志である。日本人の近代の飛躍はこの二つのものがあることによつてよりよく説明されるものではあるまいか。ともかく、日本人にはある特殊な知と意志とがあり、そんなものがあつたなればこそ、文化の消化といふことも可能であつたのである。私は以下かゝる見地から日本文化といふものをみてゆき、その世界觀の特質を考究してみたいと思ふ。申すまでもなく、最近日本的なるものの研究は大いに盛になつ

—(35)—

た。しかし作らそれは多く連續觀中心の、何れかといへば回顧的、保守的な面を中心としたものである。われわれは

もつと、たくましく生きたものを知りたいのである。そして今こそそんな研究が要求されてゐるのではあるまいか。

我々は今大きく飛躍しようとしてゐる。東亞の日本から世界の日本たらんとしてゐる。世界歴史にかつてないあたら

しき文化を建設せんとしてゐるのである。してみれば、われわれは、ひろびろとしたもの、高く大いなるものに目を

そゝぐことが必要なのではあるまいか。ともかくもこんな考から日本文化とか日本的世界觀といつたものをみてゆき

たいと思ふ。

註二　知性といふ語を私は用ひたくない。フランス的透徹的な心的態度と同一視される恐れがあるからである。

二

かくいへばしかし、人々は直ちに私の見解をもつてゆきすぎであるといふであらう。由來多くの日本文化論は、日

本文化をもつて感性の文化であつて、知や意志の文化ではないといふことに一致してゐるやうである。事實日本文化

を大觀するとき、就中知的な要素は容易に見あたらぬのである。古來日本には自然科學もなければ社會科學もなかつ

た。社會科學についていへば、例へば、江戸の末期の町人といふものが出來た、しかしこれを説明する科學となかつ

のは生れなかつたことは御承知のとほりである。何よりもしかし文學がこのことを雄辯にかたつてゐるであらう。日

本の文學は古來最も情的であり、反知的でもある。御存じのとほり、日本文學の主潮をなすものは和歌、俳句、

隨筆の類、就中和歌の如き短詩型抒情詩である。又長篇ものにしても、そこに一定の構成がない（註三）のである。

そしてまた、その中に一定のテオリアがない。かの源氏物語にしても、よくいはれてゐるやうに、構成をもつた長篇

ではなく、さながら部分々々をつなぎ合せて出來た繪卷物で、そこに世界觀といはれるものがない。かやうな點から

いへば、日本文學には學的要素が乏しいのであつて、私見への異論も尤もなことである。

註三　かくいつたからとて、私ばかの高踏的な、超民族主義的な藤本氏の見地には全く同感し得ぬことは以下展開されるとほりである。

併し乍ら此處に注意すべきは知の意義である。知とは何ぞや、いろいろの定義が下されるであらうが、知とは要するにものを他のものとの連關に於いてみる、つまり全體といふものゝ中でみるといふことである。語をかへていへば抽象化といふことである。法則とか一般性といふことをみることである。これは知の通常觀念であり、西歐的意義の知である。さて、申すでもなく、かゝる意味の純粹知といふものは我が國には乏しいのである。それは主として西歐的のものであり、日本にすれば近代に於いてのみあるところのものである。

では日本に於て知といふものは全くなかつたか、といふに私は決してそうでないと思ふ。勿論今申したやうな意味の知はなかつた。しかしもつと外の知があつたのである。それについて論ずることが私の主旨であるが、まづ實例をもつてしめしたい。

これは三枝氏の『日本の思想文化』といふ本にあるものであるが、芭蕉の句にそれが最もあると思ふのである。
　むざんやな甲の下のきりぎりす

かういふ巾のある句は一寸まれではある。きりぎりすが歌はれてゐるのか、甲が歌はれてゐるのか、甲の下でなくきりぎりすはあはれな存在である。しかしその上にある甲はもつとあはれではあるまいか。昔はなやかなりし武士のものもあはれ一個の古びた甲となつてよこたはつてゐるといふのである。人間といつてもまことにあはれなものである。と共にこの小動物も又かよはいものであらう。脊髓のないこの動物、それが甲の下で歴せられてゐるやうにないてゐるといふめづらしく巾のひろい知的な句である。哲學的人生觀も社會觀も入つてゐると思ふのである。

　夏草や兵どもが夢のあと
　旅にやんで夢は枯野をかけめぐる
あまり有名である。中に歷史もあり、自然もあり、實にこれらのものが一體となつて、まことに永久の世界をつくつてゐるのである。

—(37)—

さてこれらの句にうたはれてゐるところは個物である。しかもそこに何とひろく深く高い知があることか、この知を私は究めたいと思ふのである。私見をいへばこれらの知は眞に復雑で、いつてみれば皺の多い知である。抽象といふことを含んでゐながら、しかもそれを少しも外に出さぬ、いはゞ即自→對自→即自對自とゆくところを對自をこほりこして一ぺんに即自且對自となりしかも對自を含んでゐるやうな知ではあるまいか。普通これらの知はあつさりとあつかはれてをり、情の一つの形態とされてゐる。

（さび）（しほり）といへば何だかよほいかれたものゝやうに思はれる。しかしそれは存外強靱でねばりと彈力のある知ではあるまいか、さてこれらの知が主として生活にあらはれた場合、人はこれを感覺といつてゐる。或は所謂勘とよばれる。ついてはこれについて、若干説明したいと思ふ。通例日本人の文化は最も生活的であるといはれてゐる。

生活的といふことにはいろ〳〵の意味があるが日本人の場合それは個物をはなれぬといふこと即ち抽象的でないといふことである。日本人の生活をみると全く個物の中にうづもれてゐるやうである。例へばものゝ數へ方でいふと一人・一四・一反・一甚・一科・一流・一足・一俵・一山・一册・一枚・一本・一箱・一通・とある。この接觸の仕方は實にものによつて規定されたものである。まさに物の海ではあるまいか、それから又一例食ひものといふ動詞についていふとたべる、くふ、いただく、めす、おす、とる、かぶる實に多様である。これは主として食ひものの多いこと從つてこれに對する動作の多い爲である。さてかゝるところをみると日本人はまさにものに驅使され飜弄されてゐるのではないかと思はれるが、しかし事實は決してそうでない。大抵の民族であれば、いさゝか閉口するところであらう。しかし日本人はこれに參らぬのみか、たくみに處理したのである。この處理の方法の中に抽象化しないで處理するといふ方法があることに思を及ぼす必要がある

人はともすれば、それを如何にもたやすい事に考へる。しかしそれはそんな生やさしいものではなく内に幾多の制

斷力と識別力とをもつた、僅少ながら強報なる天性ではあるまいか、表面如何にも直感的な如何にも弱いものと思はれがちであるが、しかし事實は全く反對である。これだけのものを處理する知は實にやさしいものではない。今日我々の立つた周圍をみまはすと、我々の生活樣式は實に多樣である。食については和洋支、住については和洋があり、衣についても同樣である。しかもこのものの中には互に反撥し合ふものさへある。しかも日本人はちやんとこれを處理してあやまりがない。

かくみてくれば日本人の知性は非常にふかく腹と深みをそなへたものといはねばならぬ。話は少しとぶが今日本は支那といふ大國を相手に大事業に取かつてゐる。にもかゝはらず國内は意外に冷靜で困亂のないことはひとり外國人のみでなく我々日本人自身すらも自らあやしむ程である。又外交といひ政治といひ經濟といひ外面の日本は正には案外平和で俳句もつくられるほどの、めまぐるしい程のいそがしさと活動とをしてゐる。にもかゝはらず内面は案外平和で俳句もつくられる。これはそもそも何によるものであるか。思ふに靜かなしかし力強い、おちついたしかし複雜な知性があるからではないだらうか、外に比してはるかに力強い深い知性、いかなる事柄にもあはてぬ用意の出來た無限の力をたゝへた知性、この心があればこそ、かく外面に於て活動が出來たのではないだらうか。私はさびとかあはれとかいつても決して老衰したものではないと思ふ。ここで、長い間保留してゐた意志のことを附加したいが要するにそれは意志的な知性でもある。日本人の場合、知と同時に意志が知と不即不離に存在してゐるのである。いささか日本的な言方をすれば言あげぬ知は最も力にみちた知であらう。これを要するに日本人にはかく深い知と意志があり故に初めて外國文化の吸收といふことも可能であつたと私は思ふのである。印度、支那の文化を入れ西歐の科學をもいれて、今日の如き長足の進步をなしたことは一にこれを消化するかゝる知的能力があつたがためである。そしてこの能力は私をして云はしむれば正に抽象知を含むところの知である。勿論そこに直感的な情的な基礎が全然なかりし故に初めて外國文化の吸收といふことも可能であつたと私は思ふのである。しかし自己の生活を處理し、世界をまとめあげたところの知は日本人の場合、純粹科學とはつたといふのではない。

いひ得ぬまでもそれに類するところの複雑なる一種の知性であつたと思ふのである。斯樣なことは從來人々によつて
あまり注目されてゐなかつたのであるが、しかし私はこれを考へることが必要であると思ふ。

ともかくも私は通説に反し日本人には知性が充分にあつたのだと主張したい。しからばそれはどこから生れてきた
のであるか、生得的なものであるか、後天的なものであるか、正直にいつて私はまだそこまで研究してゐないので確
固たることを斷定する勇氣をもたない。もつとも漠然とした考をのぶれば、元來日本人は知的な北方民族に屬すると
いふのである。それも一つの原因であらう。又古代の日本は豐葦原瑞穗國などといつて、天產にめぐまれた國の如く
いはれてゐるがしかし事實は全くの荒地でここに移住した先史日本人はそこから米をつくることになやんだのでは
ないかと思ふ。そういふ後天的な勞苦があづかつて力あつたのであらう。しかしこれはたゞの憶測でしかない。

三

私の論旨は大體終つたやうである。しかしまだその前殻しか終つてゐない。この歷史的考想から更にすゝめてこれ
がとるべき方向を示さねばならぬ。しかしともかくも日本の知性は大いなるものゝひらいたものではない。ちゞめら
れおしつめられたものである。決してのびきつた大らかなものではない。しかしいふまでもなく今後の日本は飛躍す
べき日本、膨脹すべき日本である。してみれば知を大いに擴張し、存分にはたらかしめるものであることが必要なの
ではあるまいか、又意思についていへば殊更小さい特殊な世界にのみむかつてゐたやうである。これを大いに擴張し
て存分に伸ばすことも必要ではあるまいか。ついては私は日本人の知や意志がどうしてそのやうになつたか、又これ
を改ためるにはどうすればよいか、といふことについて若干述べてみたい。

これについて通例考へられてゐるところは自然の影響である。御存じの通り日本の自然は支那などの大陸的自然と
違つて小さく且溫和である。從つて人間はこの自然に溺れてこれを研究したり解剖したりすることがない、これ日本
人の知に感情的な特質、所謂小型といふ結果を齎らした所以である。

—(40)—

然しながら私見によれば、これにはもつと深い他の原因がある様に思ふ。それは社會的な原因である。御存じの通り日本は島國であり、いはば擂鉢の底も同然の國柄である。人間も勢ひ狭くならざるを得ぬ。本來日本は大體に於いて國家的の生活をなしてゐて戰爭とか爭ひといふことはまれであつた。尤も例外はあり戰國時代もあつたけれども戰に始まり戰に終つた支那などに比すれば大いなる相違である。抑ゝ國家本位、團體本位のところでは批制とか比較とかいふことがない。大陸であれば個人主義が出來、國際主義が出來る。つまり合理主義が基本となるであらう。しかし狭い島國ではすべてが肯定であり是認である。こんな事情が即ち日本人に抽象力を與へなかつた最大の理由であると思ふのである。ひとり社會科學ばかりではない、自然科學の生れなかつたのもこんなところにあるのである。

さてしかし現今は、かく特色づけられたところの日本の環境も大部變つてきた。今次聖戰を契機として我々は大發展をなし遂げるのである。自然といふものも今ではすでにひとり大陸のみならず又ひとり東洋のみならずひろく全世界を對象とすることになつたことは御存じの通りである。又社會構成、これが變つてきたのである。ひとり古代の感情のみの世界ではない。ひろく産業、經濟、技術といつた近代的なものを加へた全く東西を結合したところの社會となつた。今や封建制は一掃され、世界史の大舞臺に飛出したのである。

さてかゝるミリウのもとにあつては知性も變化せざるを得ぬであらう。すでにこの色彩は明治維新以來急激な長所をもつてあらはれ、滔々たる勢となつてゐることは御存じの通りである。これを歎げく人もあるであらう。世の末さなす人もあるであらう。しかしながら我國はひとりそんな小さな感情、つまらぬ回顧にふけつてゐる時ではない。む

かくあればこそ我々は支那や印度にもまして今日强くなつてゐるのである。かくあつたればこそ我々は今東亞におwh\いてさかへてゐるのである。ここに今次事變及第二次ヨーロッパ大戰は我が國に眞に大いなる文化的責務を負はじめたものであつて。新たる世界文化の創造者となること、それである。この爲には我々は千年の將來をおもつて、新しき日本文化の建設の爲に立ねばならぬ。それには何よりも强固にして雄大なる構想を必要とする。今日の我々に負はされてゐる責務は實に重大である。

（丁）

山水のひかりかがやき御神靈ここにあかるく鎮座まします
夏山にひびきて雑木を伐る音のただひとつのみに汗はたりつつ
ほしいままにいまはあゆめる山河にこころかすけし遠き代のくに
伐採の勤勞奉仕にまじりたる少年の一隊をわれはまもりき
大き庭あゆめるごとし山のうへに松あり梅植ゑ石碑たちて
たたかへる時代にありてしづかなるみ山に汗たる勤勞奉仕隊
百濟の都ほろびし遠き代のなげきは生きむいまいしずゑに
やがて足ふまれぬ神域の山なかに缺けたる瓦類いくたびかひろふ

末田　晃

○

中原に作戰起りていくにちは心ほのぼの鄉愁の如しも（中原は曾て我の戰場なり）
静かなる巷行きつつ想念は山谷を越え地隙行き突擊に又も
稜線へ消え行く兵の隊列があかときの夢に入りてやますずも
敵百千殲滅なりし〇〇村は戸數十あまりと思ひてはかなし
『不陸突入』の新聞の活字凝視りつつ兵隊の聲が聞えてならず
齷齪きて戎衣はま白くなりしこと人に說きつつ更に思ほゆ

渡邊　陽平

○

肇國の大き歷史をもたざればいとやすげにも兵を動かす（歐洲近狀）
科學獨乙の精緻を練りて戰へばスターリンラインは空しきに似む

常岡　一幸

—(42)—

二千六百年を祖宗に承けし皇國のうごきおのづからおごそかなれや

ゆきてはやかへすすべなき國のさだめ担ふ大臣に信念はあれ

來らざるを恃むことなく備へあるを恃めと貢らす言のよろしさ（海相談演）

○

諸木々の若葉のさやぎひそかなる溪沿ひのみちを日向に出でぬ

西空に刷かれしごときひとひらの茜雲ありきみ召されたる（山下奉昭君）

對岸の滿洲國の山肌は色赭さかも朝曇りつつ

雨はれて朝しづかなる山の樹林さやぐともせず息づくごとし

○

港口を大道ゆくごとくためらはず連絡船の巨體入り來ぬ（釜山にて）

對島より吹き寄る霧のうごくより牧の大島しばしかくれぬ

荒濤のしぶくが中にいとたれて魚釣る人のかまへゆゆしも（釜山郊外松臺車にて）

白なみの疊みて寄する沖はるか目にいたき程小さく船ゆく

雜木々の重なる中に東萊の溫泉町は寂びて並べり（東萊にて）

美島梨雨

今府劉一

○

慶州夏日

道に近き豆畑なかの巨石群は伽藍莊嚴を極めし寺址か

薄暗き氷室の跡におりたてば尿のにほひのかすかにするも

疲れ着きし山のホテルの夕光に白き芍藥を吾は愛づるも

自動車の頭光に追はれし野兎はしばらく走り外れてゆきたる

海印三郎

—（ 43 ）—

○　　岩坪巖

偃松の地帶は盡きておのづから石塊のなかに徑はつづけり（金剛山）
越えて來し低山並の果て遠くまぎれぬ海のいろをなつかしむ
朝食を終へて二階にあがりくれば北の方より霽れんとすらし
トラックに怯ゆる馬を馭しかねて兵は下馬して道をゆづりぬ
辯明も甲斐なしとみてすでに冷えし茶をのみほしぬ心昂り
月明か黎明かの區別つきがたくめざめてゐしはいくほどもなく
締切の迫りし一日萬葉集索引を借りに妻を驅らす

○　　山下智

新京、白山公園

眼したのひろき芝生のひろごりて緣ごる如き樹林に至る
なだれゆく斜面のすそのうちひらけ蒲公英群生す樹林を前に
テニス終りて女ら歸る公園の綠蔭にしてたそがれ深し
みちぞひの公園ひくくひと居らぬ芝生の上にりら咲きてをり
同治街落つるなかごに新しく中華大使館五色旗ひるがへす
ゆるやかに坦らのみちの起き伏せば公館並めてみどりぞ茂る
みどり垂るるかげにアパートたちならびゆけばかならず窓にひとある（白山住宅）
四線の並樹ゆたけくわたるかぜ興安大路をますぐに見透す
ビル、ビルの屋根に夕雲たむろして興安大路に陽は沈むなり
夜深く開き居る店のアルメニア露西亞紅茶の熱きを飲むも

中洲にもおほかた水は及びつゝ松花江いま東へ流る（松花江）

船體のうすくろみし輪船が河中に泊て動くともなし

此の國の民となり經て一年や吾れもやうやく國歌を歌ふ（皇帝陛下訪日回鑾訓話紀念日五月二日）

帝室にかゝはる言葉の折々に姿勢を正す日滿學徒（奥長訓話）

日滿の國旗に向ひ日滿の學徒七百最敬禮す

南窓の廣らなるこの講堂に學徒は歌ふ日滿國歌（天長節に）

七百に余る學徒が集ひして天長節を壽ぎ奉る

藤原正義

〇

奈良遊草

生駒山出づれば既に奈良とおもふ雲の光もしむばかりなり

のぼりゆく奥山道の木の間より高圓山は見えかくれつゝ

若草の山のなだりは曇り日の光となりて啼きしきる鳥

若草山のいただきにして見はるかす大和國原は梅雨雲のなかに

過ぎし世の都もかくてありけらし梅雨曇り日の光しづけく

山崎光利

〇

啼き上る小鳥の聲の明るくて日光やはらかき春となりゆく

土の匂ひ風と吹きくる春の野に野薔薇は紅くめぶきゐにけり

何をかをむさぼる如く渇望し雲雀なきおつ野邊にいで來ぬ

白雲よみどりの色よ野邊に來て繪具なき匂をかざし心地す

七色の光たち上る春の野に想念あをく遍ひてひろがる

伊藤田鶴

—（ 4 5 ）—

中指の先をかすかに頬にふれて百濟觀世音の半跏の御像

金銅の御像美くし百濟觀世音御手の先を頬にふれておはす

つく熟と物もひ給ふみ姿か中らの指を頬にふれゐます

瀬戸由雄

○

物と金と日本魂の尊さが此聖戰にはつきりとせり

天照す神の御教へひた守るすめら御國の道はかしこき

國をあげすめらみいくさつぎて征けど大天地はしづけかりけり

大東亞の建設成りてゆるがざる時にてる日の日のみかげ見ゆ

坂元重晴

○

東亞共榮圏の盟主日本の底力大陸に海に伸びてやまざる

來るべき次代を思ふしたごころ應されるごとき思ひに堪ふる

糧穀増産の大き對象として半島の農事はすでに軌道に乗りぬ

日高一雄

○

赤土蒼生　（しやくどそうせい）

ふるさとに住みしよりながくなりにけり半島にわがいのち果つべし

ふるさとにひとりのこせる母なれば氣にかかることのこのごろ多き

遊びてはすまぬとぞ云ひてこの秋も養蠶ひ暮すと母の文來ぬ

道久良

熟田津に船乗せむと月待てば潮もかなひぬ今は榜ぎ出でな

齊明天皇御身親らはるばると九州の地に進ませ給ふ

百濟救援のおほみ軍を統べますと船出し給ひし御歌ぞこれ

女性におはす玉體を進められいくばくもなく崩御し給ふ

大陸の御經營の御爲にみ命は邊土の土に神去りましし

大陸の文化をわれに傳へたる母なる邦もつぎて亡びぬ

百濟亡びて大陸の經營は頓挫せり千三百年の時流れたり

……………………

恍惚とわれは見てをり千年の昔に父祖の見入りけむもの

おどろきて遠き父祖らも寄りにけむ百濟のたくみ云ひ難くよき

……………………

半島の地をゆるがせて軍用列車砲重々と西にむかへり

大陸にむかふわが百萬のみ軍は夜を日をつぎて西にむかへり

新しき秩序の爲に征くみいくさ人はおのづから旗をふりける

正しくも人らは立てり千年の歴史のとよみいま卒けく

國民學校の門にゐ並ぶ幼らの清純にして健けき見よ

この子らの育ちゆく日ぞ蒼茫と若きいのちは赤土をおほふ

山ゆかば草むすかばね大君のみ民の幸は赤土をおほふ

一億の民立ちしときあきらけく亞細亞の朝は明けそめしなり

臣　道

上田　忠男

方向はきまつた。　さあこの厚い胸と太い脛を使つて
呉れ。　いま輝しい歴史の大道を縫ふて　ぼくの肋
にまとふスフの肌衣は　ひらひらとはためく旗とな
り　滾々と天にかはす風脈となるのだ。

それらの風の流れは　　澎湃と一點に息づまりやみが
たい方面へつんざけやうとする。
それらの精神の流れは蕭々と東洋を超え緯度を越え
ひとりの裔の光榮をうたはふとする。
たとへば劫初より秋冬をさみだれる瀝青のごとく。
たとへば大陸に深く軌跡を刻む鐵體のごとく。
けふのやうにあすもまたあらねばならぬ。

ひそかにかゝる感激を臣道とたのみ　ひしひしと押
迫せる巨大な力動を背に負ふてぼくは叫けぶ。耐へ
よ耐へよ日本のスフのごとく。
かつてこの布に顔あからめた國民の抒情のうたごゑ
に汚された道を　いまきびしい國家の意志が行く。
しかも新しい怒りの方位へ　地殼のつくる起伏につ
れて忠誠をうけつぐものゝ激情の歌は行く。

越えてゆかねばならぬ時代の胸壁を攀ぢ　天來につ
きかゝるはげしいのちに肯て　ぼくの肌衣はひよ
う〳〵と風を巻いてゐるのだ。
さうだ。　きみはこのやうな神話をきいたことがある
か。あゝ　日章旗さへもスフでつくられるけふのあ
つたことを。

旅 の 感 懷

今川　卓三

鐵路と船路と更に鐵路と
いやます旅の想ひを運んで

—(4 8)—

任地に繋ぐ支線の驛の待合室で
青年は手帳に書きとゞめた
──山々は綠に包まれ
見渡す限り田園は展け
内地と變らぬ農民の營み
──けれど部落の家々は
養豚の異臭に醱酵した半島と
評した外國人の誤謬が
笑つてだけでは濟まされない
子供を抱いてゐるとも思へない
貪婪な食慾と粗暴な步行
──何氣ない視線に映つた野性的な素描

マクワウリに齧りつき吐き散らし
その上からボロ布を巻きつけ
脇腹へ乳呑兒を縛りつけ
本能的な母性の愛情は疑へないが
誇りも恥もない盲愛だけが
次代を背負ふ乳呑兒を
すこやかに逞しく育むであらうか
──こゝに來たことを後悔はすまい
道はこゝから通じてゐるのだ

汽車は銳く警笛を鳴らし
いくつかの閑散な驛路を辿つて行つた

驛頭譜

尼ヶ崎豊

光榮の完全軍装に飾身して
そは歷程を羽搏く鷲の化身か
廣き肩
炯々たる瞳

沸き騰る感激の坩堝に立つ
凛々しき貌

噫　地軸をゆする歡呼の嵐に
征途の空を睨みて默す

[영인] 國民詩歌 九月號(創刊號)　229

決意の勇士よ

いまぞ　聆け　この嵐の央に

大いなる祖先の聲を

肇國の神の啓示を

慰問袋にそえて

柴田　智多子

ある日香志日と私は橡側でお晝飯を喰べなからお
話しました。

『香志日はまだ子供で何のお仕事も出來ないけれど
毎日頂く御飯やお茶を殘さすおいしくたべなさい。そ
して強い元氣な子供になることが一番よいお仕事で
すよ。御飯やお茶を殘さすたべたら御褒美に貯金箱に
お金を入れてあげませう。そのお金が澤山になつたら
慰問袋つくつて兵隊さんにお送りしませう』

香志日は目を輝かせて指切りしました。大好きな兵
隊さんに自分の好きなものをつめて　慰問袋をおくるこ

兵隊さん

慰問袋をお送りします。つゝましく稚い品々を入れた
この包には五つになる吾子香志日の心をこめました。

とのよろこび――

そしてその日から香志日の精進がはじまりました。
元氣よくたべられる日もありました。殘したい日もあ
りました。どうしても食べたくない日もありました。
けれど、約束の前に幼い子供はせつない努力をつゞけ
貯金箱の重くなる頃は食事を殘さすたべるよい習慣
がつきました。

折紙、クレヨン、お人形、うつしゑ、ハーモニカ、
キャラメル、ビーチ……

香志日は幾度もその品々に手をふれてみます。そして
すでに心に夢の花々をひらかせて私に語ります『兵隊
さんが支那の子供たちと ゐを描いたり、うつしゑした
りすると いゝわね。それからハーモニカ吹いてみんな
でうた歌ふでせうね』

兵隊さん

私はこの慰問袋を縫ひ乍らいろ／＼な感謝の思ひ
に頭が下ります。長い戦時の年月をへても尚私共は
安らかにゐられてかうして慰問袋をつくり、幼い者の
心にさへ湧きあがる兵隊さんへの感謝の心などを思
ふと有難い國に生れたよろこびにしみぐ＼と心が濡
れて参ります。

兵隊さん

香志日のお父さんは慰問袋の表に『子供好きな兵隊
さんへ』と書きました。慰問袋が子供好きな兵隊さん
に渡る様に祈ります。子供のある兵隊さんに届くやう
にと念じます。この玩具をつめた慰問袋の心も、子供
のひたむきな努力精進の姿も、手にとるやうにわかつ
て頂けると思ひます。

兵隊さん

戦塲のひとゝきを、せめて香志日と同じ五つの稚い
日にかへつて、折紙を折り、ばればれと大陸の空にハ
ーモニカを吹き鳴らして下さいませ。

羞恥なき詩人

島居 ふみ

まこと偉大なる詩人の出現こそ久しき待望！

安價なる感傷に溺れ
取るに足らぬ感懐を虚飾し修正し
吾こそ詩人！と青白く取澄ます人の多さよ

言靈の幸ふ御國の
こよなくも美しき數々の言の葉を

歪め汚して尚も悔ひぬ

おほらけく美しき古き傳統と
脈打つ情ひそめし御國言葉を
ゆたけく直き心のまゝに使ひなし
民草の心を澄ませる詩はなきや

そゝけ立ち荒ぶれ行く想ひを

─（51）─

素直なる心にうちかへし
苦しみにも哀しみにも

搖ぎなき強さを與へる
あゝ！　崇高き詩はなきや

道

安　部　一　郎

朝、海は音なく、毎日ひそかに靑んでゐる。私は、毎日この靜かな海のやうに心たのしく冬枯れの海に沿つて役所に通ふ。こつゝゝと靴裏に生地のまゝの土を踏みしめ、これからは老人への道を步くゝゝゝ。私には妻はない。そして可愛い子供も。私はまだ三十路前である。この海の邊の町に生れ育ち、少年になつた頃ひとり出て、都會の舗石道を淋しく步いた。それは海のない生活であつた。父や母が戀しくなると、よく品川までいつて海をみた。御台塲の海は塵が浮び油が流れ汚いのであつたが、それでも父母のゐる町を思ひ出させる潮の香がした。それからは京城にも住つた。この山に圍まれた舊い都では山岳の胎内に瞳をぬくゝゝとこもらせることを知つた。海は全く忘れ果てゝゐた。

私は私の放浪性を遂に傷心の屈原と倣した。また滿洲の曠野にも住んだ。太陽が繪のやうに妄もつた赤い夕陽に、ひとゝを思つて心を搔き亂したりした。それ

に私の佇立つてゐる野には海も山もなかつた。たゞ黑い土が意思遅しく冬のしばしの屈辱に澁りを靜かに包んでゐた。白い雪が降り、堅く冰つた野面には舟が浮んでゐるやうに、目路のあちこちに寝棺が臥てゐた。步いて近寄れば、紅、靑の彩色は色褪せ、この単一な山も海もない廣い野に、土に生れ土と鬪ひ土に歸つた人の骸骨が、白々と浮き出し、眼窩は黝く天の一方を睨んでゐた。

私は遂に知つた。自ら屈原とは倣してはゐるが、屈原を嗤へその屍は、また屈原自身であつたのだと――。身を沒すことの手易さの爲、酒を飲み、私は既にこゝ滿洲に墜ちてゐた。私は私を運び上げるため心に鯉を飼つた。それが今こゝに海に沿つた道を步かせてゐる。

私はこれから老人への道を步く。老人への道は遙に遠い。私は毎日、まだ誰とも知らぬ妻を想ひ、子を想ひ毎日あきれることを知らない。海が日に大きな呼吸を何

―（52）―

時知らぬ間にする如く、私は毎日この海に沿つて歩き
この夢想をたのしむ。私はいまはひとりである。この
靜かな生活が老人へ眞直ぐ通つてゐるとしても、これ

があながち、今、またこれから眞に老人のこゝろであ
ることではない。私はこの日頃歸りきて、この生れ育
つた町で、ひとり樂しいのだ。

煙　草

森　田　匡　一

ぼくはいまニイキャスルの罐入をもつてゐる
青いラヴェルに記された英國製の文字が
ひどく印象的に身に迫つてくる
ながい旅路において
ドーヴァーだとか印度洋とか
モンスウーンだとか港の荷役とか
この煙草はいろんな風景と人種をみて來たらう

夜の波濤を舷側に感じ
水夫たちの白いセイラアの影翳を追ひ
ホリゾンの彼方に旅愁を求める旅人を眺め
雜沓と混亂を齎すバンカア作業を經て
つゝましく飾られたウィンドウから拾ひ上げられた

いま　ラトビアや白ロシア

そしてウクライナまで兵燹の香はみちてゐる
ナルヴィクの殲滅戰に散つた英國兵たち
霧のロンドンを彷徨するアングロの民たち
そこでもこの煙草はいろんな歴史をみて來た

窓外には七月の微風がふき
揚柳が濡髮のやうに流れてゐる
ぼくは煙草の一本をとり出して口に啣へる
朝鮮製のマッチに點火して
氣流のやうに漂ふその揺影に
倫敦塔の陰氣な襞や
バッキンガムの爆碎された庭々を想ふ

この罐はかつて戰場にあつたとき
北京の煙草屋の軒から求めたものだ

戦場の激情を記憶にとゞめるため
そしてあの北海の風景を想ひ出すよすがのため
大切に机の抽出の中にある

だけどこのスリイキヤスルが
朝鮮と偸敦で同じ紫煙をあげてゐるやうとは

　　　海

彼の遠き海のけじめに
白雲の躍るを見れば
幼き頃の思出の扉は開く

朝まだき潮につかりて
輝けく燃ゆる陽光に
水面ゆく勇魚を捕らへり

陽の高く中天に懸れば
緑陰に凉をとりつゝ

　　　光崎　檢校

　　　　――秋嵐の曲に寄せて――

鳰の海夕浪千鳥竹生島

心あはれに音もうすれ

海邊になく鷗の聲に
心地よき熟睡結べり

幼き頃のたそがれの夢こそ良けれ
いと高き砂丘のほとり
友ごちの寄りて遊べる
かぐほしき生命のうたげ
あゝ思出は漁火のまたゝく如し

　　　杉　本　長　夫

　　　田　中　初　夫

月の光の青ければ
吹く秋風におのづから心も冴えて
彈き出づる箏の曲

光崎檢校は靜かに心を澄ませる
――八橋檢校が箏の組十三曲を作つてから
隨分澤山の組曲が出來た
それらの曲は汀に寄せる波の様に
いつも私の胸の中をゆすつて去來してゐる

光崎檢校は遠い比良の峰を見遣る
――六十年前
安村檢校は飛燕の曲をつくつて以後
組物の作曲は禁ずることにされた
さうして箏曲は三絃合奏樂に墮ちてしまつたの
である

光崎檢校は胸を抑へて心音を聽く
――三絃の隨伴から脱し八橋檢校の昔にかへつて
箏の獨奏曲をつくらなくてはならぬ

これが箏曲の眞に行くべき道ではないか

光崎檢校はじつと空の向ふを見つめて口吟む
――唐詩長恨歌を日本に移した蒔田雲所の歌詞は
秋風に空しく散つた揚貴妃の涙に濡れ
旅寢の空に蹄の塵を吹く風の音の　悲しさに滿ち
てゐる

光崎檢校はやをら箏に手をふれる
――一と二の絃がチヤンと彈かれると
悲傷の秋風がひゞき起り
竹生島明神の境内の木々の葉ははらはらと落ち
階近い蓬生に露はしげく凝りわたる

光崎檢校は月の光をふりかへる
――自分は安村檢校の戒めを破る不屈者
師承の道を踏み蹂るうつけ者
然し前彈六段唄六唄
時流の嗜好と傳統の桎梏とを超えて
古い組物の形式に生命を與へ
新しい時代を拓く創造の精神を逞しく胎動させ

――（五五）――

鳩の海夕浪千鳥しばなけば
搖れてくづるゝ波の花
人の運命を寫し來て
吹き寄る風の秋風の戀しきまゝに

聲

よさむに眼覺むれば
いたつきのわが身
ひとりべつとにあり
珠數爪繰りて
御名唱ふれば
わが聲とも思ほへず
聲天地に滿つ

朝

いざ朝の祈り
老いし父と幼子ら
並び立つ　大麻の前

彈き出づる箏の曲

註　光崎檢校は京都の人、天保年間箏曲秘譜一卷を著し、秋風の曲を發表した
秋風の曲は蒔田雲所の贈詞を得、竹生島に百夜參籠の祈願を籠め、麗麗の
日戀慕を受けて作るところと言はれてゐる。いまは古今の名曲と稱せられ
てゐるが、當時先輩の忌むところとなり、著書は毀たれ、京を追はれて北
陸に流落したといふ

香　山　光　郎

二拜　二拍手
少さき手は鳴りぬ

日出づるところは
大君ゐます宮居
腰屈めて
父と子ら拜みぬ
『すめらみこといやさか』と
ところは高麗
新羅　百濟の裔
朝なくくかくありき　今は

—（５６）—

憶良小論

瀬戸由雄

山上憶良といふ人は得な仁である。數多い萬葉の作家の中でも、取りわけ同情される所の歌人である。凡そ、同情とは一つの生命の苦惱が、他の生命に共感とそれへの包容とを將來する事の謂ひである、などと言つた持つて廻つた言ひ方はしない事として扱て憶良への同情は、又憶良世界が包藏する悲劇性によると言はねばならぬ。

そしてその悲劇性の構造に於て相剋する二つの契機を、私は萬葉精神美の時代的頂點性と、それを生きた憶良の『人間』のスケールの小さに歸したいと思ふ。

憶良はスケールの小さい人であつた。殊更に『異を立て』て居るに聞える此の言葉は、併し憶良の作品を通讀しての私の詳らない印象なのである。

從來の憶良世界への解釋は、私には餘りにも道義的であり過ぎたかに思へてならない。憶良の歌に露呈せられた思想が、深い人類愛にまで敷衍せられすぎはしなかつ

たらうか?

それが直ちに社會倫理と結び付けられ過ぎはしなかつたらうか? そして又、憶良の歌は餘りに思想的な取扱ひを受け過ぎて來たかに思へてならない。思想的な取扱ひと言つては言葉が充分でないかも知れぬが、憶良の歌に露はな思想が思想それ自體として包藏する種々な問題性を。それが憶良自らの文藝性とは一度絆を斷つても、尚且つその領域を限りなく敷延する儘に、取上げ、剖析し、そして偉大なひろがりの前に、恰も憶良自身が包藏する思想的深度であるかの如き錯覺を感じ過ぎはしなかつたと言ふ事への畏れである。そして、斯の様な觀點を萬葉世界が未だ『雅さ』のものの單純と素朴さが支配してゐるとする不用意さが養ひ培つてゐるのではないかとの疑念を禁じ得ない。その様な瞳には憶良世界の思想性と、それが提示して來る社會への問題性、人間への

省察が、異樣のもの、巨大なもの、何よりも深刻なものに映つて來るであらう。思想を喪失した哲學は言葉に囚はれた藝術であり、藝術を忘却した哲學は言葉のない思辨でもあらうか？　私達は言葉の藝術によつて人間の精神文化を、深刻に、そして強く、人間の生活に植付ける事が出來る。[註]

憶良は萬葉の時代的頂點性を生きて、そんな自覺にまで到達した、個性的な作家であつたと思はれる。唯、注意されねばならぬ事は、その思想的自覺の強度が直ちに藝術的價値の高度を意味しないと言ふことである。思想的自覺が、直ちに憶良の歌の思想性を、文學に現はれたるそれとして、最高のものにまで純化して居はしないのではないか、への私かな疑惑である。文學に現はれたる思想性とは、固と文學する主體の直觀世界の啓示ではないであらうか？　思想が單なる思想としてではなく、作家の、又時代の深い情感にまで浸透し、濾過せられて居るのではないであらうか？

私は斯くして、憶良の生きた萬葉世界を次の觀點から眺めようとする。即ち憶良の生きた萬葉の世代は、恰もその時代的頂點性を現前してゐた。そしてそれを生き拔く憶良は、スケールの小さい人であつた。彼の『誠實』を底礎づける『人間の現實』への執拗な情熱は、それを補つて餘りがあつた、と言ふ事である。

私が憶良を、スケールの小さな人であつた、と言ふ。固よりそれは『相對』のここに屬すると言はねばならぬ人麿世界を見來つた瞳が、人麿の英雄的多力者の心象とその世代の朗々たる開花期の樣相との、逞しい提携の姿態に眩惑されて、斯んな印象を主觀に結ぶのかも知れない。

憶良には彼の居る現實を、『まあこれでも』と大事がる一面と、小さな野心で『一段上を、一步前を』を希求する反面とがある。スケールの小ささ、併しそれは決して責むべきではない。彼が一步々々を着實にふみしめてゆくその人生行路の如く、彼の歌は『現實』のものである。私は先人の尊い言葉の殆んどがさうであつた樣に、憶良を褒めようとはしない。併し私は寧ろ此の憶良のスケールの小ささに、私の所謂萬葉の時代的頂點性を生きぬいた人達の中で、最も『人間』的な體臭を感す

る。ほのぼのとした『身近さ』と、『親しさ』とを覺え

る　私が憶良世界に限りなく惹かれるのは、斯の様な意

味での『人間味』に外ならない。

その様な憶良であつて見れば、彼が『小さな安易さ』

を求めるものは、何よりも先づその『家庭』に於てであ

らねばならない。家庭に於ける憶良は、まさに善良な夫

であり、慈愛深き父であるのである。此の小市民的善良

さは憶良のもののやうである。

瓜食めば子等思ほゆ栗食めば況してしぬばゆ何處より

來りしものぞ眼交にもとな懸りて安寢し寢さぬ。

（卷五、八〇二）

反　歌

銀も黄も玉も何せむにまされる寶子に如かめやも。

（卷五、八〇三）

憶良らは今は罷らむ子哭くらむ其の子の母も吾を待つ

らむぞ。

（卷三、三三七）

『禮で始まつた宴が、亂に及ばうとしてゐた時』餘り

酒好きでない彼は、人の好い微笑を浮べながら斯う歌つ

て、我が家へと歸つてゆくのである。私は憶良の眞個の

聲を却つて是等の作品に聞くのである。是等の歌の中で

は憶良の『人間』がしみじみとした姿を見せて呉れるの

である。

斯う言つた憶良が社會を言ふのである。そして從來の

評者達は、さう言つた歌によつて、或る人は憶良を思想

的に深い人だと言ひ或る人は高い知識人だと評した。又

或る人は社會詩人だと讃へた。私は不幸にして、憶良の

斯う言つた歌の中には、素材と憶良の『人間』の距

りといつた様なものが感じられる様に思ふ。言葉を換へ

れば、是等の思想は單に理智を通して丈ではなく、憶良

といふ『人間』の『全』によつて裏付けられた『しみじ

みとしたもの』理窟なしに私達の生命に直接的な感動を

與へるものにまでなつて居ないのではないかと言ふ事で

ある。固よりそこに歌はれて居る思想は、『努力家』の

憶良が卑姓階級としての『臣』の家に生れ乍ら、（天武

天皇の十二年十月に改制せられた八色の姓による）遣唐

少錄となり、更には東宮（聖武天皇）に侍してすら居る

事へ迄の、眞摯な撓まぬ精進の結果得られたものとして

それ自體偉大である。併しそれは、憶良の文藝性と言ふ

ことは一度區別せられねばならぬのではないであらうか？

有名な『惑情を反さしむる歌』（卷五、八〇〇）や『世間の住り難きを哀しむる歌』（卷五、八〇四）『貧窮問答の歌』（卷五、八九二）等は、今此處にその一々を擧例しないが、

牽牛は織女と天地の別れし時ゆいなうしろ河に向き立ち思ふそら安からなくに青浪に望は絶えぬ白雲に涙は盡きぬ斯くのみや氣衝き居らむ斯くのみや戀ひつつあらむさ丹塗の小船もがも玉纏の眞かいもがも一に云ふ小楫もがも　朝なぎにい搔き渡り夕潮に　云に　い榜ぎ渡りひさかたの天の河原に天飛ぶや領巾片敷き眞玉手の玉手さし交へあまた宿も寝てしがも　云に　いもされ秋にあらずとも　一に云ふ秋待たずとも　でしか

反歌

風雲は二つの岸に通へども吾が遠嬬の一に云ふ　はしつまの　言ぞ通はぬ。

（卷八、一五二〇）

礫にも投げ越しつべき天漢隔てればかもあまた術無き

（卷八、一五二一）

（卷八、一五二二）

其處には、知識が知識として、憶良の『人間』を離れても尚その存在を主張し得ると言つた感じを抱かしめるものが搖曳しないだらうか？『試論的なもの』を提示しはするが、齒切れの惡さは爭ふべくもない。後に何かつきりしきれぬ殘滓を留めるのである。私は幾度か『人間』と言ふ言葉を用ひた。それは生命の始源な、赤裸なそこではまだ睿智と情熱とがその各々の領域を分明ならしめぬ『全』の姿態を意味したのである。

私は憶良世界への私見を、賢い觀點から展げる事を許されたくはない。憶良とその閲歴を語り、憶良といふ人、その思想を探り、憶良歌風の特色を逑べるのである。そして例へば、卷五を通して見たる憶良の文藝性といつた樣なものを論ずるとき、此の卷を流るる二つの思想典型としての『憶良的なるもの』と『旅人的なるもの』との對應から說いて見たりする。表面的な一應の說明は決して其處に於ても不可能ではない。併し私達は、それが餘りにも機械的である事を、憶良對旅人の筑紫に於ける深い人間的交渉の事實から發見しなければならない。私の

—(60)—

所謂、憶良のしみじみとした眞個な姿を印象せしめられる、その妻の死を哀しんだ『日本挽歌』（卷五、七九四〜七九九）を又、その或るものは平凡ではあるが、決して輕佻な響を感ぜしめはせぬ卷五、八七六〜八八二の秋別の歌を、旅人に呈示した事は旅人のそれと憶良のそれと、對立する二個の心性として說く立場から見る時には、遂に下層官吏としての憶良の心象の『さもしさ』をまで發かねばならぬであらう。それらの歌は、丁には自らと『反りの合はぬ』上司旅人への、憶良の迎合の心から歌はれたであらうか？　憶良の『人間の現實』への執着は、それ程までに『さもしさ』を帶びた汲々たる姿態に於てなされたであらうか？　私は先憶良を『スケールの小さな人』と言つた。併しそれは、私の憶良の人間味への親和の心を招來する善意のものであつた。

今斯かる惡意に於て見られる憶良が、戀愛にも享樂にも惑溺する事なく、その道義的を感ぜしめられる精神と深い思想的敎養とによつて、あの老齡にまで作歌活動を持ち越し得たのは、その現實への執着、その强靭な意志に於てのみであつたらうか？　其の樣な空氣の中では、

憶良は窒息しなかつたであらうか？

凡そ、私達が作品樣式より出來する態度は、飽くまでもその樣式に於て、主體の態度性の類型がパースペクティヴに可見せられて居るのであらねばならない。『あらはれ』を單に『あらはれ』としての客觀的な態度に於て取扱ふのでなく、『あらはれ』を『あらはれ』にまで押し出して居るところのものを、『あらはす』事の主體的人格の典型者の如く說くとき、

　丈夫とおもへる吾や水莖の水城の上に淚拭はむ。

（卷六、九六八・旅人）

　妹と來し敏馬の崎を還るさに獨し見れば涕ぐましも。

（卷三、四四九・同）

　妹として二人作りし吾が山齋は木高く繁くなりにける かも。

（卷三、四五二・同）

　の崇高な自負としみじみとした哀傷を、終に詐らぬ主觀に結象する精神美の樣相のままには說き難いであらう。それは終に現實を否定し去る事の出來ぬ人の佛である。

　妻を失つた哀傷の殘曳を『酒ほがひ』に紛はしつゝ、痛快な橫向きをする旅人の心情は、眞に現實を愛するが故

註四

—（ 6 1 ）—

に、現實を拂ねた人の姿態である。その廉大な態度感情
に、私は寧ろ旅人その人の『素直さ』と、家柄から來る
『氣品』をすら感ぜずには居られない。それは又、憶
良の『純朴』にも通ふ心象である。東京人のそれと、信
州人のそれとの差異はあるにしても。

斯くして、『現實的』がそのまま人格化された様な憶
良が、限りない愛と敬さとを捧げた上司であり得たのであ
る。憶良の『正面向き』な姿態と、旅人の『横面向き』[註五]
な姿態とは決して對立する二つの様式として把捉さるべ
きではないであらう。堂々と『横面向き』をする人の態
度性は、現實に『直面する』人のそれと變りはしない。
それは決して、遂に『背面向き』を爲さねばならぬ人の[註六]
弱々しい心情、現實を抽離した敗者の歌ではない。ディ
ルタイの言葉を借りれば何よりも『此岸性』の尊重の心
性が彼等にあつたのである。それは何よりも人間を愛す
るが故に全ての問題を人間から出發させ、それを超ゆる
ものをすら人間の低みにまで引き下げ、人間の現實とし
てのみ全てを取扱ひゆく態度性である。態度性の類型を
同じくする二人の作家を、對立する様式の如くにまで客

觀に導く世代の動きは、既に頂點にまで到り着いて居た
今や時代的頂點性は絢爛として人々の前にあつた。そこ
では、人々の心はこもすればその『人間の現實』を遊離
しようとした。それは空氣がすでに飽和な暖かさを呼び
風船玉がともすればふはりと地から浮び上らうとする一
瞬の人と日の季節である。憶良はさう言つた世代を、そ
の誠實な性格の故に、悲劇的に生き拔いた人の如くであ
る。私が彼の作品に感ずるスケールの小ささは、更にそ
の誠實を底礎づける稀有な『人間の現實』への情熱が補
つて餘りがある。そして、その情熱が清淨なものにまで
持續され高められて、七十四才の憶良をして、

士やも空しかるべき萬代に語り繼ぐべき名は立てずし
て。

（卷六、九七八）

と歌はしめる。

作品からのありのままな印象は、旅人のすつきりした
寡欲な人柄に對して、憶良のそれは『體力』を感ぜしめ
るである。併しそれは、決してぎすぎすと脂切つた
『貪婪』が露はなそれではない。[註八]

私は曩に『スケールの小ささ』の提言は、『相對』の

—（62）—

ものに鬮する事を言つた。私は決して、遁辭としてそれを語つたのではない時代的頂點性がすでにその極限を呈示する現實をすら、遂に『痛快な横向き』だにする事をしない心象を、さう稱んだのである。それは誠實ではあるが現實に最後まで牽引されて居る。浮き上らうとする廣告氣球の浮力をありつたけの努力で地上にひき止めて居る人の姿態が印象せしめる心象への言葉である。或る人は言ふであらう。終に浮き上る事をしない姿態は大きいではないか、と。『横面向き』への意欲を埋へて埋へて『正面向き』を續ける心象は巨きいではないか、と私は私の印象を、堂々と『横面向き』して憚らない姿態に比して小さいと逃べたまでである。斯くして、それは相對的な稱呼でしかあり得ぬであらう。

こまれ、時代的頂點性は『現實』憶良を『虚無』への哀傷に誘ふ。そして、そこから更に『誠實』が、『現實』のより深い自覺へと復歸せしめる。

俗道の變化は猶鑿目の如く、人事の經紀は申臂の如し空しく浮雲と大虚に行く。心力共に盡きて寄る所なし

（卷五、俗道の假合、即ち離れて去り易く留り難きを悲嘆する詩一首並に序より）

衛も無く苦しくあれば出で走り去ななと思へど兒等に障りぬ。

（卷五、八九九）

世代は既にあらゆる意味に於て、萬葉精神美の時代的頂點性[註八]を歩んで居た。國都は唐京に模した壯大さに創られ、郡縣の制度は漸く確立して中央集權の政治[註九]が行はれた。

あをによし寧樂の京師は咲く花の薫ふがごとく今さかりなり。 （卷三、三二八、小野老）

文物は燦爛として居た。青丹よし奈良の都に咲く花の匂ふが如き盛な時代[註十]であつた。

私は最後に、憶良の『誠實』を底礎づける『人間の現實』への執拗な情熱を語つて、此の稿を終らう。『對象[註十一]を飽くまで具體的に描寫しようとする』彼『自ら苦杯を嘗めつゝも飽くまで正道を踏んで現世に生きんとする歌人[註十二]』の彼、『功名と實際生活を重んじた彼[註十三]』その外來思潮の露骨な影韻をも、『憶良にはどこまでも、此の現實立脚して行かうとする態度が見られる。憶良の書いたものの中には、佛教的思想、儒教的思想が入り混つてゐる

—(63)—

が、憶良はいづれにも偏せず、その儒佛兩者の上に立つて、飽くまでも現實を見て行かうとしてゐたやうに思はれる』[註十四]とまで言はしめる。『性格は極めて現實的で、非空想的で、執着心のつよいねちねちしたところがあつた』[註十五]そして、『歌は實實で往々古い形式を有し、内容を主とし、好んで社會世相を材料とする』[註十六]のである。『憶良の歌は足がしつかり地を踏みしめてゐる所はあるが、咨が泥へ食ひ入つて動きの取りにくい觀がある。併し足をすんずん運んで、何うにか先方へ到達するだけの力がある』[註十七]『實生活に於いて人は黏鳥の如く自由を失ひ係累に拘束せらるるのであるが、それが實人生であるからその運命境遇に隨順して眞實の人情を盡すべきを主張するのである』[註十八]『憶良は何人も取り扱はふこ思はない下層の國民生活から素材をとり、表現の繊細と平滑さを損ふこ之を意に介せず踏踏するところなく日常生活の通用語を使用した』[註十九]『蓋し憶良は最も藝術的遊離の少ない詩人、云ひかへれば最も萬葉的の詩人である。…中略…生活意識の勝つた人間であつた。學問も相當あつたらしいが、決して概念的な生活意識や社會生活やに走らずに、どこ

までも大地に足を据えた實際人であつた』[註二十]『彼の歌材として興味を懷いたのは彼の人生觀を土臺とした實人生の姿である。現實生活である』[註二十一]

私は最早、私の言葉として憶良の『誠實』を底礎づける『人間の現實』への稀有な情熱を語る必要を認め得ない。そして、それは私が曩に提示した、『スケールの小ささ』と少しも抵觸しはしない。其處に現前される人間像は『努力家型』を語るであらう。『正面向き』な愨良世界から問えて來る、不協和な悲劇的な響きを底礎するものは、時代的環境であり、それは飢に衰頽への暗翳を豫見せしめる『爛熟』のものの如くである。

曾て、卷五丈の賢見から抽き出されたものは、憶良的なものと、旅人的なるものこの全く對蹠的な性格であつた。そこでは、『貧窮問答の歌』の如き、太宰府生活への反撥の意味をすら含んで受け取れた。『大王の遠の朝廷』としての太宰府は、一つの小宇宙を形成して居た。そして、それを支配するものは、奈良の都の如き深い根ざしを、飛鳥以來の日本民族の文化形成の地盤の上に下ろしたそれではなかつた。津田左右吉博士の所謂『實生

活と遊離した[註三]』大陸文化を受け入れる此の『日本の立
關』の生活はともすれば地から足を浮かしたものになり
克ちであつた。『惑情を反さしむる歌』にホロ苦い澁面
を反省せしめられる態の生活であつた。それが音頭を採
る者としての旅人、つひに馴染むことを得ない憶良、斯
くして、

　春されば先づ咲く宿の梅の花ひとり見つつや春日暮ら
さむ。
　　　　　　　　　　　　　　（卷五、八一八）

の『ひとり』の言葉に、融け難い孤獨の寂しさの聲を
きゝ、更に旅人『鎮懷石の歌』（八一三、八一四）に對
する、

　足姫神の命の魚釣らすと御立たしせりし石を誰見き。
　　　　　　　　　　　　　　（卷五、八六九）

の『誰見き』に露はな反抗の姿態を見得るのではない
かと思つた。併し、次第に他の卷の歌にまで瞳を轉ずる
とき、此の對立樣式の設定からは、説明のつかぬ或もの
のを感ぜずには居られなくなつた。そして上述の憶良世
界への私見を以て、一應の納得をつないで居る。
　吾が主の御靈賜ひて春さらば奈良の京に召さげ給はね

も、今ではもう脈味に思はなくなつたし、いざ子ども
はやく日本へ大伴の御津の濱松待ち戀ひぬらむ。（卷
一、六三）

にも、しみじみとした憶良の姿を見得ると思ふ。
　　　　　　　　　　　　　　　　　　　一六、三一五

（卷五、八八二）

註一、城戸幡太郎氏『國語表現學』
註二、『萬葉集講座』第一卷濱田常太郎氏『山上憶良』一六七頁
註三、『歷代戰人研究』第二卷、（谷馨氏『山上憶良』
註四、岩波講座『日本文學』五味保義氏『萬葉集の研究』―作家作品を中心
　　　として―三一―二頁
註五、島木赤彦氏『萬葉集の鑑賞及び其批評』
註六、富山房『百科文庫』デイルタイ『歷史の講遺』
註七、岩波講座『日本文學』五味氏前掲論文一九頁
註八、孔文堂『教養文庫』北住敏夫氏『萬葉の世界』一六頁
註九、昭和八年十月號『短歌研究』牟田良平氏『山上憶良論』三三頁
註十、本庄榮治郎博士『日本社會史』八五頁
註十一、牟田氏前掲論文三八頁
註十二、昭和十一年一月號『短歌研究』福井久藏博士『名歌の史的鑑見』
　　　九頁
註十三、同故石井直三郎氏『奈良朝名歌鑑賞批評』六八頁
註十四、昭和十一年四月號『短歌研究』石井庄司氏『歌人列傳』（三）―山

上憶良‐‐‐‐一三七頁

註十五、『日本文學大辭典』（森本治吉氏）

註十六、富山房『國民百科大辭典』（武田祐吉博士）

註十七、島木赤彦氏『歌道小見』一五九頁

註十八、『和歌講座』第七卷『歌人評傳』三井甲之氏『山上憶良』三三頁

註十九、フローレンツ『日本文學史』一七四頁

註二十、昭和九年五月號『和歌研究』長谷川如是閑氏『萬葉歌人群像を描く』二頁

註二十一、『作者別萬葉評釋全集』第四卷尾山篤二郎氏『山上憶良』二五〇頁

註二十二、津田左右吉博士『文學に現れたる我が國民思想の研究』（貴族時代）

十月號原稿に就て

十月號原稿は特に本號到着次第至急御送付相成度御願申上候

編輯幹事

南の果なる國に新しき歴史をつくり皇軍進む（南部佛印進駐）
自らは十六貫の身をもちていくさに立たずあるを疑ふ
たたかひに征かぬ吾が身を思ひつつかたわの如く蔑むものあり

　　　　　　　　　　　　　　　　　片山　誠

○

露天風呂に夜更浸りて聞きてをり交代歩哨のふとき靴音
兄と我の留守を守るとはりきりてゐたりし弟また召され來ぬ
週番に共につきたる竹井重雄腕を撃たれて還り來にけり
戰に右手を失せし戰友の背を流しつつ慰めがたし

　　　　　　　　　　　　　　　　　葛目　茂

○

國こぞる大き力のひしひしと寄せ來ることし召されてゆかむ
あわただしきなかをぬけ來て鮒釣らむ思ひ靜かなりいまのひととき

　　　　　　　　　　　　　　　　　後藤政孝

○

永宗島

エンヂンの響ける方に目を向ければ霧に浮び出づる白き船體
島の道は岡を越えけり道のべのかきつばたの花色あざやけし
あざみの花咲きつづく道の遠々とおくれ勝なる我が少女ごち
廣からぬ寺庭の空を覆ひたる古き欅を背に並び立つ（傳燈寺にて撮影）

　　　　　　　　　　　　　　　　　野村稔也

○

庫裡の裏にひともと立てる桐の木は花咲きてあり盛りなりけり

　　　　　　　　　　　　　　　　　土松新逸

大井街人

六月二十九日夕より三十日朝までの降雨三百粍近し未曾有の洪水なり

刻々に崩えゆく丘に立ちさわぐ人らの様をただみつめをり

眼前の家屋倒れて流れゆくをみつつ術なし人間われら

長男誕生爰六ヶ月

この日頃目立ちてすすむ子のしぐさ妻は幾度か驚きて告ぐ

咲きさかる葵の花の眞紅きに子はこゑ立てて手をのばしたり

あれこれと玩具あさりつつ抱きなれし吾子の重さを感じてゐるも

○

久保田義夫

むし暑き塘へつつ本をよみ居しが庭面をたたく驟雨に目さめき

莖たかきグラヂオラスの白き花むし暑き夜の庭になびかず

湧江増水

洪水の渦抽きて咲き居るたちあふひ蝶一つ來て翅とぢむとす

洪水いまだ退くとも見えず抽き搖るる穗黍にとんぼ今日も來て居り

○

野津辰郎

生徒らにゲートル卷いてやりゐしが閃きし自憐は押へかねたり

わづかなる勞務の暇を面白し酒落本に見る遊里生活

かくの如き激務のゆるさに城大の先輩はつひは學問をやめしか

教育の意義をしづかにおもひつつ尚も夢見る學問的世界

○

木立せまり店の内暗し夕べには獨り來りてところてんを食ふ

—(68)—

百匹の二十日鼠に食はすべくメリケン粉捏ぬ夏痩せになり

來る日も來るも同じ實驗を繰かへしかくして今日の一日も暮るる

夕暮の研究室の静けさに茫然として紅茶をすする

八幡　清

○

九龍淵の瀧の下にし見上ぐれば眼鏡くもりてしぶきに濡れぬ

瀧壺の深さ四十幾尺満々たる紺碧の水神秘に漂ふ（九龍淵）

朝霧にしとどぬれたる鐡梯子足場たしかめつつおののき降る（毘沙門）

樹海は斜面にはるかにひろごりてひろごる果に霧の動ける

白樺の樹海はるかにひろごりて霧のかなたに久米山莊見ゆ

金剛山足峰

○

小林凡骨

故郷にして産月にある妻よりは便らず旅たたむとす

八衢を春めく風に吹かれきて南大門を左にまがる

沖遠く薔薇の靄のながれつつ潮の秀さけて日輪いづる

犬を食ふことも一つの楽しみと朝鮮の山にわれ住み慣れぬ

筏師ら犬を食らふと路邊りに大き釜する犬をたぎらす

落葉松の青葉すがしき高原に犬を食ふべき夏はきにけり

中野英一

○

閉店まで

燈火管制の衢に仰ぐ天の河しみじみと秋の位置を見せたり

—(69)—

吾は未だ轉業に身をやつしをれどいはけなき子は這ふべくなりぬ

たとへば地に炸裂する砲彈の如き音聞けば慰むべきか

貸店舗探しあぐねる目に沁みて南大門の灯はともりたり

〇

南 村 桂 三

蒙古族を想ひつつ

ヴォルガより死を脱れ來しそのかみのトルグート族の名は殘るなり

襲ひ來るキルギス人を追ひ拂ひのがる〜民に火の沙漠ありき（トルグート族移動）

カラコルム亞歐の盟主鐵木眞の都は今も朔北に在り

東洋よアジアの民よ汝こそはヂンキス、ハガンの末裔なるぞ

さしのぼる東の光かゞやけばこゝ滿洲に五族協和す

〇

吉 原 政 治

海 金 剛

なめらかな島の岩肌白々と潮の上に浮立ち見ゆる

日本海を遠く吹きくる海の風島の小草は紫に咲く

おどろかすものなき島に海鳥の糞はたまりてかたくかはける

〇

西 村 正 雪

節操なき友の言葉におどろけど淸きいのちを我うたがはず

友情を打ちひしがれて來し街に夏夕立の降り止まずかも

煤煙にをぐらき空をとほしくる陽は赤くして寒けかりけり

たたなはる山峰の雪は消へずして赤き陽光にときに光りつ

砂廈

滑ればキィーンと音のするこの氷の下を水は流れる（漢江にて）

切ない美しさだ氷の上に並んで芹採る人人の肌のいろ

凍りついた畠の土をつゝついて歩くかちのけなげさ

嶬嶬の南へ傾く尾根が刀のやうに見える青い空も凍れ

あふれるこの思ひ誰に呼びかけて何としようかトホウにくれる

○

稲田千勝

ガラス器に苺うかせば子らは見て金魚金魚と喜びて待つ

繁りたる山伐り拓き墓のあり土まんじゆうの芝に人の立つ見ゆ

人夫ごち錢を數へて爭へり日の暮れ果てし堰堤の上

陽の入りて夜露まもなきヴェランダに乾したる夜具は冷たくなれり

○

小林林藏

平坦な田圃の中のこの溫泉田の面吹く風室に涼しき（初夏の利川溫泉）

こゝのあるじ竹をこよなく好むらし庭の植ゑ込みに竹のみ多し

遠つ山に朝靄深く棚曳きて今日も眞晝の暑さ思ほゆ

綠濃く落葉松茂る山の裾に連なる畑の麥いろづけり

○

吉田玄一

柏槇は露をふくみてみ佛の露坐を蔽へる朝靜かなり

城壁の上にて撮りし寫眞つきぬ眞夏といふに一木もなし

近寄りてしみぐ〜見れば頬のあたり君がみ顔によく似つるかも
偉大なる君の人格たゝへつゝこれが胸かと手をふれて見し
まむかへば氣品ゆかしくおしせまり言葉かけたき心地するかも

　三　木　允　子

○

夕映の港の空に聳え立つクレーンの靜姿ゆるぎなきかも
重壓を感じつつゆく倉庫街整然として夜目に迫れる
濁流の上に碎くる月影の鈍きたゆたひ眼底にある
創氏名を呼べる賣子のはづむ聲聞けば愛しくふりかへりたり
夕暮の街の涼しさ我服のぐりんの色に風さやぎゆく
（デパートにて）

　神　谷　竹　子

○

食慾を失ふまでに歎きしが時へて今は思ひはろけし
わが植ゑし裏の畑の棉の花ほの〜白く咲き出でにけり
ひそやかに渡る微風も香るまでほの〜白く棉咲きにけり
二十年あり經しものを逢ふ友は昔のまゝの姿態たもてる

　岩　淵　豊　子

○

太平洋の潮風うけつゝ島山はみなことなれる山肌の色
ゆれさむく小車百合の咲きてをり潮さゐ高き島の裏山
み陀の像ほりてありけり薑ながらしめりて暗き石窟の内
土じめり匂ひ小暗き室の内苔にまじりて蔦の生ふるも

○

足わるき夫と歩めばおのづからわが歩みにも心はかかる

ふりかへる人の視線をいささかも心にかけぬ夫となりけり

乳ほりて夜ごと泣くなる子は思へ添寝もならず病みこやる身は

三鶴ちづ子

百濟鳳凰文塼

楫本龜次郎

＝【表紙繪解説】＝

百濟最後の都城であつた扶餘から程遠らぬ錦江の對岸窺岩面外里の一地點で、昭和十三年三月數多くの畫塼が發見された。表紙に掲げた鳳凰文塼もその一つであつて一邊の長さ僅か二九糎、厚さ四糎にすぎぬ方形の小塼であるが、いづれも從來半島に類似のない珍らしいものである。而も薄肉に現はされた畫文の巧みさは、もはや泥土さいふ材料や鳥の實體さいふやうなものをのりこえてゐる。恐らくこの作者にとつては材料のごとき問ふところでなく、また翼や脚の形の些少事は關るところでなかつたのであらう。僅か二三糎内外の珠文圖内を天地として、その内一ぱいに尾をあげ、兩翼を張つて飛翔する遏しい姿態の表現は、かりに兩翼を雲の如く、脚また鳥にありともみえぬ形に意匠化してゐるさはいへ、よくこの

作者の簡潔にしてかつ遏しい精神を象徴してゐるとみるべきであらう。

塼の四隅には二瓣の蓮華の半ばが現はされてゐるこの蓮華は四枚の塼の隅を合せると完全な四瓣の蓮華になり各この隅の側には柄穴が穿たれてゐることから考へると各塼は隅側の柄穴に雁柄を入れて組合せた飾塼で恐らく壁の腰飾に用ゐられたものゝやうである。

ところがそのやうな塼として知られてゐるのに奈良縣の南法華寺の鳳凰塼、岡寺の天人塼がある。ともに奈良時代のもので、特に岡寺の塼は岡本宮の腰瓦と傳へられてゐる。岡本宮はともかくとして壁の腰飾であつたことは認めていゝのであらう。勿論この二つも百濟のこの塼よりは大形であり且つ畫文を寫實的で異り、兩者に彼から此へ及んだといふ直接的な關聯はみられないが、しかし飛鳥時代以來、造寺造瓦の工人に多くの百濟人が加つてゐたことを思ふと、壁の腰飾に百濟の如き畫塼を用ゐてゐたことて、それは決して偶然ではないであらう。

—(7 3)—

子供たち

青木　中

青々と繁つた梢には
正午の太陽が燦々と輝いてゐる
生長する樹木の旺なる姿よ

子供たちは
樹陰の腰かけに寄り集つて
繪本に夢中である

子供たちに
ここは靜穩なる遊び場である

日本を背負ふ子供たちよ
樹木の如く
旺に生長して
國の柱となれ

夏の意志

増田　榮一

私は生徒たちの作文を採點してゐた
拙ない文章　そして　誤字も多い
だが　何といふ潑剌たる息吹きだらう
その若さが私の胸をゆすぶる

生きてゆく意志に満ちた少年たち
生きてゆく喜びに溢れた少年たち
君らは明日の日本を立派に背負つて立つに違ひない
私はそれを信じてゐる

歸還兵

川口　清

ホロンバイルの高原を

眞黑になつて攻めてきた戰車のこと

敵のトーチカに體あたりして死んだ戦友のこと
山田はぽつりぽつり話してくれた
『それにしても君はよく生殘つたものだね』
すると山田は
急に嶮しい姿勢になり

歸還兵
何と嚴しい姿であらう

こつんこつん石を蹴り出した
私は仕方なく道傍の枯草を踏んで歩いた

水銀燈の有る風景

江　崎　章　人

窓邊の夕暮が　驟雨に濡れると
公園の隅の水銀燈は
眞珠の様に　きれいに咲いた

此の靜寂な風景に向つて
あなたは　稚い郷愁に　泣き
私は　きびしい生活に　挫けてゐたが
季節の　潤ひある驟雨が　窓邊に降り注ぎ
花片の様に　香りのする幸福感が
いつの間にか　静かに　しかしこんなに旺んに
疼いてきた

原色だつた　アカシャの葉も
一枚　一枚　數へられなくなり
水銀燈の　青いあかりだけが
崇高な　彫像の様に　浮び上つてゐる

あなたは　また　針仕事を續け
私は　乳房を嚙む様に　莨を喫ひ
教會堂の階段が暗く　濡れていつた

—（７５）—

終焉の歌

賓　力　誠　一

ゆうべをひとり　微風のやうに訪れ
緑蔭の逍遙から
かへらなかつた人よ

巷の空は灰をふらせて
埋れの地の底に
空しくばかり　待つてはゐない

聲もなく
枯渇のやうに忘れられ
しかも
野のはてを　寂光の花のことづけ

歌ひとつ
かなしみを殘してゐたと

アカシャの花

田中由紀子

アカシャの花散りて
眞白に庭を埋めたり

アカシャの白きをふめば
幼き日のおもひ湧くなり

一　日

城　山　昌　樹

朝が匂ふ　光が闇をおひたてる　地平線の果から金
色の矢は行進する
サア　屋外へ出て昨夜のまゝの肺を洗はう

職場は先刻から賑つてゐる
紅い鋼の粒子が四散するなかで　僕の決心はますま
す灼熱する

—(7 6)—

微風のある欄干で僕は生を考へる　そして神から與
られた　今日を感謝する　泪のない感情がけふを日誌
に刻印させる
僕は安らかな所を捧げ　希望溢るる明日を待つ

靜　夜

靜かな夕だつた
チンバのひげをしたこほろぎが
壁をはつてゆくのを見た
互にひげをピョンピョンと動かし
おどおどする様に本箱の後に入つていつた

田　中　美　緒　子

私は書きものをしてゐた
スタンドの灯を消す頃
障子は月の光であかるかつた
私はしづかにこほろぎの子守唄に聞入つてゐた

う　ね　り

うねりの中にうねりが生れ
うねりの中にうねりが消え
幾萬幾十萬の
波となる

椎　名　徹

天の怒りと共に怒り
もだえ　とゞろき　沸きあがり
天しづもればまたそれに從ひ
ふたゝび靑き靜謐となる

夏　の　日

澤山の夢をのせて

江　波　惹　治

飛行船のやうにふくらむだ

白雲が浮いてゐる

蜂が蜜の匂を運むで
たんねんに花々をおとずれる

ナイフを持つた少女の消えた罌粟畑から
きらめく様に喊聲が昇つてくる
家々の窓から

蕃椒（とんがらし）

蕃椒は　みるからに赤い
石炭小屋に吊るされた

過去

すべてがくろき流れのなかに
思ひだすまい
もうよろこびも悲しみも

陶然とまどろみが昇つてくる

皮膚の最後の一枚を空に投げ上げて
私は草原へ飛降りる

私は口笛を吹く
戀人が待つてゐる様に
向ふで戀人が手をひろげてゐるやうに

益々赤くなつた
石炭小屋につるされた蕃椒は
冬が近づくと

池田　甫

思ひ出が美しいとは
澱むものであれば――

ひろむら英一

—（ 78 ）—

清い流れを游いできた人の
言葉ではなからうか

自分と子供

谷　口　二　人

風が死んで　むし／＼する
私は──路傍の草が土埃を浴びて踏みにじられた様
に
孤獨と悲哀を抱いて歩いてゐた

濁りし流れに溺れもがく私には
神は安らな忘却を與へてくれない
私のなかにたゞくろぐ／＼と流れはつゞく

戯れてゐた子供達は　喧嘩をして泣いてゐたかと思ふ
ともう笑つてゐる
この子供たちの無邪氣さに　心うたれて私は見てゐる
この子供たちが　一ばん樂しいのだ

友を憶ふ

藤　本　虹　兒

また夏が來た
今まで氣づなかつた
還らぬ友の思ひ出に
じつと頭が重くなる

三人揃つて歩いた道を
友と二人で歩いてゐる
青い月を背に
默々と歩く友の
瞳もうるんでゐる様だ

雑　記　（一）

尼ヶ崎　豊

▲漠然と詩作すると云ふ詩人の詩作態度は全く排斥しなければならぬ。一時代前迄、詩作は一種の夢遊病と混同されてゐた。詩を作るとき詩人の魂は自己の肉體から遊離して空間を彷徨するかの如く考へられてゐた。又詩人は全然自己の意志を用ひず、只管天來の聲によって詩作するかの如く思はれてゐた。或は一種の奇抜な思ひ付きを斷片的に叙べることだと考へられてゐた。詩は自由である、書けばよいと云ふ様な幼稚な或は輕率な見地から出發したところに、今日の詩の低調があることを吾々は明瞭に悟らねばならぬ。

▲『詩人は經驗以前の記憶即ち天聲の聲に依つて詩作する』と云ふ萩原朔太郎の主張を吾々は決して漠然たる態度を以て詩を書けばよいと云ふ意味に履き違へてはならない。

▲新しき詩人が形而上學的思索や建設的な意欲に依つて起上らねばならぬと云ふことは既に屡々聞かされたことである。このことを忘れて詩の興隆はない。

▲省みるに今日の詩人には教養の缺くるところが多いのではあるまいか、果して現在眞に自己のに修養に心掛ける詩人が幾人あるであらうか。

▲獨逸の詩人ハインリッヒ・ハイネは言葉の研究家として無類の精勵者であつたと云はれる。詩人は最高の教養を必要とすると云ふことを若くして直感した彼は、青年時代既に獨逸の古歌、民謠等凡ゆる獨逸の作品を漁り盡したと彼の傳記『修業時代』には記されてゐる。簡潔にして勁い彼の作品の魅力はそこに基づくものと謂へよう吾々の周圍に果してハイネに劣らざる程の修業時代を持たんとする詩人が一人でもあらうか。

▲スコットランドの詩人ロバート・バーンズは小農の子と生れ、三十七歳で早逝する迄、高原の箝と斥地の泥小屋の中で乏しき生活を續けながらも、自己を最高の教養に導き上げるために少からざる努力を續けた。鋤を押し

—（80）—

馬を追ひ、既に蜒ひながらも彼はスコットランドの古
諧の一つのこらすを讀み盡し又暗記することに熱中した
と云はれる。バーンズの清新なスタイルと奔放は韻致と
は斯うした努力の中に結晶したものであらう。そこに無
限の教訓が含まれてゐるのではないか。

▲今日の詩人に教養を望むより大なるはない。健康な教
養と倦むことを知らぬ情熱と廣い視野を養はねばならぬ
自然發生的な感興に依つて詩を書くと云ふやうな態度を
やめて、確固たる認識と方法の上に、眞の意味の詩を探
求する努力こそ肝心である。遉しき詩がそこから生れ
る。

▲創刊號に登載せられた作品を一瞥して感ぜられるもの
は何であらうか、曰く遉しき詩の缺乏である。遉しき詩
ことは、はつきりした正體をもつて人の心を撲ち得る詩を
指す。一讀して人を感動させる程の力をもつた詩が現は
れないものであらうか。

▲祖國は當に劃期的世界動亂の眞只中にある。從つて今
や吾々の血も、肉も、魂も、郷土も、民族も、國家も、
凡てが戰ひ闘はねばならぬ。戰爭が政治の延長であり、
政治が文化の延長であるからには、文化も亦戰はねばな
らぬ。而して文化のエッセンスが何であるかを考へると
き、詩人の使命こそ重大なりと云はざるを得ないではな
いか。

▲國民詩歌聯盟に集へる詩人の中には戰場を馳驅した體
驗をもつ詩人が多い。現在國防の第一線に銃を執つてゐ
る詩人も幾人かゐる。私も亦哨煙彈雨に曝された想ひ出
を持つ一人である。乍然吾々が既に國家の一細胞である
ことを自覺する限り、ペンを執るも、銃を執るも、進ま
んとする方向は一にして二に非す。詩友各位の奮起を切
に望む次第である。

―(81)―

雜　記　（二）

末　田　　晃

諸氏の作品を拜見して感じたことは、どうも餘りに安價な感傷におぼれすぎてゐることである。もともと短歌は叙情的なものではあるが、その叙情が單なる表面的なものであるならばつまらないものであらう。現時の時局といふものが、どういふものであるかといふ確たる自覺のもとに作歌されるのであつたならばそこにおのづからなる信念の發現がなくてはならないだらう。

寂しい、哀しい、戀しいではどうにもならないのである。その寂しさ哀しさ戀しさといふ感動が眞實なものであるならば、深い清いものが表現されなくてはならない亦、單なる花鳥風月を詠つても何にもならない。時代的角度といふものも考へてほしい。上代から近代にいたつての歌の素材といふものは著るしくかはつてゐるものがあるが、亦少しも異つてゐないものもある。たとへば、櫻はいつでも櫻の花である。この櫻を如何に詠むかが大切である。いつまでも同じ美しい櫻の花であるといふ表

現では困るといふのである。

他の感情に對してでも同樣である。亦、歌は常識でもなければ散文でもない。そこに藝術的感動が盛られてゐなければならない。今頃少し氣のきいた新聞の見出しであつたなら、單なる表面的表現の作品なんか及ばないものがある。歌は決して新聞の見出しではないのだ。

それから相聞歌も困りものである。あまつたるい作なんか詠んでゐる時代ではないではないか。それも眞實の心情から惨み出たものであるならばよいが――手にさはつたとか、頬のやつれが寂しかつたではどうも感心出來ない。

このわかりきつたことを容易に記してみたのであるがこれを全部の投稿作品にあてはめやうといふのではない。要するに、作歌にあたつてもつともつと苦しむ必要がある。簡單に作品が生れるやうでは困る。短歌はある意味に於いて業餘の吟詠である。それかと言つて短歌はつまらないとは言へないのである。あそびではないのだ。高度國防國家と言はれるやうに、高度教養から生れるものでありたい。高度作品を切に希むのである。

大陸の夜

平林部隊

児玉卓郎

凍る夜に兵がさげ來しわら一把吾にあたれと焚きくれるかな

包より出せし新藥の香にむせぶ親の心の有難きかな

○

堀　　全

麥刈りて早苗となりし夕の田に淪らぬわれをあゆませにけり

麥刈れば稻を植うると鋤かれたり玄土の面かがやき生るる

日かず經てとどく一片の軍事郵便それのみ恃む老の身ならし

子に送る褌を縫ふ父みれば父に叱られしわれらを知らず

寂かにも老いし父かな子の兵に送る褌を縫びたふなり

ノモンハン櫻と俗に兵のよぶ花なるべしとわれ疑はず

弟の手紙に入れて小草あれば

○

吉本久男

靖國の御靈遙かにおろがみて職員起立す午前十時十五分

戰車隊の地軸を壓する轟音に身のいたつきも暫し忘るゝ（觀兵式實兒放送）

半日を籠りて居しが正午過ぎ雨はれたれば庭に降り立つ

早朝より滿員電車往交へり戸を開け放ちラヂオ樂しむ（日曜日）

重厚な感觸がよし庭隅のギボシ一株鉢に移しぬ

梅雨空に爆音低く過ぎ行けばおびえし如く犬吠へつづく

朝々を向日葵のそばに佇みて若き命を想ふは清し

—(83)—

北滿出征　　高見　烈

○

山頂に四人こもりて警備する茅屋に山の吹雪あつまる

分哨の夜は明けにけりそこらあたり熊のあらせるあとを見て廻る

〔関江凍結すソ軍虎視眈々とするとき〕

十尺に龍江凍れば有力な機械化部隊も悠々通過す

龍江凍りて匪賊頻々と蠢動すその情報に吾ら緊張す

○○列車ソ満國境通過

國境の士民の夜は家を待たずはや戸をおろしひとりゐず

夜の裡に部隊平原を移動しぬ高草伏して朝の露もつ

○

太田　雅三

たゞ〳〵しき母のたよりは病むわれの生れし日今日を祝ひて來たる

熱高み蟋蟀し啼けるしゞま夜を耳の奥處に血の通ふ音す

四つ年もめとらぬ友の亡き妻の愛兒抱きて微笑むを描く

八重に咲く爪紅かなし新婚の此の家の主差押へらる

夕戸出のわれの袖とり身ごもれる狂女〔イカレラ〕は何か憤るらし

○

木内　精一郎

朝に夕に觸け一發の中を征けどそは實戰に比すべくもあらず

その指とその足先と吹く雪に腐れご兵は銃離さゞるに

友が靈に歸還の辭をば逃べつゝも互ひに知らざるあゝこの父と子と

夜毎日毎素裸になりて水遊ぶ君が子は伸ぶぞ君よ瞑せよ

―(84)―

194　국민시가 國民詩歌

谷川の瀬も深まりぬこのあたりねこやなぎの花ほゝけつつあり
ここにして眺むる彼方はるかなり漢江のながれ銀蛇のごとく
艶々とポプラ若葉に朝日映えきらめく色はすがゝとせり
鯉のぼり朝日の上にいふゝゝと泳げる様はたくましく見ゆ
落葉松の緑あかるしこのあたり谷毎に林をなして繁れり

堀內晴幸

○

鳴り次ぎて一日は暮れぬ燈臺のサイレンなほも鳴り次ぎてゐる
一分おきにサイレン鳴りて燈臺は霧深き夜の警戒をなす
いづかたにゐるますや君のおんみたま西方淨土の白蓮思ふ
あの時のあのまなざしの懷しやこの世に君は既にゐまさず
死すといふ弔電いだきわが心まことなりやとうたがひてゐる

中島稚子

○

今日の疲れを事務服と共にぬぎすてて輕き心で街に出にけり
更けし夜の花賣のチゲに殘りるし百合と紅ばらを買ひて歸れり
目にいたき眞晝の光よ河原は水遊びする兒らで賑ふ
トマトの實赤く熟せる庭に立ち事變記念日の默禱をする

池田靜

○

凍てつきし大地なりしが陽にとけて若草の芽の青みたりけり
暖かき春の光に昨日よりの小ささいかり忘れむとする

皆吉美惠子

なさむこと數多もてごもたまさかの休み日なればほゝけてありぬ

子をよびてたけくがあわれ母のみは御佛の前にひねもすを座す（三才の妹を失ふ）

かん高きその聲今も耳にあり休日の午後をうつろに暮す

○

今折りし秋海棠をはさみおき露にくもれる眼鏡を拭ふ

吾子の齢いくつ重ねてすこやけく今年も出しぬ五月人形を

臥りつゝ今宵ながむる山の星戰線の吾子よ使命を果せ

母こゝに一と月振りの消息を押し戴きぬ梅雨は晴れたり

○

十萬の英靈の前に悔ゆるなき生を思ひつゝひたぶるに生く

あはたゞしき世界情勢の裡にして吾ら行く道は只一つなり

濤々と響はつよし白日の下にかゞよふ生命ある街

淡き春

夏あさき海べにかにとる童あり海はるかにも潮ひきはてり

あさ春のみぎはに結びしうすごほり眞白き足袋の先でくづしぬ

手のひらにのせし氷のたちまちに湖の水となりてこぼれぬ

造花さへ明るく匂ふ春の雨床よりいでゝ春の雨みる

ビルの窓はみなあけられて春となり若き社員らの聲すきとほる

眞靑な模型飛行機まひたちて梅雨の晴間のホテルの廣場

兒玉民子

齊藤富枝

村上章子

退溪院に遊びて

ひろぐ〜と續く青田を波打ちて車窓に吹き込む風は涼しも
山深み蟬こもりなく松林に白きテントの張られあるかな
飛沫あげてただひたむきに水遊ぶ兒等見まもりつ心樂しも
葉鶏頭赤きが中に黄のダリヤ一もと交りて夏の陽明るし
花びらの玉なす露にたえずして頭地に伏すひなげしの花

岩谷光子

○

笑まひつゝありはしつれご老ひませる父と向ひて心寂しき
老ひづきて弱り給ひし父上に應答へし言葉の余り冷き
強ひるにはあらずとほがらに笑まふ父この父ありて吾は安けき
事務に倦みし瞳あぐれば窓向ふに縹色なる雲うごくみゆ
黄塵の奥處に樹てしいさをしのほごぞそしのばゆこれのみしるし
（金鵄勳章をたまひたる人に）

神原政子

○

青葉風にアカシヤの花かをりきてかなしきおもひなぐさまんとす
美しく若き母なり我が友は我せなの子をあやしてみたり
すがすがしきこゝちするなり青葉道われすぎゆけばかつこうの鳴く
ねむらんと心あせれどなかなかに目のさえゆけばくるしさのます
窓外の景色なみだにうるむなり今わかれきし母をおもひて

高橋初惠

—(87)—

老父の賞味のたまふ田舎饅頭今日もつくれりたまの休みを
磨くほど光増すこそ嬉しけれお鍋の底をわがみがきつつ
久々に胸病む友へ便りかき夜更けて床には入りたるかも

〇

山の木々芽をふくころとなりたれば今日も餘暇みて山魚女釣るなり
やうやくに花咲き出でし高峰つつじ五月といふに風なほ寒し
足とめて谷間の水に手をひたす水底の氷まだとけずある

〇

大いなる改革の前に未だ人は個人感情にこだはりてつつ
世界情勢日々緊迫を告げる時吾ら卒業を眞近にひかふ
武装してわれら通れば村里の子らは見上ぐも軍歌うたひて
船底に横はりをればかぎられし視界の空のいよいよ高し
慰むるわが言葉さへしらぐ〵し君を裵ひし父母の前に

〇

黄昏る〵故里の野に佇みつ兒等の歓聲に湧く想ひあり
せゝらぎの透ける水底に素足浸し飛沫をあげて幼な兒のごと戯る
虔ましき君にしあればかなしかる訣別の情云はずに笑みぬ
ひたぶるに異境の旅に慣れなむと傷心云はず歌作り居り

小 出 利 子

徳 田 沙 知

二 瀬 武

渡 邊 修

（黒田、伊藤姉と）

—(88)—

高橋美恵子

　　○
まどろみてふと眼覺めたる枕邊に夜汽車の音を聞流したり
たまさかの休日は樂し友達と映畫を見むと街を急ぎぬ

越渡彰裕

　　○
土砂降りの雨を衝きつゝ六億の貯蓄をめざし簡保をすゝむ
降りつゞく赤土道の部落來てぬかるみの道に行き難くをり
茂みあへる浮藻の近くピチ〳〵と餌あさる鮒の音しきりなり
山も家もたちまちかくし豪雨來ぬ谿あひにわれ路を失ふ
舟人のもの焚く烟り夕暮の雨歇みし空に低くなびける

水上良介

　　○
花曇りの空は崩れて春雨は櫻の幹を濡らして降りぬ
強風の吹き來る毎に雨傘の柄を握る手に力はこもる
南向きの山肌荒く岩々の根方に咲きて叢なすつゝじ
新しきたゝみの匂ひ快し部屋の明るさに心澄み行く
黒々と闇迫り來る果樹園に梨の花のみ僅かに白し
頸の毛を立て眞剣になり睨み合ふ鶏の眼の光鋭し

森信夫

　　○
住み慣れて母は二十年長き日を心清らにありふれたまふ
これの世の辛きおきふし汝ゆゑにかくも耐へしとのらすかしこさ
年いまだ十若ければ汝を率て支那には行かむ事をのらしき

母君は勝氣にますよ自が内氣その性質なりとととがめたまはず

をみなには惜しき氣象にまし〱ぬ男にまさばいかにおはさむ

さわ〱と白く大けき夏花のそのすがしさに似て老いましぬ

　　　　　　　　　　　　　　　　　　　　　　　朝倉國雄

○

　分析室

ごろんとした溶解坩堝の表情―何か激しい心押し匿してゐる

作業場の窓越しの空美しいから今日も默つて働いてゐる

私の中にお前は嘘つきだと言ふ奴がゐてどうにもならぬ

がらり變つてしまつた性格で喰ひ下つて離れない奴！

○

日の丸の旗をふり〱吾子達は行進の時間におくれじと行く（濱江路薹）

水させば横腹砂にすりつけて鉢の金魚はしきりにおよぐも

　江原濠越涙霸に行く

果てしなく白くうねりしバスの道夕くるまでつづく旅なり

のぼりゆく山坂道に出あひたる牛を索く童の瞳のすがしさ

體あまる薬おわされし赤き牛糞の中より眼を細めをり

　　　　　　　　　　　　　　　　　　　　　　　赤坂美好

○

將來のみ國を背負ふ男の子らは春光浴びて元氣に遊ぶ

亡くなりし兄の畫ける自像畵の額に納りて我を見つめる

一日の務め終りてのびのびと文書く心樂しかりけり

　　　　　　　　　　　　　　　　　　　　　　　佐々木初惠

心地よき清風頬に任せつつ生享くわれの幸覺ゆるも

いかりたる心抱きて術もなく冥想に入る理性の弱さ

つつましく祈捧げてみかへれば夕日大きく沈みかけをり

路の上にうつるわがかげ見つめつつ一筋の道を職場へ急ぐ

野々村美津子

○

君ゐます車しづかにホームゆくあゆみをともに別れ惜みぬ

二十年ともにくらせし姉上を驛のホームに今見送りぬ

雪ばれの朝日に映えて金色に輝く山のまばゆかりけり

眞澄みたる五月の空を剪る如く奉祝飛行の海軍機翔ぶ

みくるまを御待ち申す民草ら青田の道につつましく立つ

手塚美津子

○

山に咲くつつじの花を春早く賣りに來にけり山の鮮童

一たばの蕾のつつじあがなひて丸がたの甕に今年も插しぬ

日あたりのよろしき部屋に移しおけば十日あまりでみな咲きにけり

中島みぐみ

○

逆境に在りしといへゞその事にかゝはらずして強く生き給ふ

あれをおもひこれをおもひてあけ暮れを無意味に過せし自分を思ふ

老らくの祖母にまみえむ日をまてば心惑ひて今日の日を倦む

島木フヂ子

○

いづ方に漕ぎゆくならむ沖遙か白帆みえつつ夕暮るゝ海

しづかなる眞晝の海にさら／＼と潮の流れの音のみぞする

調子よく驢馬車はしれば鋪裝路に珍らしげにも人の見てゐる

ひしひしと身にはせまれざ兄上のうべなひがたき言をさみしむ

山木登美

○

召され行く君に劣らぬ心もて子ら導くとかたくちかへり

北支那の兵を思へばこれしきの雨は意なしときほひ旗ふる

ますらをゆたより來し日の喜びよ子らのざわめき今朝は叱らず

まづけれざまことこもりし文字なれば大きく甲とつけてくやまず

わかる程うなづかせればそれでよしと古き教師ら眞顔に云ひぬ

出征の父を持ちなば小さくとも部隊長なり子らのいくさは

父を兄を征かせし子供それぞれに部隊長となしていくさ進みぬ

藤木あや子

○

あでやかによそほへる友と對ひゐて美しむ心あればわびしき

かすかにも花びらにほふバカチ花日暮れて唉けばかなしかりけり

凡々と暮れゆく日々をおもふかも心にいたく響くものあれ

ゆとりなき日々の勤めにいつしかに慣れつゝあればなにかさみしき

米山靜枝

○

遠くより夜半のしづけさやぶりつゝほえ來し犬のこゑ近まれり

擧手の禮しませる姿勇しも戰地よりいまかへり來し兄

銃後みな心一つにいのるなるひるの一時蕭然とせり

千鈴

○

雨後の陽の眼にしむ屋根のひとところバカチみのりしにぶき色かな

水汲みの輕き函音にふと眼ざめ玻璃戸をくれば涼しき朝かな

山峽の寂れし門をくゞり行けば又一しきりせみの聲きこゆ

ふじかをる

○

心なきざれごと云ひて笑ひ合ふ人の心はうべなびがたし

今産みしたまごをとればほのかなるあたゝかみありていとしかりけり

木野紅兒

○

まさやかに夏の空にそびえたる忠霊塔に朝の鐘鳴る（奉天にて）

てりそむる廣場の森に憩ひをれば塔の上なる一ひらの雲

涼風に馬車がり立てゝ奉天の裏町を行くが心たのしも

中村喜代三

○

三日ばかり降りつぐ雨に青苔のいろあざやけし庭の涼しさ

梅雨晴れて街を行きかふ人々の足並かるくあかるかりけり

竹原草二

○

旅客みな蕭然として通路を開き白き遺骨は船に移れり

いづくにか兵の遺骨はかへります戰友に抱かれ春の海越ゆ

三好瀧子

○

咲き香る櫻花の中を歩み來る白衣の勇士つつましく見ぬ

滔々としぶきをあげて落下せる溪の神秘にしばしみとれぬ（三防にて）

山腹に蕨とりゐるひと見つゝ去年の思ひなつかしみをり

○

初夏の眞晝の苑に溫室の熱帶植物持ち出されあり

みごり葉になかばかくれて淡紅の苺おほきくうれそめにけり（昌慶苑）

○

轉業の拓士の勇姿雄々しくも鍬柄かつぎて歩調あはせたり

轉業の拓士の妻子けなげにも王道樂土めざして行きぬ

○

櫻花亂れ咲きたる今日の日に勇士の御靈永久にまつらる

ほこり多き埠頭の邊にも青々と五月の日ざしに若葉のびゆく

○

わが詠める歌恥づれども一二首を戰ふ君にしたためにけり

ほのかなる月の光のいとしくて今宵も庭にたゝずみて居り

○

雨はれて朝の街を聲高に竿竹賣はふれつゝゆきぬ

眼閉づれば潮騷の音身邊なり貝堀る人のちらばれる海（月尾島）

○

うすら陽の照るかと見れば霧雨のひそかに降りて梅雨來るらし

白　子　武　夫

川　上　正　夫

西　願　寺　文　子

大　和　雪　子

中　野　ト　シ　子

島　木　フ　ジ　子

目次

表紙　百濟鳳凰文塼

朝鮮に於ける文化の在り方………………………………田中初夫…(七)

精神文化の問題………………………………………………道久良…(一九)

短歌の歴史主義と傳統………………………………………末田晃…(二八)

日本的世界觀とその展開……………………………………前川勘夫…(三三)

憶良小論………………………………………………………瀬戸由雄…(五七)

百濟鳳凰文塼（表紙説明）…………………………………榧本龜次郎…(七三)

雑記…………………………………………………尼ヶ崎豊・末田晃…(八〇)

短歌一
伊藤田鶴　瀬戸由雄　坂本重晴　日高一雄　道久良
海印三郎　岩坪巖　山下智　藤原正義　山崎光利
末田晃　渡邊陽平　常岡一幸　美嶋梨雨　今府劉一
…………………………………………………………………(四二)

詩一
上田忠男　今川卓三　尼ヶ崎豊　柴田智多子　島井ふみ
安部一郎　森田良一　杉本長夫　田中初夫　香山光郎
…………………………………………………………………(四八)

短　　　　詩　　　　短

短歌（二）

片山、誠　　　葛目茂　　　後藤政季　　野村稢也　　土松新逸
大井街人　　　久保田義夫　野津辰郎　　八幡清　　　小林凡骨
中野英一　　　南村桂三　　吉原政治　　西村正雪　　砂慶
稻田千膵　　　小林林藏　　吉田玄一　　三木允子　　神谷竹子
岩淵豐子　　　三鶴ちづ子
……（六七）

詩（二）

青木中　　　　増田榮一　　　川口濟　　　江崎章人　　實方誠一
田中由紀子　　城山昌樹　　　田中美緒子　椎名徹　　　江波愁治
池田甫　　　　ひろむら英一　谷口二人　　藤本虹兒
……（七四）

短歌（三）

高見烈夫　　　太田雅三　　　木内精一郎　兒玉卓郎　　堀金
吉本久男　　　堀內晴幸　　　中島雅子　　池田靜　　　皆吉美惠子
兒玉民子　　　齊藤富技　　　村上章子　　神原政子
高橋初惠　　　小出利子　　　岩谷光子　　渡邊修
越渡彰裕　　　水上良介　　　二瀬武　　　赤坂美好
佐々木初惠　　森信夫　　　　朝倉國雄　　島木フヂ子
山本登美　　　野々村美津子　中島めぐみ　ふじかをる
小野紅兒　　　手塚美津子　　島木フヂ子　白子武夫
川上正夫　　　藤木あや子　　中島ふじかをる　島木フジ子
菊地春野　　　中村喜代三　　千鈴一　　　今井四郎
富田寅雄　　　米山靜枝　　　三好瀧子
　　　　　　　竹原草二　　　白子武夫
……（八一）

編輯後記

編輯後記　　　下村　　　　　佐藤肇
　　　　　　　伊藤東一郎　　南基光　　　中村孤星
　　　　　　　大和雪子　　　西願寺文子
　　　　　　　中村喜代三　　中野トシ子
　　　　　　　　　　　　　　韓鳳鉉　　　中村鳳鉉
　　　　　　　　　　　　　　　　　　　　道久
……良久……（九六）

國民詩歌

九月號

國民詩歌發行所

國民詩歌

九月號(創刊號)

역자 소개

엄인경(嚴仁卿) | 고려대학교 일본연구센터 HK교수. 일본고전문학 / 한일비교문화론 전공.
　　　주요 논저에 『일본 중세 은자사상과 문학』(저서, 역사공간, 2013), 『몽중문답』(역서, 학고
　　　방, 2013), 『마지막 회전』(역서, 학고방, 2014), 『재조일본인과 식민지 조선의 문화 1』(공
　　　편저, 역락, 2014), 「일제강점기 재조일본인의 '향토' 담론과 조선 민요론」(『일본언어문화』
　　　제28집, 2014.9) 등이 있으며, 최근 일제강점기 한반도에서 널리 창작된 일본 고전시가 장
　　　르에 관하여 연구하고 있다.

정병호(鄭炳浩) | 고려대학교 일어일문학과 교수. 일본근현대문학 / 한일비교문화론 전공.
　　　주요 논저에 『동아시아의 일본어잡지 유통과 식민지문학』(편저, 역락, 2014), 『강 동쪽의
　　　기담』(역서, 문학동네, 2014), 『요오꼬, 아내와의 칩거』(역서, 창비, 2013), 『동아시아 문학
　　　의 실상과 허상』(공편저, 보고사, 2013), 「<일본문학> 연구에서 <일본어 문학> 연구로-
　　　식민지 일본어 문학 연구를 통해 본 일본현대문학 연구의 지향점」(『일본학보』 제100집,
　　　2014.8) 등이 있으며, 최근 일제강점기 한반도 일본어 문학에 관하여 연구하고 있다.

일제강점기 일본어 시가 자료 번역집 ①

國民詩歌 —九四一年 九月號(創刊號)

　　초판 인쇄　　2015년 4월 22일
　　초판 발행　　2015년 4월 29일

　　역　자　엄인경·정병호
　　펴낸이　이대현
　　편　집　권분옥·이소희·오정대
　　펴낸곳　도서출판 역락
　　주　소　서울시 서초구 동광로 46길 6-6 문창빌딩 2층
　　전　화　02-3409-2060(편집부), 2058(영업부)
　　팩　스　02-3409-2059
　　등　록　1999년 4월 19일 제303-2002-000014호
　　이메일　youkrack@hanmail.net

　　정　가　20,000원
　　ISBN　979-11-5686-177-5　94830
　　　　　　979-11-5686-176-8(세트)

이 도서의 국립중앙도서관 출판예정도서목록(CIP)은 서지정보유통지원시스템 홈페이지(http://seoji.nl.go.kr)와 국
가자료공동목록시스템(http://www.nl.go.kr/kolisnet)에서 이용하실 수 있습니다.(CIP제어번호: CIP2015010883)